SAUVE QUI PEUT

Dominique Gama

Sauve qui peut

Vérone éditions

Envois de manuscrits :
Vérone éditions – 75 boulevard Haussmann – 75008 Paris

CHAPITRE 1

La sonnerie de la récréation de 15 h 30 venait de retentir, stridente, énervante comme toujours. Alors que d'habitude ses élèves attendaient poliment qu'il les invite à ranger leurs affaires, Michel Landier les avait vus ramasser leurs cahiers, leurs livres et leurs trousses à toute vitesse dès les premières vibrations de la sonnerie et quitter dans un brouhaha inimaginable sa salle de classe comme si un obus avait frappé le lycée, comme si leur professeur d'Allemand n'existait même plus.

Michel Landier avait l'impression d'avoir fait son cours comme un zombie, il n'était pas content de lui. Depuis maintenant un peu plus de deux heures, il était totalement anéanti, comme vidé de sa substance, depuis qu'il avait reçu cet effroyable SMS de son épouse Angélique qui lui annonçait que sa mammographie qu'elle avait subie dans la matinée avait révélé une tumeur maligne au sein gauche. Comment était-ce possible ? Jamais personne n'avait développé le moindre cancer dans sa famille, Angélique ne buvait pas la moindre goutte d'alcool, elle ne fumait pas, elle était svelte, faisait facilement une dizaine d'heures de jogging par semaine, et dans leurs randonnées, c'est plutôt lui qui avait du mal à tenir le rythme. Il est vrai qu'Angélique avait dix ans de moins que lui, elle n'avait même pas encore trente-cinq ans et il était follement amoureux d'elle, même au bout de quinze ans de vie commune.

Ses pas le dirigèrent vers la salle des profs, ce n'était plus sa tête qui était aux commandes, comme tout à l'heure pendant son cours de seconde qu'il avait l'impression d'avoir totalement raté.

D'habitude, Michel Landier était toujours gai et sémillant, un vrai boute-en-train qui animait la salle des professeurs mais cet après-midi il n'était plus que l'ombre de lui-même, et d'ailleurs, bizarrement, personne ne semblait le voir, comme s'il était devenu complètement transparent.

Il s'approcha de la machine à café, glissa sa pièce d'un euro dans la fente, il appuya sur le bouton *double expresso* et ne vit même pas que le liquide coulait sur la grille et finit par dégouliner sur le bout de ses chaussures.

— Eh, Michel t'as pas vu qu'il n'y a plus de gobelets ! Ça fait deux jours qu'on demande à l'intendant d'appeler la société mais il n'en a rien à foutre, lui dit sa collègue Francine Bagon.

— Eh merde ! ça fait vraiment chier, j'avais pas besoin de ça.

— T'as pas l'air dans ton assiette, Michel. Il y a quelque chose qui va pas ? s'inquiéta Francine.

— Oui, je viens de foirer mes deux cours.

Et Francine vit Michel éclater en sanglots. Elle n'en revenait pas. Lui, solide comme un roc, toujours le mot pour rire, toujours là pour réconforter les collègues qui craquaient, ce n'était pas possible qu'il se mette à pleurer comme un enfant pour deux cours qu'il avait l'impression de ne pas avoir réussis. Lui, le professeur préféré de tous les élèves, un pédagogue hors pair.

Doucement, elle le prit par le bras et le mena vers un des canapés défraîchis de la salle des professeurs.

— Allons Michel, dis-moi tout, qu'est-ce qui se passe ?

Michel la regarda, cela faisait plus de vingt ans qu'ils se connaissaient, ils avaient débuté dans le métier ensemble, le lycée Langevin Wallon de Créteil était leur premier poste, elle en histoire géographie, lui en allemand et une profonde amitié les réunissait depuis leurs débuts. Ils se recevaient fréquemment avec leurs conjoints. Francine avait épousé Romuald Bagon qui travaillait à Météo France où il avait rapidement gravi les échelons jusqu'à même devenir chef de service.

— Alors, t'accouches ? Qu'est-ce qui va pas ? lui dit-elle, toujours en cherchant à lire dans ses yeux voilés par les larmes.

— C'est Angélique, finit-il par lui dire en redoublant de sanglots, à tel point qu'elle sortit un mouchoir en papier de la poche de son tailleur pour essuyer les larmes qui lui coulaient sur les joues.

— Non, c'est pas possible, ça arrive de se disputer dans un couple.

— Non, Francine, c'est pas ça, c'est le cancer.

— Quoi ?

— Oui, elle a un cancer.

— Non, c'est une erreur, elle me l'aurait dit quand nous sommes allés chez vous le week-end dernier. Depuis quand elle le sait ?

— Ce matin. On lui a fait une mammographie et…

— Oh, tu parles ! Ils disent n'importe quoi, ils voient une ou deux taches sombres et ils t'annoncent que t'as un cancer du sein alors que si ça se trouve, il y a simplement une saloperie qui traîne sur leur appareil. Ils vont lui en faire une autre ou même une simple échographie et ils vont lui dire qu'il n'y a rien du tout !

— Tu crois ?

— Mais oui, gros bêta… On n'attrape pas le cancer à son âge ! T'en fais pas, ils se sont trompés comme ça arrive souvent.

Michel aurait aimé la croire mais il avait remarqué que sa femme était un peu fatiguée ces derniers temps. Il avait mis cela sur le compte du rythme infernal que leur imposait leur patron dans sa boîte d'engineering surtout depuis que les voyages d'affaires étaient redevenus possibles avec la baisse des contaminations dans la plupart des pays du monde.

— Alors, Michel, tu te fais draguer maintenant ? Je vais le dire à ta femme, lui lança Paul Grandval, professeur de mathématiques qui enseignait entre autres dans la classe de seconde que Michel venait de quitter.

Francine lui lança un regard noir.

— Bon, bon, j'ai compris, je vous laisse, les tourtereaux, continua Paul en ricanant et en s'éloignant sur la pointe des pieds.

La sonnerie retentit à nouveau sans pour autant que la salle des professeurs ne commence à se vider.

— Écoute, Michel, il n'y a aucune raison de vous inquiéter, ils vont la réexaminer et, crois-moi, ils lui diront que finalement il n'y a rien. C'est où qu'ils lui ont fait cette mammo ?

— À Henri Mondor, l'hôpital a une très bonne réputation.

— Ouais, ben y s'sont trompés, ils vous foutent la trouille pour rien. Je vais appeler Angélique, tu veux bien ?

— Non, surtout pas, elle m'en voudrait à mort de savoir que je t'ai raconté ça. Je t'en prie, ne l'appelle pas.

— Bon mais tu me promets que tu vas la rassurer et lui dire de faire faire d'autres examens ? Ils se sont trompés, j'en suis sûre, lui dit-elle en se levant mais en lui tenant toujours le bras.

— Oui, promis, lui répondit-il en se levant à son tour et en se dirigeant vers la porte et l'enfilade de couloirs et d'escaliers qui menaient à sa salle de classe.

Ses élèves de la terminale S 5 l'attendaient sagement en rang comme s'ils étaient directement sortis du siècle dernier. C'était la meilleure classe du lycée, composée uniquement d'élèves qui ont choisi l'allemand comme première langue vivante, le latin et même le grec pour certains alors que cela faisait déjà belle lurette qu'il ne servait plus à rien d'apprendre des langues étrangères et encore moins les langues mortes vu que tout le monde avait désormais sur son smartphone des applications qui traduisaient instantanément et sans la moindre erreur tout message écrit aussi bien que parlé. Mais dans bon nombre d'établissements scolaires, les familles de la bourgeoisie huppée faisaient en 2052 les mêmes choix d'options au collège et au lycée que leurs grand-parents et leurs arrière-grands-parents.

Dès que ses élèves furent assis à leurs tables, Michel Landier leur distribua les compréhensions écrites sur lesquelles ils devaient plancher pendant une heure pour le contrôle continu. Pour ce genre d'épreuves rien n'avait changé depuis un demi-siècle et cet anachronisme bien typique de l'Éducation Nationale amusait toujours Michel mais aujourd'hui tout son esprit était ailleurs.

Ses pensées tournaient toutes autour d'Angélique, il se revoyait sur cette paroi rocheuse des gorges du Verdon où ils s'étaient rencontrés pour la première fois, un coup de foudre qui avait bien failli lui faire lâcher prise et tomber dans le vide. Il se revit aussi chez les parents d'Angélique quand ils l'avaient invité pour la première fois, dans l'église de Saint-Renan où ils s'étaient mariés alors qu'il était un athée convaincu, dans la vallée du Nil où ils étaient partis en voyage de noces, sur les pistes enneigées de Garmisch-Partenkirchen en Bavière puis sur les plages de Koh Samoï en Thaïlande…

Pourquoi tout leur bonheur risquait-il de tourner court maintenant ? Cela faisait déjà plus de trente ans que le nombre de cancers déclarés doublait tous les dix ans. Rien qu'en France, deux millions de malades du cancer en 2030, quatre millions en 2040 et huit millions en 2050 avec plus de 450 000 décès, première cause de mortalité malgré les progrès considérables réalisés au cours de cette première moitié du XXIe siècle. Même si, comme tout le monde, Michel Landier connaissait ces terribles statistiques, ces chiffres étaient restés abstraits pour lui jusqu'à cet après-midi. Comme beaucoup de monde, il avait vu ses propres parents mourir de leurs cancers, des cousins de ses parents qui avaient eux aussi souffert d'un ou de plusieurs cancers et qui en étaient finalement morts eux aussi ainsi qu'un grand-oncle et puis aussi trois ou quatre vieux collègues en retraite. Mais sa femme ? Non ! C'était impensable !

Il était tellement absorbé dans ses pensées que la sonnerie le réveilla quasiment alors que la plupart des élèves avaient fini leur test depuis bien longtemps et observaient leur professeur d'un air amusé en se disant qu'ils auraient pu tricher et faire faire le test par leurs smartphones sans problème. Mais ce n'était pas leur genre, ils se pliaient à l'exercice presque par jeu comme autrefois leurs parents quand ils étaient assis dans les mêmes salles de classe dont les murs n'avaient d'ailleurs pas reçu le moindre coup de pinceau depuis au moins soixante ans.

Il ramassa les copies, leur donna le travail pour la fois suivante en faisant apparaître sur le tableau numérique l'adresse du site sur lequel ils auraient à se connecter et ses élèves sortirent les uns après les autres sans se presser, toujours en regardant leur prof d'allemand qui avait vraiment l'air dans les nuages aujourd'hui.

Son téléphone vibra dans sa poche, c'était un SMS de Francine Bagon qui l'invitait, lui et Angélique, le soir même pour « un dîner à la bonne franquette » à l'heure qui leur conviendrait. Le message terminait par « Et pas question de refuser. »

Il avait fini sa journée, il n'y avait pas de réunion ce soir-là, il quitta le lycée sans passer par la salle des profs.

Métro, bus, puis encore un autre bus ?... Non, pas aujourd'hui, tant pis pour la dépense, il effleura sur l'écran tactile de son téléphone l'icône de l'application des voitures sans chauffeur, il n'y avait désormais plus que cela depuis la disparition des derniers taxis et aussitôt le GPS le dirigea vers la première voiture garée le long du trottoir à peine à cinquante mètres des grilles du lycée.

Encore un clic sur son smartphone, la voiture se déverrouilla, il s'assit devant sur le siège gauche comme il le faisait toujours alors que presque tout le monde s'assied dans les voitures automatiques sans chauffeur sur la banquette arrière, plus confortable. Encore un clic, la ceinture se boucla d'elle-même et la voiture se mit doucement en mouvement dans un silence qui l'étonnait toujours. Rien à voir avec le bruit que faisaient les moteurs électriques des *autolib* qu'il avait connus étant enfant.

À peine une demi-heure plus tard, il arrivait devant son pavillon de Marolles-en-Brie. Angélique n'était pas encore rentrée.

*

Romuald Bagon était penché avec son collègue Raymond Riquet sur le tableau des statistiques des relevés de température moyenne dans tous les pays membres des Nations Unies au cours des dix premiers mois de l'année 2052. Les chiffres étaient alarmants. La température moyenne sur Terre avait augmenté de trois dixièmes de degrés centigrades en dix mois alors même qu'au cours de l'année précédente, la température moyenne s'était déjà élevée de 0,3 ° sur douze mois. Les prévisions du GIEC faites trente ans plus tôt étaient bien en dessous de la réalité. La température moyenne s'était élevée de six degrés, bien au-delà des 1,5° prévus et qui alarmaient déjà les spécialistes mais que personne n'avait voulu écouter.

Désormais, le thermomètre frisait avec les 65° sur le plateau du Deccan en Inde ainsi qu'en Arabie Saoudite et dans le Sahel tandis qu'à Météo France on annonçait maintenant chaque année des périodes caniculaires pouvant atteindre plus de trois semaines d'affilée. Pas de doute, la machine climatique était bel et bien en train de s'emballer.

— Bon, ce coup-ci, pas question de tergiverser, j'appelle l'Intérieur.

Il composa le numéro du Secrétaire Général du Ministère de l'Intérieur.

« Merci de patienter, votre correspondant est en ligne » , petite musique, puis le même message, musique de nouveau, un concerto de Vivaldi…

— Toujours pareil, on peut jamais les joindre à l'Intérieur. J'appelle Matignon, s'écria Romuald.

— Fais gaffe, tu sais bien qu'ils n'aiment pas ça, ils vont encore rogner notre budget.

— Peut-être, Raymond, mais là ça devient critique, on va tous crever au train où vont les choses. On n'est plus dans les 0,1° d'augmentation par an, la courbe est en train de devenir exponentielle !

— Écoute Romuald, on n'est pas à un jour près, on les joindra demain. De toute façon, il n'y aura pas de nouvelle canicule dans les semaines qui viennent. Laisse tomber.

Il vit sur son écran que sa femme venait de lui envoyer un message, il l'ouvrit :

Chéri, ne rentre pas trop tard ce soir, je fais venir les Landier à dîner, ils ont un emmerde, il faut leur remonter le moral. Bisous, Francine.

Il tapa *OK, bises* puis composa quand même le numéro du chef de Cabinet du Premier Ministre. Sonate de Mozart, « Nous donnons suite à votre appel, ne quittez pas » puis re-sonate, le même message vocal, de nouveau la musique…

— Ça sera pas pour aujourd'hui… Je rappelle demain à la première heure mais je vais quand même leur envoyer ça sur la messagerie de Pataud…

— Et tu crois qu'il va prendre le temps de le lire ? À l'heure qu'il est, il est en vadrouille quelque part avec Paul-Édouard Gontier pour inaugurer un truc à la con, se taper des petits fours et siroter une flûte de champagne.

— Ça, c'est sûr, et serrer une bonne centaine de paluches pour préparer leur coup pour se faire élire aux prochaines élections présidentielles. Je parie que Gontier et son compère Pataud se voient déjà à l'Élysée. Le bougre de Gontier, c'est un sacré arriviste, celui-là ! Mais quand même, il faut qu'on les mette devant leurs responsabilités, ça devient trop grave !

— Tu parles ! Ils s'en contrefoutent, ils vont juste pousser la clim dans leurs bureaux comme tout le monde ! L'avenir de leurs propres gosses, c'est pas leur problème, tout ce qui les intéresse au gouvernement, c'est de se maintenir au pouvoir. Se faire élire à l'Élysée, ça doit les faire bander !

— Ouais, c'est tous des arrivistes et pas qu'ici, c'est pareil dans tous les pays et voilà où ça nous mène ! déclara Romuald Bagon en faisant un grand geste de sa main droite qui vint frapper l'écran de l'ordinateur. Raymond Riquet partageait la même opinion que son chef, l'arrivisme des politiciens de tous bords l'énervait également. Il regagna son bureau tandis que son chef de service laissait libre cours à sa colère.

L'incurie des politiques le mettait toujours en colère et depuis qu'il assurait la direction de Météo France il se rendait bien compte qu'il avait affaire à des incapables, imbus de leur personne, souffrant tous d'un ego démesuré, juste intéressés par leur réélection, démagogues à souhait, rampant devant les grandes entreprises du CAC 40 qui alimentaient généreusement les caisses noires des partis politiques qui se partagent le pouvoir depuis toujours. Romuald avait gravi les échelons à Météo France grâce à ses compétences techniques mais il ne plaisait pas au Premier Ministre et au Ministre de l'Intérieur qui ne manquaient pas une occasion de lui faire sentir qu'il n'était pas de leur bande et qu'à la moindre erreur, il sauterait. Il était vraiment écœuré par tous ces arrivistes prétentieux, obnubilés par leur petite carrière et qui pullulaient dans les milieux politiques. Il estimait que, dans leur quasi totalité, ces gens n'avaient cure du bien commun et de leurs concitoyens, tout ce qu'ils attendaient d'eux, c'est qu'ils glissent dans les urnes leurs bulletins de vote. Et pourtant, il avait cru à la politique quand il était jeune étudiant à l'École Polytechnique puis ensuite au début de sa carrière à Météo France quand il n'était encore qu'un jeune ingénieur et militait au Parti Socialiste.

Il *s'*apprêtait à éteindre son ordinateur quand un message urgent clignota soudain sur l'écran : *ALERTE : Ouragan Paloma de catégorie 6 prévu pour la zone côtière entre Saint-Jean-de-Luz et Capbreton entre 21 heures et 04 h 30. Plan d'évacuation des populations à mettre en place de toute urgence.*

Presque aussitôt la porte de son bureau s'ouvrit et Raymond Riquet déboula avec quatre de ses collaborateurs. Ils venaient de recevoir le même message d'alerte. Il allait falloir mettre en branle les préfectures des Pyrénées Atlantiques et des Landes et à cette heure tardive, cela n'allait pas être facile. Heureusement qu'ils étaient désormais rompus à cet exercice avec les « événements climatiques exceptionnels » qui n'avaient plus rien d'exceptionnels, ils étaient plutôt devenus la norme et c'était en fait « un temps de saison » qui devenait l'exception !

Depuis une bonne décennie, tempêtes, bourrasques, canicules et inondations se succédaient, cela n'arrêtait plus. Le pays avait à peine le temps de se remettre d'une catastrophe qu'une autre survenait.

— Bon sang, mais c'est pas possible ! Comment se fait-il que la cellule de vigilance ne l'ait pas vu venir ? demanda-t-il.

— Si, on savait que cet ouragan s'était formé dans l'Atlantique à 750 km à l'ouest de La Rochelle, il devait se diriger vers l'Espagne dans la région de Bilbao, mais il a subitement mis le cap sur le Golfe de Gascogne et il avance à plus de deux cent quatre-vingt-dix kilomètres à l'heure, répondit le jeune météorologue récemment muté du centre de Toulouse au siège parisien.

La situation était donc soudainement devenue critique pour les autorités françaises qui ne s'y étaient pas préparées, pensant que c'était l'Espagne qui allait trinquer et qu'on aurait le beau rôle en venant ensuite apporter notre aide aux populations ibériques sinistrées tandis que la presse espagnole se déchaînerait contre l'administration locale du Pays Basque et contre le gouvernement espagnol…

Du coup, c'était bien Météo France qui allait se retrouver sous le feu des critiques, la Région, les deux préfectures, Matignon et même l'Élysée, comme d'habitude.

— J'imagine que nos collègues espagnols lui ont déjà donné un nom à ce fichu ouragan ? demanda Romuald.

— Oui et comme pour toutes ces calamités, un nom de femme, s'indigna Laura Faisandrière. Ils l'ont baptisé Paloma.

— Ah oui, c'est vrai, c'était dans le message d'alerte qu'on vient de recevoir du centre de Toulouse.

— Un joli prénom qui sent bon la douceur des femmes espagnoles… mais qui peuvent se montrer impétueuses, ajouta en guise de plaisanterie Raymond Riquet.

— Ah, les femmes, c'est bien connu, au début c'est chaud et humide comme les cyclones…, commença Eric Lejeune, aussitôt interrompu par Laura qui lui lança un regard noir.

— Ouais, et à la fin elles embarquent ta maison, tes gosses, ta bagnole, elle est archi-connue ta sale blague de macho !

— Bon, c'est pas le tout mais on n'est pas là pour rigoler, dit Raymond que ces chamailleries perpétuelles entre Eric et Laura agaçaient souverainement, ce soir encore plus que d'habitude.

— Paloma – puisque c'est son nom – atteint nos côtes à quelle heure d'après vos calculs ? demanda Romuald.

— Entre 22 h 45 et 23 heures au plus tard, répondit Laura.

— Vitesse ?

— 158 à 160 nœuds.

— C'est-à-dire environ 290 kilomètres à l'heure.

— Putain ! Ça va être l'horreur ! s'écrièrent ensemble Romuald et Raymond.

— Oui, ajouta Eric, c'est pour ça qu'on a maintenant une sixième catégorie dans l'échelle de Saffir-Simpson qui traditionnellement n'en comptait que cinq jusqu'au cyclone Karina qui a dévasté les côtes mauritaniennes il y a quatre ans.

— Et son diamètre ?

— Dans les cent kilomètres d'après la photo satellite.

— Allez ! Chacun à son poste, procédures habituelles, vous contactez toutes les administrations, pompiers, gendarmeries, hôpitaux, casernes, tout doit être opérationnel d'ici une heure, compris ?

— Bien chef, répondit Eric, mais c'est toujours pareil, on se tape le boulot du gouvernement.

— C'est vrai mais une fois de plus on n'a pas le choix, admit Raymond.

— Et le pire, c'est que si nous ne nous coltinons pas leur boulot, c'est encore sur nous que tout le monde va tomber à bras raccourcis, ajouta Laura. J'imagine déjà la une des journaux demain matin ! Ce sera encore la faute de Météo France !

Et tous les quatre quittèrent le bureau de Romuald au pas de course.

Ils étaient maintenant rompus à l'exercice. Les catastrophes naturelles se suivaient maintenant à un rythme d'enfer. On était loin de l'époque où Romuald Bagon et Raymond Riquet entraient en classe préparatoire scientifique, la MPSI au Lycée du Parc à Lyon, en septembre 2018. Les canicules étaient encore relativement rares, pas plus d'une par an et pas même tous les ans. Des tempêtes, il y en avait, certes, mais elles étaient encore relativement rares, des inondations, il y en avait aussi mais les plus catastrophiques, elles étaient surtout dans des pays lointains comme le Bangladesh. En ce temps-là, on commençait à évoquer la montée des eaux dans le Pacifique et l'Océan Indien, mais c'était loin, presque irréel, au point que certains doutaient d'un prétendu changement climatique. On les appelait des « climatosceptiques » comme par exemple le Président des États-Unis et son homologue brésilien à l'époque.

Ah, c'était le bon temps, repensait Romuald en pianotant sur son ordinateur à toute vitesse pour que les autorités régionales activent le plan ORSEC qui avait été considérablement amélioré au cours des vingt-cinq dernières années.

Plus personne, dans quelque pays que ce soit, ne doutait désormais de la réalité du réchauffement climatique avec toute sa cohorte de catastrophes naturelles au cours desquelles des dizaines – voire des centaines – de milliers d'êtres humains perdaient la vie, noyés, brûlés vifs dans de gigantesques incendies, écrasés dans les décombres de leurs maisons, sur leurs lieux de travail où dans leurs voitures alors qu'ils essayaient de se réfugier quelque part.

*

Angélique Landier rentra la voiture dans le garage. Michel se précipita pour aller à sa rencontre, ouvrit la porte du fond du garage et, le regard inquiet, saisit aussitôt la poignée de la portière qui s'ouvrait encore manuellement, les voitures avec des poignées sur les portières étaient devenues bien rares. Leur Audi était une antiquité mais ils y tenaient tous les deux, c'était la voiture qu'ils s'étaient achetée comme jeunes mariés et ils lui avaient fait faire quelques centaines de milliers de kilomètres, c'était le tout premier modèle de berline entièrement électrique alors que la plupart des voitures à l'époque étaient encore équipées de moteurs hybrides. Et bien des fois, ils s'étaient retrouvés en rase campagne avec les batteries à plat, loin de toute station de recharge, obligés de faire appel à une dépanneuse… En coupant le contact de leur vieille voiture à conduite manuelle, elle lui dit en souriant :

— Oui, ils m'ont trouvé trois polypes et trois ou quatre ganglions, tout autour, là, lui dit-elle en montrant du doigt sa poitrine. Mais t'en fais pas, fais pas cette tête-là, ils vont me guérir. En tout cas, laisse-moi sortir de la voiture…

Il ouvrit la portière.

— Qu'est-ce qu'ils vont te faire ?

— Le docteur m'a dit qu'il va me faire une biopsie.

— Quand ça ?

— Là, dans deux jours, il va faire un prélèvement et l'envoyer au labo. C'est peut-être rien, t'en fais pas.

Michel admirait toujours la force de caractère de son épouse, son optimisme à toute épreuve, quoi qu'il arrive. Mais il avait vu ses deux parents mourir d'un cancer, rayés du monde des vivants, son père emporté par un cancer de la gorge et des poumons et sa mère d'une tumeur au cerveau qui avait rapidement métastasé dans tout le système cérébro-spinal. Malgré les progrès déjà considérables de la médecine à l'époque, il n'avait été possible de sauver ni l'un, ni l'autre ; ils avaient subi tous les deux un véritable calvaire, enchaînant de longues chimiothérapies, des radiothérapies, coloscopies et biopsies à répétition, des opérations de plus en plus mutilantes pour finalement décéder après des années de souffrance, drogués par des doses d'antalgiques de plus en plus fortes.

La multiplication des cancers d'année en année était effroyable, et cela dans tous les pays. Un siècle auparavant, dans les pays qu'on disait alors « sous-développés » – puis dans un registre plus politiquement correct « en voie de développement » – les cancers étaient encore rarissimes. Mais depuis une trentaine d'années le cancer était devenu de très loin, la première cause de mortalité dans tous les pays du monde à l'exception du Bhoutan et de la Corée du Nord.

Que faire ? Tout ce que Michel pouvait faire, c'était de cacher à sa femme son angoisse en espérant qu'elle aurait la force de résister et de guérir.

— Mais oui, chérie, ce n'est sans doute rien, juste une tumeur bénigne, ils vont en venir à bout facilement.

— Oui, ça m'inquiète pas plus que ça, tu sais.

— Tu sens quelque chose ?

— Non, et toi ? pouffa-t-elle de rire.

Voyant son air ahuri, elle continua :

— C'est plutôt toi qui me caresses les seins à longueur de nuits ! T'as senti un truc anormal avec tes doigts… ou avec ta langue ?

— Ben non, répondit-il d'un air gêné. Mais montre-moi quand même.

— La mammographie ?

— Oui, enfin je ne sais pas si on peut y comprendre grand-chose.

Angélique sortit de son sac une grande enveloppe blanche de la taille d'un carton à dessin. Il y avait plusieurs clichés comme des radioscopies sur de grandes planches de plastique noir et une feuille de format A4, le compte rendu indiquant la présence de quatre carcinomes de 3 à 4 cm de longueur et de 1 à 1,5 cm d'épaisseur et surtout deux ganglions avec métastases possibles.

Michel prit le premier cliché, le scruta en le mettant devant l'ampoule de la lampe d'entrée, il n'y comprit pas grand-chose dans cet amas de taches floues blanchâtres et noirâtres. Il regarda le deuxième, c'était pareil.

— Oui, c'est peut-être rien, on verra bien avec la biopsie… Ah, pendant que j'y pense, ne prépare rien pour le dîner, les Bagon nous invitent ce soir chez eux.

— Eh bien, ça tombe bien, je n'ai pas eu le temps d'aller acheter quelque chose. Mais d'habitude ils ne nous invitent pas comme ça à la dernière minute. Tu as encore oublié de me prévenir. Quand est-ce que Francine t'a dit qu'elle nous invitait ce soir ?

— Non, c'était pas prévu, elle m'a envoyé un SMS tout à l'heure.

— Bizarre… Elle nous veut à quelle heure ?

— Ben là, maintenant ou dans une heure.

— Ah, c'est malin, c'est trop tard pour passer chez le fleuriste. Va regarder dans la cave à vin, sors une bouteille.

— Tu sais, le vin, c'est pas trop leur truc, de toute façon elle a mis dans son message que c'est à la bonne franquette.

— Mais quand même ! Moi, ça me gêne, on a déjà été chez eux deux fois et quand on les a invités à dîner la dernière fois, ils ont annulé parce que Romuald avait un empêchement. Bon, je vais prendre une douche rapide, j'arrive.

Puis elle s'arrêta dans le couloir, resta immobile un court instant, se retourna et fixa Michel du regard.

— Tu ne lui as pas parlé de cette mammographie au moins ?

— Ben si…

— Mais t'es con ou quoi ?

— J'étais effondré après avoir reçu ton SMS…

— Alors comme ça tu lui racontes tout, si ça se trouve, le matin quand t'arrives au bahut, tu lui dis combien de fois tu m'as baisée dans la nuit, tu…

— Arrête, Angélique ! J'étais tout retourné, elle a tout de suite compris ce qui se passait. Vous, les femmes, vous êtes comme ça, on ne peut rien vous cacher. Nous, les hommes, on est transparent comme du verre pour vous. J'ai été obligé de lui dire ce qui nous arrivait.

— N'empêche, c'est très con. Si j'avais su, je ne t'aurais rien dit, on peut pas te faire confiance. Je vais avoir l'air de quoi maintenant ?

Elle était vraiment furieuse.

Il était tout penaud, il se sentait comme un gamin que sa mère vient de réprimander. Lentement, comme s'il venait de prendre deux ou trois coups de poing sur la tête, il se dirigea vers la cuisine, but une grande gorgée d'eau du robinet et ouvrit la cave à vin réfrigérée pour choisir une bouteille de Bordeaux.

*

Il était presque dix-neuf heures. Le frère de Michel, Grégoire Landier était dans le bureau du Dr Samuel Aron avec leur consœur le Dr Anne-Laure Bordier dans le service des maladies infectieuses de l'hôpital Georges Pompidou à Paris. Elle venait d'ausculter l'astronaute Jérôme Duplessis qui avait été contaminé par un astronaute américain qui faisait partie de l'équipage de la fusée *Mars Orbiter 17*. Les cinq membres de l'équipage avaient accompli la plus longue mission du programme *Mars Orbiter* lancé en janvier 2048.

Dans les missions précédentes, les équipages n'avaient pas séjourné sur Mars, se contentant soit de graviter autour de la planète Mars et de l'observer dans les moindres détails, soit d'y faire quelques pas comme on l'avait fait quatre-vingts ans plus tôt sur la Lune. Puis, à partir de Mars Orbiter 12, les astronautes envoyés sur Mars y avaient passé quelques heures pour réparer deux ou trois engins robotisés. Mais pour la mission *Mars Orbiter 17*, le séjour sur la planète rouge avait été sans commune mesure avec les précédentes expéditions : eux, ils avaient passé six mois dans la station qui avait été assemblée par des robots au cours des dix dernières années. Peu de temps après leur retour sur Terre, ils avaient tous développé des symptômes respiratoires d'une extrême gravité, trois d'entre eux avaient malheureusement succombé après une effroyable agonie sans qu'aucun antibiotique, aucun antiviral et aucun anti-inflammatoire ne puissent avoir la moindre efficacité.

Jérôme Duplessis avait participé à un congrès organisé à Miami par la NASA et il avait côtoyé David Mills et Bob Westwood qui faisaient partie de l'équipage de *Mars Orbiter 17* et qui avaient été emportés depuis cette conférence par cette maladie inconnue que les médecins américains avaient baptisée MS1, *Martian Syndrome one*, faute de mieux. Il y avait des points communs avec le SARS, le MERS, le COVID 19 et surtout le COVID 24 qui avait fauché dix fois plus de monde que les trois autres virus réunis.

Le MS1 était un virus bien plus virulent, bien plus petit, moins de cinq nanomètres, donc impossible à arrêter avec des masques, y compris les plus filtrants. Et le pire, c'était le laps de temps entre la contamination et l'apparition des premiers symptômes qui était extrêmement variable d'un cas à l'autre.

Jérôme Duplessis avait été un des deux astronautes français à participer à ce congrès organisé en janvier 2051 pour fêter le dixième anniversaire du lancement de la première fusée du programme *Mars Orbiter* et cela faisait maintenant six jours qu'il souffrait d'une gêne respiratoire croissante.

— Oui, je pense comme toi que ça doit être le MS1. Tu as envoyé les résultats des analyses à Houston ? demanda Samuel Aron.

— Non, pas encore.

— Envoie-leur.

— Mais ils se sont vraiment côtoyés de près ? demanda Grégoire.

— Pas vraiment, je lui ai posé la question. Le congrès a duré trois jours, ils se sont serré la main lors du cocktail d'accueil et surtout ils sont restés ensemble pendant un quart d'heure dans le simulateur de vol.

— Bizarre… Mais ce qu'il a correspond bien à la description des symptômes que j'ai lue dans le dernier numéro de l'AMS.

Ils étaient tous perplexes.

— Et au niveau du nombre de cas de contamination chez les Yankees, ça donne quoi ?

— Ça commence à être inquiétant. La femme de l'astronaute David Mills l'a chopé, elle est en réa depuis plus de deux mois, en coma artificiel avec un pronostic qui n'est pas folichon, le fils de Bob

Westwood commence aussi, il a été testé positif depuis six mois. Il est probablement porteur asymptomatique.

— D'autres cas ? demanda Grégoire.

— Quarante-deux cas, lui répondit Anne Laure

— Mais c'est dingue, ça ! Les médias sont au courant ?

Samuel lui répliqua :

— Bien sûr que non, il ne faut pas affoler la population, comme toujours, et il y a des intérêts financiers colossaux avec tous les investissements qui ont été nécessaires pour faire aboutir ce projet, tous les fonds de pension américains, des multinationales qui se voient déjà coloniser Mars, implanter des millions de travailleurs là-bas, le bon vieux mythe de la terre promise est de retour, j'vous fais pas un dessin ! Alors pas question que tout ça tombe à l'eau pour quelques bougres qui y laissent leur peau !

— Oui, comme d'hab, la santé humaine, c'est le dernier de leurs soucis. Sauf que là, on a sûrement ramené sur notre planète un virus inconnu que nous avons aucun moyen de combattre et qui peut tuer des millions, peut-être même des milliards d'êtres humain !

— Moi, ce qui me préoccupe, dit Anne-Laure, c'est ce que j'ai lu dans le dernier numéro du *Lancet* que vous avez certainement lu aussi : au *Boston Central Hospital*, c'est la panique, ils viennent d'avoir en moins d'un mois quarante-trois personnes décédées d'une maladie nosocomiale inconnue. Tout ce qu'on sait, c'est que le mode de contamination est par les voies respiratoires, un peu comme pour le SRAS et les COVID 19, 22 et 24 qui ont fait pas mal de ravages au début du siècle, mais là, cette nouvelle maladie est bien plus fulgurante, les personnes atteintes ont toutes dû être placées en soins intensifs et en réa, coma artificiel, bref, la totale trois jours après l'apparition des symptômes pour finalement décéder au bout de plusieurs semaines de réa… Ils n'ont pu jusqu'à ce jour parvenir à sauver aucun de ces patients, tous sont décédés.

— Effectivement, j'ai lu cet article comme toi, et ils mentionnent le fait que ça passe pour un vulgaire rhume les premiers jours, tout ce qu'il y a de plus banal, quasiment pas de fièvre, juste le nez qui coule et un peu mal à la gorge, ensuite grosses difficultés respiratoires comme si c'était une crise d'asthme aiguë, la trachéotomie est inévitable et la mort est inéluctable après toute une série de complications cardiaques, rénales, hépatiques entre autres.

— Est-ce qu'ils ont vraiment tout essayé ?

— Bah, les protocoles habituels…

— Et l'hydroxychloroquine, les suppositoires, les saignées, non ? demanda Samuel d'un air goguenard.

— Écoute, on n'est pas là pour rigoler, lui rétorqua Anne-Laure, visiblement agacée par la façon dont leur chef de service accueillait ces nouvelles pour le moins inquiétantes.

— Est-ce qu'ils ont pu établir un lien dans la chaîne de contamination avec les patients affectés par le MS1 ? demanda Grégoire Landier.

— Ils ne sont sûrs de rien, et en plus les symptômes sont très variés.

— Sauf que ça se transmet par la respiration…

— Oui, en effet.

La porte s'ouvrit d'un coup et l'infirmière Brigitte Machefer, une femme énergique, trente ans de métier, déboula à bout de souffle.

— Docteur, vite, venez, il étouffe !

— Merde ! s'exclamèrent en même temps les trois médecins en se levant d'un bond et ils quittèrent aussitôt le bureau, suivant Brigitte au pas de course dans le long couloir qui menait aux ascenseurs.

Grégoire appuya sur le bouton descente. Cinq secondes, dix secondes…

— On prend l'escalier, ça ira plus vite, leur dit Brigitte.

Les quatre dévalèrent les marches pour descendre trois étages plus bas et continuèrent toujours en courant mais déjà deux brancardiers roulaient le lit sur lequel était installé Jérôme Duplessis vers le service de réanimation. Le malade avait déjà les yeux exorbités, il était encore plus blême qu'une heure plus tôt quand Anne-Laure

Bordier l'avait examiné. Une infirmière lui maintenait sur la bouche et le nez le masque en plastique et le tuyau de l'appareil d'assistance respiratoire qu'elle tenait dans l'autre main. Ils entrèrent tous avec le malade dans la salle de réanimation en se protégeant avec leur masque chirurgical.

— Enfilez les protections, leur dit l'infirmière de service, ce qu'ils firent tout de suite en prenant chacun une sur-blouse bleue, une charlotte et les protections en papier pour les chaussures.

Grégoire mettait encore une sur-chaussure autour de son soulier gauche qu'il sautait déjà à cloche-pied pour se rapprocher du patient qui suffoquait de plus en plus malgré l'assistance respiratoire qui ne faisait déjà plus effet.

— Intubation immédiate.

— Branchement des moniteurs.

— Contrôle des fonctions cardiaques.

Et aussitôt le malade fut changé de lit et l'équipe se mit immédiatement à exécuter la procédure d'intubation. Mais les tissus de la trachée étaient déjà complètement enflés, la trachée artère était totalement obstruée, il fallait procéder d'urgence à la trachéotomie.

Il fallait agir extrêmement rapidement, la survie du patient était en jeu.

*

Au même moment, le frère de Grégoire arrivait avec son épouse Angélique dans l'immeuble haussmanien cossu des Bagon, au 44 du boulevard Émile Augier, dans le XVIe arrondissement. Plutôt que de prendre l'ascenseur, ils préféraient toujours emprunter le bel escalier formant une large spirale avec une belle rampe en fer forgé comme on en faisait encore au début du siècle précédent. Ils gravirent ce bel escalier recouvert d'un tapis grenat, maintenu en bas de chaque contremarche par une tige en laiton astiquée avec amour toutes les semaines par une des dernières concierges à l'ancienne alors que dans maintenant tous les immeubles les concierges étaient remplacées par des robots nettoyeurs et un système de vidéosurveillance infiniment plus efficaces.

Michel Landier tira sur le bouton en laiton de la sonnette – encore une pièce de musée, pensait-il à chaque visite avec amusement – et Francine vint leur ouvrir.

— Entrez, je vous prie.

Francine embrassa tendrement Angélique, en la tenant entre ses bras pendant facilement cinq à six secondes.

— Ça va ?

— Mais oui, bien sûr que ça va ! lui répondit Angélique avec son beau sourire qui lui conférait toujours un charme irrésistible.

— Ne restez pas comme ça sur le pas de la porte, entrez, venez, on va s'asseoir au salon, Romuald ne devrait pas tarder.

— C'est bête, on n'a rien pu t'amener, tout était déjà fermé, même les pâtisseries. Je voulais t'apporter un gâteau…

— Mais non, c'est bien comme cela, on va manger un truc tout simple, c'est juste histoire de se voir.

Elle dit cela comme s'ils ne s'étaient pas vus depuis longtemps alors qu'ils avaient dîné ensemble la semaine précédente, et se tournant vers Michel, elle lui tapota sur l'épaule en ajoutant :

— Nous, on se voit au boulot presque tous les jours mais c'est pas pareil, on n'a jamais le temps de papoter, hein ?

Ils prirent place sur le grand canapé en cuir blanc qui coupait le salon en deux. L'écran de télévision était allumé, un écran qui garnissait tout le mur, aussi grand que les écrans de cinéma que Michel avait connus dans son enfance. Le dernier cinéma parisien en activité avait fermé en 2049, plus du tout rentable depuis fort longtemps, uniquement fréquenté par quelques vieux nostalgiques. En province, ils avaient tous fermé depuis bien plus longtemps que cela.

— Je vous sers un apéro en attendant l'arrivée de Romuald ?

— Oui, volontiers.

Elle ouvrit le compartiment bar du meuble de salon, la lumière s'alluma sur une rangée de bouteilles de toutes les couleurs.

Le journaliste qui présentait le 20 heures commença le journal télévisé ainsi :

« Alerte maximale dans le Sud-Ouest, un ouragan de catégorie 6 approche à toute vitesse de nos côtes entre la frontière espagnole et Capbreton et peut-être même plus au nord jusqu'à Arcachon. On attend des vents pouvant atteindre une vitesse de 300 km/h et des trombes d'eau extrêmement violentes, il devrait tomber une hauteur de précipitations d'un mètre par heure, voire plus avec un risque de submersion. Les préfectures des Pyrénées Atlantiques, des Landes et de la Gironde demandent à tous les habitants de la zone côtière et jusqu'à l'intérieur des terres sur une bande de trente kilomètres de rester calfeutrés chez eux, de ne sortir sous aucun prétexte, de bien rester avec les fenêtres et les volets clos au rez-de-chaussée s'il est surélevé ou, dans le cas où le logement est de plain-pied, à l'étage mais en aucun cas d'accéder aux greniers, terrasses et balcons à partir de 22 heures et ce jusqu'à demain matin.

La circulation est formellement interdite à partir de 22 heures. Il en va de votre vie. Cet ouragan est d'une ampleur inédite dans notre pays. Tout de suite nous joignons en duplex nos correspondants régionaux… »

Les trois amis se regardèrent, sidérés.

— Romuald va être sur le pied de guerre, dit Michel.

— Oui, je le crains bien.

— Mais c'est fou, on n'a jamais vu un ouragan pareil, s'exclama Angélique qui mesurait bien l'ampleur de la catastrophe qui allait s'abattre sur le pays, un souci bien plus grave que son petit cancer de rien du tout qui n'était d'ailleurs peut-être même pas un cancer. Elle se souvenait des deux ouragans, celui de 2049 qui avait dévasté la Corse et plus récemment celui qui avait fait des milliers de morts sur la côte bretonne entre la Pointe du Raz et Quiberon en pleine saison estivale avec des tentes de camping soufflées comme des feuilles mortes, des caravanes et des bungalows déchiquetés, des toitures arrachées. Ils étaient dans le Lot à ce moment-là et les images retransmises par la télévision avaient été effroyables.

Le présentateur du journal télévisé avait repris l'antenne :

« Baptisé Paloma, cet ouragan d'une force exceptionnelle se dirige à l'heure qu'il est à une vitesse très inquiétante vers nos côtes. Catherine, vous êtes en ce moment à Météo France avec Romuald Bagon qui dirige l'antenne parisienne de Météo France.

— Oui, mon cher Guillaume. Monsieur Bagon, comment se fait-il que nous ne soyons alertés que maintenant ? Vous n'avez donc rien vu venir ?

— Non, pas exactement, grâce à nos images satellites nous avons vu cet ouragan se former au cours des trois derniers jours mais il est vrai que nous avions sous-estimé la hauteur de la colonne de nuages qui s'avère faire près de trois mille mètres de plus que ce que nous avions pu observer. Mais le plus important – et cela, nous n'étions pas en mesure de l'anticiper – c'est le brusque changement de direction de l'ouragan Paloma. De petites variations de cap ne sont pas rares, mais jamais un changement de direction aussi important. Les autorités espagnoles avaient donc été alertées et toutes les mesures ont pu être prises chez nos voisins espagnols alors que nous étions en droit de penser que notre territoire national serait totalement épargné. Malheureusement ce ne sera pas le cas.

— Et comment expliquez-vous un tel changement de cap ?

— C'est incompréhensible pour le moment, nous verrons, le moment venu, quand nous aurons récupéré les données de nos ballons-sondes si toutefois elles sont récupérables !

— Catherine, nous vous interrompons pour redonner l'antenne à notre correspondante de la Région Aquitaine qui est en ce moment aux côtés du Préfet des Landes. À vous, Régine.

— Oui, Guillaume, Monsieur Blandin, Préfet des Landes peut m'accorder quelques minutes et je l'en remercie. Monsieur le Préfet, toutes les mesures ont-elles pu être prises pour assurer la sécurité des habitants ?

— Je ne vous cache pas qu'il sera impossible d'éviter des blessures graves et des morts. Ce type d'événement climatique est extrêmement violent, nous sommes confrontés à la fois à la force du vent qui va frôler et peut-être même dépasser les 300 km /h et des précipitations représentant un volume de pluie énorme, donc une montée des eaux elle aussi extrêmement rapide. Tous les cours d'eau et les égouts risquent donc déborder, provoquant de très importantes inondations.

— Concrètement, Monsieur le Préfet, que peut-on conseiller à nos téléspectateurs ?

— D'abord rester chez soi et si des gens sont encore sur les routes, ils doivent impérativement regagner leur domicile. Ne pas rester dans les parties basses des habitations en raison du risque de submersion. Il ne s'agit d'ailleurs pas que d'un risque, toutes les constructions – je dis bien toutes – seront rapidement confrontées à une montée des eaux qui peut être très rapide. Donc personne en sous-sol et même en rez-de-chaussée dans beaucoup d'endroits, Il faut se référer au document qui est remis à tout le monde lorsqu'on loue ou achète un logement, l'ERMT…

— C'est-à-dire ?

— Oui, pardon, l'État des Risques Naturels et Technologiques, document qui…

— Et vous croyez, Monsieur le Préfet, que tout le monde l'a lu ou même que les gens savent où ils l'ont rangé ?

— Euh… Enfin, de toute façon ils peuvent le consulter sur le site de leur mairie… En tout cas, ne pas rester en bas, ne pas non plus rester près d'une fenêtre, d'ailleurs je rappelle que toutes les fenêtres doivent être solidement fermées avec les volets clos. Si vos téléspectateurs en ont le temps, il n'est pas inutile de clouer une grosse plaque de bois sur la face intérieure des fenêtres donnant sur l'ouest pour éviter l'éclatement des vitres. Mais attention l'ouragan arrive sur le littoral à 22 heures, donc dans un peu moins de deux heures.

— Monsieur le Préfet, toutes ces mesures devront être appliquées à l'intérieur des terres jusqu'où ?

— Dans la totalité du département.

— Merci, Monsieur le Préfet.

— Et en aucun cas, il ne faut se trouver directement sous la toiture, encore moins dehors ou dans des abris de jardin ou autres ».

Les trois amis étaient sidérés, le regard rivé sur le mur écran.

— À partir d'une vitesse du vent de 150 km/h, on ne peut plus résister au vent. Mais alors là, tout va être emporté par le vent ! s'écria Michel.

— Oui, chéri, il va y avoir des dizaines de milliers de victimes… Et tout ça me met en colère. Je me souviens que mes parents étaient eux aussi en rogne contre tous ceux qui se foutaient des scientifiques et des écologistes qui tiraient déjà la sonnette d'alarme à la fin du siècle dernier.

— C'était pareil pour les parents de Romuald, c'est sans doute ça qui est à l'origine de sa vocation. Ses parents parlaient souvent d'un certain René Dumont qui parlait déjà d'une menace sur le climat et l'avenir de l'humanité il y a cent ans, vous vous rendez compte ! Dès les années 1950-1960 alors qu'à cette époque-là il y avait encore beaucoup de gens qui n'avaient pas de voiture et qui ne circulaient qu'à vélo !

— En Amérique du Nord, si, il y avait déjà pas mal de voitures mais il n'y avait que là.

— Mon père et ma mère n'arrêtaient pas de pester contre ceux qu'on appelait les « climatosceptiques », dit Michel.

— Oui, les miens aussi, ajouta Angélique, et il y avait même un fou furieux à la tête des États-Unis, un Allemand, je crois.

— Non il n'était pas allemand, son grand-père avait quitté l'Allemagne pour immigrer aux USA.

— En tout cas, il paraît qu'il avait plein de gens qui le soutenaient à fond, des gens qui roulaient dans des grosses bagnoles qui consommaient plein de pétrole.

— Et voilà où ça nous a menés !

— Vous avez entendu parler de Greta Thunberg, cette vieille dame suédoise avec ses belles tresses dans sa chevelure grise ? demanda Francine.

— Oui, bien sûr, c'est une femme admirable.

— Eh bien, elle avait à peine quinze ans quand elle a commencé à mener le combat contre les grands de ce monde, les chefs de gouvernements et les magnats de l'économie.

— Moi, j'étais encore un gamin en culotte courte mais je me rendais compte qu'elle avait raison. Par contre mes copains de classe, ils s'en foutaient, ils étaient toujours le nez sur leurs consoles de jeux – leur Nintendo qu'ils disaient – toujours à gaspiller encore plus d'électricité, à acheter le tout dernier modèle et leurs parents n'arrêtaient pas de bosser pour payer tous ces gadgets. Et voila où nous a conduits cette surconsommation.

— Si on passait à table ? Qu'en pensez-vous ?

— Donc pas d'apéro…

— Mais si, je suis bête ! Avec ces nouvelles, on ne sait plus où on en est !

Angélique lança un regard noir à son mari.

— Ah toi, tempête ou pas, quand il s'agit de picoler !

— Non, les filles, je disais ça pour rire. De toute façon, j'ai pas l'impression que Romuald va pouvoir rentrer.

— Oui, j'en ai bien peur, ils sont une fois de plus sur le gril à Météo France, d'autant que ce coup-ci, on va encore les accuser de ne rien avoir vu venir… Bon, alors on passe à table. Je vous préviens, j'ai fait un truc tout simple.

*

Michel Landier ne se doutait pas qu'alors qu'il passait un bon moment avec sa femme et sa collègue, son frère Grégoire suait de tous ses pores dans la salle de réanimation en tentant par tous les moyens de sauver ce malheureux Jérôme Duplessis qui avait pourtant une solide constitution et c'était bien pour cela, en plus de ses qualités scientifiques et de son expérience de pilote d'essai chevronné qu'il avait été sélectionné pour participer à deux missions dans la station spatiale internationale, la toute nouvelle, beaucoup plus grande et mieux équipée encore que les deux premières stations spatiales internationales.

Les quatre moniteurs donnaient maintenant des signaux de plus en plus alarmants, le cœur s'était arrêté à trois reprises et le troisième massage cardiaque n'avait rien donné, il avait fallu avoir recours aux électrochocs.

Le malheureux cosmonaute était de plus en plus faible. Passage en toute urgence au bloc opératoire pour une double hémorragie cérébrale et maintenant c'était le foie qui lâchait.

C'était ce qui déplaisait à Grégoire Landier dans ce beau métier qui, le plus souvent, permettait de sauver des vies : il y avait malheureusement des cas où tous les efforts étaient vains et Jérôme Duplessis allait mourir malgré sa robustesse, malgré tous les efforts de l'équipe de réanimation et le travail acharné auquel Grégoire et Anne-Laure venaient de se livrer avec les deux collègues du bloc opératoire et les six infirmières, sans compter l'anesthésiste qui était aussi intervenu à trois reprises. Plus de onze heures de travail en vain. À quatre heures trente du matin, l'astronaute s'était irrémédiablement éteint dans le bloc opératoire de l'hôpital Georges Pompidou, la tête toujours droite tandis qu'il était resté immobilisé sur le dos sur la table d'opération.

Regardait-il en direction de la station spatiale où il aurait dû se trouver quelques mois plus tard pour une mission de deux ans ?

*

Et cette même nuit l'astronaute Jérôme Duplessis ne fut pas le seul à perdre la vie.

Quinze stations balnéaires sur le littoral atlantique furent rayées de la carte. Seuls à peine quinze pour cent des pavillons individuels avaient à peu près résisté à la fureur des éléments, les autres avaient été totalement détruits, pulvérisés en quelques secondes par le vent qui avait atteint des pointes de 320 km/h. Puis des trombes d'eau avaient parachevé le travail de destruction systématique. Les immeubles étaient pour la plupart encore debout mais on aurait dit une scène de guerre. Aucune fenêtre n'avait résisté, de très nombreuses portes avaient été arrachées, toutes les toitures avaient été endommagées, des tuiles soufflées par le vent avaient brisé des vitres après avoir transpercé les volets et tué sur le coup au moins plusieurs centaines d'hommes, de femmes et d'enfants.

Les morts se comptaient déjà le lendemain matin par dizaines de milliers. Les autorités préfectorales estimaient qu'au minimum soixante-dix mille personnes avaient péri au cours de la nuit entre Saint-Jean-de-Luz et Arcachon, tuées par des tuiles, des tôles ondulées qui les avaient décapitées, des poutres, des blocs de ciment et même des pans de murs entiers qui les avaient écrasées tandis que bien d'autres encore avaient été emportées par les flots et noyées.

À l'intérieur des terres, le bilan n'était guère différent car l'ouragan n'avait commencé à faiblir qu'à cinquante kilomètres de la côte pour ne plus souffler qu'à 240 km/h. Les journalistes qualifiaient maintenant Paloma de cyclone car ce qui avait été le plus dévastateur, c'était à la fois la vitesse de rotation de l'air autour de l'œil du cyclone et l'abondance des précipitations.

Le bilan des morts et des blessés s'alourdissait d'heure en heure.

À midi, le lendemain le Ministère de l'Intérieur communiquait les chiffres suivants : 39 000 morts au moins, plus de 250 000 blessés graves dont une assez grande proportion présentant un risque certain de succomber à leurs blessures, près de 100 000 personnes portées disparues et de très importants dégâts matériels, des immeubles et des pavillons risquant de s'effondrer, des centaines de milliers d'automobiles hors d'usage, des milliers d'hectares de terres transformées en champs de boue, des centaines de milliers d'arbres déracinés.

Certaines villes payaient un lourd tribut, en particulier sur le littoral, comme Capbreton avec 352 morts et près de 900 blessés graves, et Mimizan avec 345 morts et 843 blessés, crânes fracassés, membres inférieurs brisés, cages thoraciques enfoncées entre autres blessures extrêmement graves. C'était la force des vents et les trombes d'eau qui avaient ravagé les habitations, les arbres déracinés s'étaient abattus sur les maisons. Les dégâts à Biarritz étaient considérables, de nombreux immeubles sur le front de mer allaient devoir être totalement reconstruits.

Les dégâts dans l'intérieur du pays s'étendaient jusqu'au Piémont. Les rivières comme l'Ouzon, l'Ousse et le Gave de Pau étaient sorties de leurs lits en quelques minutes, noyant des quartiers entiers tandis que les toitures s'envolaient, les tuiles romaines devenant des projectiles mortels. Ainsi la ville de Pau avait recensé 4 020 morts et un peu plus de 12 000 blessés sur une population de 82 000 habitants avec la brutale montée des eaux du Gave de Pau et de l'Ousse, l'eau était montée de 2,50 mètres dans le centre-ville et même de 3,80 mètres aux abords de ces deux rivières. Parmi tous ces morts beaucoup avaient été piégés dans leurs logements sans pouvoir s'en échapper ou monter dans les étages supérieurs. Ceux qui avaient pensé pouvoir échapper au déluge avaient été emportés par la tornade. Il y en avait qui avaient cru bon de se réfugier dans leurs voitures alors que les télévisions et les radios avaient diffusé en continu les messages d'alerte interdisant formellement de sortir de chez soi.

Le bilan était aussi lourd à Dax avec 978 morts et 2 425 blessés graves et à Mont-de-Marsan avec près de 1 500 morts et 3 600 blessés. Les avions militaires de la base aérienne de la ville étaient tous hors d'usage.

Toutes les routes étaient coupées, il n'y avait plus d'électricité nulle part dans les Landes, seules quelques communes des Pyrénées Atlantiques avaient encore de l'électricité et il était extrêmement difficile pour les secours de pénétrer dans toute cette partie du Sud-Ouest, seuls les hélicoptères pouvaient atteindre les lieux sinistrés mais de nombreux habitants allaient devoir rester isolés sans qu'on puisse leur venir en aide.

Dans les deux départements sinistrés des Pyrénées Atlantiques et des Landes mais aussi dans une dizaine de communes du Gers, dans le sud du Lot-et-Garonne et de la Gironde, il était impossible pour les secouristes de venir en aide aux populations sinistrées, les routes étaient bloquées par des troncs d'arbres qu'il fallait couper à la tronçonneuse pour avancer de quelques dizaines de mètres et tronçonner encore d'autres arbres, se frayer un chemin dans l'enchevêtrement d'arbres, de poteaux et de câbles électriques. Il allait falloir des journées entières pour dégager le passage. Par endroits, des portions entières de routes avaient été emportées par les glissements de terrain.

Dans de nombreuses communes, les stations d'épuration étaient détruites, les captages d'eau potable gravement endommagés, des canalisations s'étaient rompues, beaucoup de ponts avaient cédé, des torrents de boue ravageaient tout sur leur passage.

Seuls les hélicoptères pouvaient atteindre les zones sinistrées mais il n'y en avait pas suffisamment bien que les régions voisines aient immédiatement envoyé pratiquement tous les hélicoptères dont elles disposaient, quitte à mettre en péril leurs propres populations. Il y avait urgence pour sauver un maximum de personnes d'une longue et effroyable agonie.

Une fois de plus, tout le pays était sous le choc.

C'était une catastrophe inédite en France mais déjà des voix s'élevaient dans l'Opposition, dénonçant l'impréparation des autorités locales, de la Région et du gouvernement alors qu'un peu partout dans le monde les aléas climatiques étaient devenus de plus en plus ravageurs au cours de la décennie.

La température moyenne sur le globe s'était élevée d'un degré et demi en dix ans. Cela faisait déjà vingt-cinq ans que la glace fondait totalement au pôle nord en été et au cours des cinq dernières années la banquise ne s'était même plus reconstituée. L'océan arctique était désormais totalement libre de glace même en plein cœur de l'hiver et il pouvait être sillonné par les navires dans toutes les directions. L'Antarctique connaissait la même évolution, la banquise fondait complètement pendant l'été austral et la couche de glace sur le continent antarctique s'amenuisait d'année en année.

Partout dans le monde, les tempêtes étaient de plus en plus violentes et fréquentes, les périodes de canicule et de sécheresse devenaient elles aussi de plus en plus prolongées et fréquentes en été, suivies d'orages très violents. On ne comptait déjà plus les « crues du siècle »...

Pourtant rien ne changeait dans les habitudes de vie, on consommait de plus en plus d'énergie, surtout depuis la fin de la grande crise économique des années vingt et des années trente, une longue période de récession qui avait duré près de vingt ans. Cette récession avait eu pour origine les mesures de confinement à répétition et les dizaines de milliers de milliards de dettes publiques contractées par les États dans les pays occidentaux pour indemniser les populations privées d'emploi par les mesures de fermeture administrative imposées par la plupart des gouvernements.

Après cette très longue période de récession, à partir de 2040, tous les pays connurent une prospérité économique sans précédent. Certes, on brûlait moins de charbon et de pétrole mais les émissions de gaz à effet de serre continuaient d'augmenter à un rythme constant malgré les engagements pris par quelques dizaines de pays lors de l'accord de Paris en 2015. D'énormes quantités de méthane étaient régulièrement rejetées dans l'air, essentiellement du fait de la fonte accélérée du permafrost en Sibérie et au nord du Canada mais aussi par l'élevage de bovins dont le nombre avait été multiplié par quatre en un demi-siècle.

Et comme d'habitude, les médias dans tous les pays regorgeaient de déclarations émanant de la sphère politique et intellectuelle dénonçant l'incurie des gouvernements successifs et surtout des autres nations que tous s'accordaient à trouver encore pire qu'eux-mêmes… Le baratin habituel au lendemain d'une catastrophe naturelle, et bien entendu le gouvernement du pays sinistré annonçait le surlendemain qu'il était résolu à tout faire pour réduire drastiquement les émissions de gaz à effet de serre, que dorénavant de lourdes sanctions seraient infligées aux pollueurs, qu'on allait voir ce qu'on allait voir, rodomontades qui n'impressionnaient plus personne car chacun savait bien que les médias parleraient quelques semaines plus tard de tout autre chose et qu'en fin de compte rien ne changerait… Tant pis pour toutes les centaines de milliers de personnes qui avaient perdu des parents, des enfants, des amis et tous ces handicapés condamnés à finir leurs jours dans des chaises roulantes ou, dans le meilleur des cas, se faire équiper de prothèses !

De toute façon tous ces cataclysmes étaient bons pour l'économie du pays, il fallait réparer, reconstruire, revendre des automobiles et tous les biens matériels que les gens avaient perdus. Ce qui appauvrissait les uns enrichissait les autres et au passage les États empochaient de la TVA ! Et par conséquent rien ne changeait, les intérêts financiers à court terme l'emportaient sur les inquiétudes pourtant bien fondées sur l'avenir du climat de la planète.

CHAPITRE 2

Quand Michel Landier arriva devant les grilles du lycée Langevin Wallon, il fut surpris de voir les mines graves de ces adolescents habituellement volubiles et insouciants. La catastrophe de la nuit précédente était dans toutes ces têtes jeunes et sympathiques. Il traversa la cour pour rejoindre la salle des professeurs où il aimait bien passer un bon quart d'heure jusqu'à la sonnerie.

Il était encore dans le hall du bâtiment central qu'il entendait déjà le brouhaha encore plus bruyant que d'habitude et qui contrastait étrangement avec la sérénité et l'inhabituel silence des élèves qui attendaient encore à l'extérieur que les surveillants les autorisent à entrer dans la cour du lycée.

— Salut, Michel, t'as vu l'horreur dans le Sud-Ouest ? lui lança Paul Grandval.

— Oui, mon vieux, ça fait froid dans le dos.

— Voilà le résultat avec cette économie capitaliste avec la course au profit que plus rien n'arrête, leur déclara Jean-Jacques Lecouvreur, un jeune professeur d'anglais qui dirigeait la section syndicale de l'établissement.

— Là, pour une fois, je suis bien d'accord avec toi, lui répondit Michel.

— Salut, les mecs, leur lança leur collègue de philo Jeanne Rollandeau qui était en train d'ouvrir son casier, une étrange survivance du siècle dernier à l'ère de la communication numérique totale. Elle ne trouva dans son petit casier de bois que deux circulaires sans importance, deux feuilles de papier d'ailleurs totalement inutiles puisque ces deux notes de service lui donnaient exactement la même information qu'elle avait déjà reçue sur sa messagerie électronique.

Elle continua :

— Ça fait deux siècles que la nature encaisse les coups mais là on a tellement déconné que nous allons vachement trinquer maintenant. Trop, c'est trop.

— Oui, dit Paul, d'un air soudainement songeur, la situation devient incontrôlable.

— Ça suit une courbe exponentielle, dit Michel.

— Waou ! En voilà un qui se souvient de ses cours de maths ! lui répondit Paul en retrouvant d'un coup sa jovialité habituelle.

— Ouais, ben en attendant, on a tous bien merdé avec notre société de consommation à la con, dit Jeanne qui était vraiment en colère. Ça va bientôt faire cent ans qu'on sait qu'on va droit dans le mur et on ne fait rien. On va tous crever, je vous dis !

— C'est déjà commencé, aux nouvelles ce matin, ils parlaient de dizaines de milliers de morts, lui répondit Paul en opinant de la tête.

— On va lancer une collecte pour venir en aide aux malheureux qui ont tout perdu…

— Bon, écoute, Jean-Jacques, y en a un peu marre, c'est toujours pareil, ceux qui nous ont foutus dans cette merde n'arrêtent pas de se remplir les poches et qui vous venez taper, vous les syndicats ? Eh bien c'est nous ! C'est trop facile, mon vieux ! Tu m'entends ? Je ne donnerai rien ! Rien ! Rien ! Adressez-vous aux vrais responsables !

— Je suis d'accord, Jeanne, mais nous, les consommateurs, on a aussi notre part de responsabilité…

— On connaît la chanson, Michel, oui, on pourrait consommer moins. Décroissance, retour à la nature, etc… Ça fait cinquante ans qu'on nous bassine avec ces idées « bobo » comme disait mon père.

— Oui, le mien aussi, lui dit Michel en riant. N'empêche qu'ils n'avaient peut-être pas tort. On voit maintenant où toute cette surconsommation nous a menés !

— C'est peut-être parce qu'on est trop payé ! lança Paul avec une œillade goguenarde en direction du syndicaliste.

— Toujours un peu facho, toi ! lui répliqua Jean-Jacques et la sonnerie du début des cours mit fin à leur échange matinal.

*

Tandis que son frère faisait entrer ses élèves de Première dans sa salle de classe, Grégoire Landier rentrait dans son appartement du XIe arrondissement, il prit une deuxième douche méticuleuse et se coucha. Il était épuisé et s'endormit en quelques secondes.

Il ouvrit un œil vers midi, il avait très faim, il n'avait rien mangé en vingt-quatre heures. En se préparant à manger il alluma son téléviseur, un petit écran de soixante centimètres sur quarante qu'il avait installé sur le plan de travail de sa petite cuisine. Les nouvelles étaient consternantes, le journaliste qui présentait le journal télévisé ininterrompu depuis la veille au soir mentionna le fait que toutes les unités de soin du pays ainsi que des autres pays européens étaient appelées en renfort.

Grégoire avala le plat cuisiné qu'il venait de chauffer au micro-ondes et se précipita dans le salon pour rallumer son téléphone portable. Toute une série de messages s'affichèrent quand l'écran s'alluma :

NADINE : J'ai essayé de te joindre, tu es sans doute coincé à l'hôpital pour une urgence. À plus, gros bisous.

Pierre-Louis DULAC : J'ai un cas bizarre, j'aimerais avoir ton avis. Rappelle-moi dès que tu peux. Salut.

MICHEL : Angélique a fait faire une mammographie, est-ce que tu pourrais passer à la maison pour voir le cliché ? Nous, on n'y comprend rien.

HÔPITAL EUROPÉEN GEORGES POMPIDOU : Réunion d'urgence de tous les praticiens aujourd'hui à 11 h 00 salle A 705. Présence indispensable.

Il regarda l'heure, il était déjà 12 h 34.

« Trop tard. Tant pis, ça doit être pour les victimes de l'ouragan. Mais pourquoi la météo n'a pas prévenu avant ? » pensa-t-il, puis il appela sa copine Nadine mais elle n'avait pas son portable sur elle ou alors elle l'avait éteint, sans doute était-elle au restaurant avec ses collègues de bureau pour la pause déjeuner. Il lui laissa un message vocal :

« Chérie, je suis resté pour m'occuper du patient dont je t'ai parlé, on n'a pas pu le sauver, c'est triste. Je file au boulot, à ce soir, j'espère. Je t'embrasse, mon cœur. »

Son frérot, il le rappellera plus tard quand il sera rentré de son bahut. Mais le message de Dulac l'intrigue. Ils ont fait leur internat ensemble au CHU de Caen, il travaille maintenant à l'institut Pasteur, rue de Vaugirard, dans le service de recherche sur les maladies virales. Il compose son numéro. Ça sonne et quelqu'un décroche :

— Allo, j'écoute.

— Bonjour, je voudrais parler à Pierre-Louis Dulac, s'il vous plaît.

— Ne quittez pas, je vous le passe.

— Allo, Pierre-Louis ?

— Grégoire ? Bonjour, je suis content de t'entendre, mon vieux. Comment ça va ?

— Mal. Je suis crevé. Tu te souviens, le type dont je t'ai parlé ? Le gars qui a chopé le MS1.

— Oui, le virus qui a été rapporté de Mars. On aurait mieux fait de ne pas y mettre les pieds !

— Je suis bien d'accord, c'était une belle connerie d'aller traîner là-bas ! Eh bien, jusqu'à hier matin, il était dans un état stationnaire, nous pensions pouvoir le guérir, mais d'un seul coup tout s'est détraqué, on a tout tenté, il n'y a rien eu à faire.

— Dur ! Et c'est aussi pour ça que je t'ai laissé un message. Nous avons été contactés par le service de virologie de Lariboisière. Ils ont deux patients qui semblent avoir aussi contracté ce MS1.

— Mais comment ? Ils travaillent dans le spatial ou quoi ?

— Pas exactement mais ils ont fait une virée en Floride le mois dernier.

— En vacances ?

— Oui… Enfin, ils combinaient un voyage d'affaires à New York et pendant leur petite virée d'une semaine dans le Sud, ils ont passé deux nuits et une journée complète à Miami. Et ton patient, je crois me souvenir que tu m'avais dit qu'il avait attrapé ça à Miami.

— En effet.

Puis Grégoire demanda :

— Et tu ne sais pas par hasard dans quel hôtel ils sont descendus ?

— Si, dans le Palm Beach 2 Intercontinental.

— Putain ! C'est exactement le même hôtel. C'est là qu'étaient hébergés les membres du congrès d'astronomie en octobre dernier.

— Euh… je crois bien que ce couple était là-bas aussi en octobre. Attends, je regarde mes notes… Oui, du 15 au 17 octobre.

— Oui, même période, le congrès s'est tenu du 15 au 17. Voilà comment ils ont attrapé cette vacherie ! s'écria Grégoire.

Son ancien camarade du CHU de Caen réfléchit un instant.

— Et… le corps…, il est toujours chez vous ?

— Euh… oui, normalement il est encore dans notre morgue, le temps que la famille nous indique vers quel service funéraire…

— Attends, on peut aller faire des prélèvements ?

— Bien sûr mais dépêche-toi. C'est toi qui viens ?

— Oui, avec mon équipe.

— Faites gaffe, c'est un virus sacrément dangereux !

— T'inquiète… On pourrait y être vers 15 heures.

— OK, ça marche. Tu me donnes un coup de fil dès que vous arrivez. Je vous accueillerai. C'est un vrai labyrinthe, notre hosto.

— Je sais. À tout à l'heure, mon vieux.

Grégoire finit d'avaler son plat cuisiné, une préparation industrielle sans goût, certes, moins bourrée de perturbateurs endocriniens que les plats cuisinés que sa mère leur avait fait ingurgiter, à lui et son frère, dans leur enfance mais qu'il aurait mieux valu éviter de manger quand même !

Le journal télévisé faisait état du bilan encore très provisoire des victimes de l'ouragan Paloma. Une scène de guerre sidérante avec des immeubles éventrés, des voitures totalement détruites, retournées, des torrents de boue, des visages hagards, sanguinolents, des paysages méconnaissables.

L'Espagne avait acheminé des engins de génie civil et militaire pour aider l'Armée de Terre. L'Italie, l'Allemagne, la Suisse, la Belgique et les Pays-Bas commençaient déjà à dépêcher du matériel et des équipes médicales ainsi que des pompiers.

C'était l'horreur absolue. On n'avait jamais encore connu de tels dégâts en France. Pas le temps d'en regarder davantage, il devait filer à l'hôpital.

Puis il s'habilla rapidement, sortit de l'appartement du boulevard Voltaire qu'il avait repris après le décès de ses parents et il se dirigea vers la station Oberkampf.

Il avait toujours connu les trottoirs du boulevard Voltaire encombrés par toute une rangée de tentes Quechua occupées par des SDF avec énormément de saletés qui s'accumulaient au bord des deux trottoirs et dans les caniveaux. Depuis le début du siècle, on appelait les clochards des SDF, l'appellation était restée alors que beaucoup de ces malheureux restaient sous ces tentes à demeure. Leur nombre n'avait cessé d'augmenter en particulier pendant la grande dépression qui commença en 2022 avec des faillites en cascade et la grande pauvreté que connut la France suite à la phénoménale dépréciation de l'Euro pendant les années vingt et les années trente.

Grégoire et son frère Michel étaient encore lycéens quand le nouvel Euro fut introduit en 2033. Pour enrayer l'inflation causée par le surendettement des États de la zone Euro et en particulier de la France, la Banque Centrale Européenne supprima l'argent liquide et décida qu'un nouvel Euro valait mille anciens Euros, ce qui ruina les petits épargnants et en particulier réduisit à néant la valeur des « bas de laine », jetant des millions de retraités et de salariés précaires à la rue. Les effets de cette grave crise financière furent encore pires en Afrique et en Asie centrale, si bien que l'Europe dut faire face à une arrivée constante de migrants attirés par un *el dorado* qui avait peut-être existé au début du siècle quand l'Europe était encore prospère et pouvait généreusement attribuer toutes sortes de subventions et une aide matérielle à ces malheureux qui avaient cru que leur sort serait meilleur en Europe.

La forte croissance économique qui avait suivi la grande dépression des années vingt et des années trente ne générait pas suffisamment d'emplois mais tous ces pauvres migrants continuaient toujours de déferler sur une Europe qui ne pouvait plus rien leur offrir d'autre qu'une misérable existence de clochards.

Dans le métro, les mines étaient encore plus moroses que d'habitude, tous les passagers avaient leurs écouteurs vissés sur les oreilles et regardaient sur leurs smartphones les images atroces que les chaînes d'information en continu retransmettaient en direct. Grégoire trouvait cette addiction au smartphone ridicule, mais pour une fois, il fit comme tout le monde. Il fallait savoir.

*

À l'Institut Pasteur, Pierre-Louis Dulac était avec ses deux confrères Jacques Pernel et James Darson, un Américain qui avait fait ses études de médecine à l'université UCLA, un vrai Californien, décontracté comme s'il était perpétuellement en vacances. Au début, il ne parlait pratiquement pas français mais en à peine un an, il avait acquis une impressionnante aisance dans la langue de Molière en l'enjolivant de mots d'argot qu'il sortait en toutes circonstances. Ils se préparaient à aller rejoindre Grégoire Landier pour faire des prélèvements sur les voies respiratoires supérieures, du sang, du liquide lymphatique et sur quelques autres organes du malheureux astronaute français notamment ses poumons, son cœur et son foie.

Ils venaient de consulter en visioconférence leurs homologues de Boston où la situation était plus qu'inquiétante : l'épidémie de MS1 s'accélérait avec un doublement des cas tous les huit jours. Il y avait déjà une cinquantaine de foyers d'épidémie, répartis sur 7 États, la Floride, l'État le plus touché, mais aussi le Texas, la Californie, la Pennsylvanie, l'Ohio, la Virginie et la Caroline du Sud. D'après leurs homologues du laboratoire de virologie américain, ce nouveau virus était cent fois plus petit que le plus petit des virus répertoriés sur Terre et surtout il pouvait se fixer sur au moins une centaine de récepteurs différents, d'où sa prolifération rapide dans des parties totalement différentes dans l'organisme.

Ils étaient en train de préparer une valise avec les équipements de protection les plus performants, pouvant arrêter des particules mesurant quelques nanomètres seulement. Aujourd'hui, ils n'avaient pas envie de plaisanter.

— C'est génial, on va pouvoir remplir plein d'éprouvettes, ne trouvez-vous pas ? lança l'Américain pour détendre l'atmosphère.

— Tu sais, James, c'est pas drôle. Nous risquons quand même notre peau en s'en approchant, lui répondit assez sèchement Jacques Pernel que les blagues de l'Américain faisaient habituellement toujours rire mais pas cette fois-ci.

— Même pas peur ! continua James avec son large sourire en portant une large visière en plexiglas à son visage et en brandissant comme une épée la grande pince qu'il était en train de mettre dans la valise.

— Il va falloir prendre toutes les précautions nécessaires, dit Pierre-Louis en ignorant les singeries pas drôles du tout de leur collègue américain. Nous prenons un gros risque en allant chercher ce virus et en l'introduisant ici. Nous devrons briefer tous les laborantins et les doctorants ce soir.

— Oui, Pierre-Louis, je viens d'en parler au patron, il est en train de pondre les circulaires. En fait la réunion sera demain matin.

La voix de Jacques Pernel trahissait une angoisse certaine, il se souvenait que l'Institut Pasteur avait à plusieurs reprises joué les apprentis sorciers avec des virus anodins en apparence et sur lesquels les chercheurs avaient opéré des modifications génétiques dans le but de servir de matériau pour la production de vaccins, créant bien involontairement de nouveaux virus qui ont infecté des populations entières alors qu'aucun traitement n'existait encore contre ces nouvelles maladies.

— On a tout ?

— Je crois que c'est bon, on y va.

De l'Institut Pasteur à l'hôpital Georges Pompidou, le trajet n'était pas long. Grégoire Landier vint les accueillir devant les portes vitrées coulissantes du grand hall de l'hôpital et les fit monter dans son bureau où il leur expliqua en détail ce qui s'était passé la veille au soir.

Ils enfilèrent leurs tenues de protection et se dirigèrent tous vers la salle où l'on gardait les corps des malades qui n'avaient pas pu être sauvés.

Au cours des années trente, cette salle était devenue de moins en moins utilisée, c'était l'époque où la médecine triomphait de bien des maladies devant lesquelles, dix à quinze ans auparavant, les chirurgiens étaient encore mis en échec par la grande faucheuse. Mais, malheureusement, depuis une dizaine d'années la multiplication des cancers était telle que le pourcentage de rémissions qui avait atteint 95 % en 2030 était déjà de l'histoire ancienne. Au cours des deux décennies suivantes, le nombre de récidives et d'échecs avait rapidement augmenté et maintenant, tous les jours, on évacuait des cadavres dans les hôpitaux comme au siècle précédent.

Désormais, le cancer était la maladie de loin la plus fréquente. Rares étaient les personnes qui pouvaient ne pas avoir développé le moindre cancer au cours de leur existence, il n'y avait pratiquement que les victimes d'accidents et les victimes de meurtres qui échappaient au cancer. Il n'était pas rare, au cours de son existence de développer trois ou quatre cancers successifs affectant des organes différents.

Par contre, les maladies microbiennes et virales étaient très largement sous contrôle grâce à une gamme élargie d'antibiotiques et d'antiviraux mis au point dans les années trente. Oubliées, les pandémies des COVID 19, 22 et 24 qui avaient paralysé presque le monde entier au cours des années vingt. Ce qui restait malheureusement de cette période-là, c'étaient les centaines de personnes nées avec des anomalies génétiques causées par des vaccins conçus dans la précipitation qui avaient été administrés à leurs parents.

Mais là, on était face à un problème bien plus grave avec un virus redoutable, ramené de la planète Mars.

Les diverses missions lunaires menées par la Chine n'avaient eu aucune conséquence sanitaire. Les dizaines de kilos de terre prélevés à la surface de Mars et rapportés dès les années trente notamment par les missions conjointes entre la NASA et Airbus Espace, dans le cadre de la campagne *Mars Sample Return* n'avaient pas non plus posé de problèmes sanitaires. Il y avait d'ailleurs maintenant des échantillons de roches martiennes un peu partout dans le monde, dans des laboratoires universitaires. Mais ces roches avaient été prélevées par des engins robotisés, des rovers munis de foreuses légères.

Les tout premiers échantillons de roches martiennes avaient été prélevés par les rovers *Opportunity* et *Spirit*, puis par le rover *Perseverance* lancé en 2020 et c'était la sonde *Earth Return Orbiter* qui avait rapporté ces échantillons en 2031. Si le virus MS1 qui doit être présent dans l'atmosphère de Mars s'était déposé sur ces fragments de roche – ce qui n'est pas certain – il n'aurait pas pu survivre dans la fusée pendant les cinq ans de voyage interplanétaire puisqu'il n'y avait pas la moindre molécule d'air à l'intérieur des modules, tous ces vols étant inhabités. Il en avait été de même avec les sept missions suivantes dans le cadre du programme américain *Mars Orbiter* au cours de la décennie précédente et aucun problème médical majeur n'avait été signalé parmi la demi-douzaine d'astronautes qui avaient très brièvement foulé le sol martien lors des missions *Mars Orbiter*

13 et 14 ainsi que pour les deux astronautes chinois qui s'étaient posés sur Mars au printemps 2049 pour couronner les manifestations grandioses organisées par le pays pour célébrer les cent ans de la République Populaire de Chine.

Mais la toute dernière mission, *Mars Orbiter* 17, fut bien plus ambitieuse. La station qui avait été entièrement montée par des robots au cours des quatre années précédentes abrita l'équipage américain pendant un séjour de six mois sur Mars.

Et c'est donc lors d'une des sorties effectuées par les astronautes de la mission *Mars Orbiter* 17 que David Mills et Bob Westwood furent infectés par ce virus qui avait peut-être été à l'origine de la disparition précoce de toute forme de vie sur cette planète où on aurait mieux fait de ne jamais séjourner aussi longtemps !

*

Rue Soufflot, à deux pas du Panthéon, au sixième étage d'un bel immeuble haussmannien transformé en immeuble de bureaux dans les années 2010, quatre jeunes étudiants, deux de l'École Normale Supérieure de la rue d'Ulm et deux de l'École des Sciences Appliquées avaient créé en 2044 leur petite entreprise dans le domaine de l'intelligence artificielle.

Olivier Legrand, un des deux normaliens, avait gardé malgré ses trente-cinq ans le même air juvénile qu'il avait quand il avait intégré « Normal Sup » quinze ans auparavant dans la même promotion que Xavier Robinier. Ils avaient sympathisé avec Jean-Paul Marchand et Ludovic Hamadi, deux brillants élèves de l'École des Sciences Appliquées du campus de Saclay lors d'une fête de la science où ils animaient ensemble un atelier d'informatique.

Mais aujourd'hui, ils ne s'occupaient pas de leur tout nouveau projet ; depuis ce matin, ils ne parlaient que des dégâts corporels causés par l'ouragan dans la nuit. Pendant toute la matinée ils étaient restés rivés au grand écran qui couvrait la totalité du mur de la plus grande salle de leur bureau, pièce spacieuse qui avait dû être la salle de séjour ou la salle à manger de l'appartement bourgeois d'antan.

L'archevêque de Paris était en train de prononcer un sermon dans la cathédrale Notre-Dame de Paris :

— Prions, mes frères, pour les âmes des malheureux qui ont succombé…

— C'est ça ! Prie ton bon dieu de merde ! Le « tout-puissant » ! Mon cul ! s'écria Jean-Paul.

— Ouais, s'il était si puissant que ça, il ne nous enverrait pas à la gueule tous ces fléaux, les tempêtes, les pandémies, les tremblements de terre, acquiesça Olivier Legrand qui avait toujours partagé la même conception du monde que ses parents et ses quatre grands-parents, un athéisme familial hérité du XXe siècle et par-delà, du Siècle des Lumières et de la Révolution française.

— Et le pire, intervint Ludovic Hamadi, c'est qu'il existe peut-être, le bon dieu… et qu'il cherche par tous les moyens à nous faire disparaître de la Terre.

Les trois autres le regardèrent, interloqués et il continua :

— Mais oui ! Il avait créé le monde avec toute une variété de dinosaures, des grands, des petits, des herbivores et des carnivores pour les manger, et ça l'amusait follement de voir les uns se faire bouffer par les autres. Mais, voilà… l'étourdi !… Il avait oublié qu'il avait laissé traîner un gros astéroïde dans les parages. C'était pas un pro du nettoyage, le gars ! Et paf ! Collision, toute cette belle collection de dinos anéantie et…

— Pas con, ce que tu dis là, dit Xavier Robinier, et il a pas vu les petits mulots qui ont survécu. Lui, il les avait créés juste pour se faire bouffer par les plus petits des dinosaures qui se faisaient bouffer à leur tour par des plus gros…

— Il devait prendre son pied à contempler son œuvre, dit Xavier.

— Oui, mais il n'a pas vu venir le gros astéroïde et boum ! Tous ses dinosaures anéantis ! Mais ces petits malins de mulots s'en sont sortis et, de fil en aiguille, ça a donné des mammifères de plus en plus gros.

— Eh oui ! L'évolution ! Mais leur faire comprendre ça, à ces cabotins, mission impossible ! dit Jean-Paul.

— Oui, mais le bon dieu, rajouta Ludovic, il s'en est accommodé. Bon, il avait pas vu l'astéroïde, ça a tout pété mais il a quand même essayé de recréer toute la variété de formes qu'il avait avec ses dinosaures. Vous avez vu les formes des crocodiles, des varans, des rhinocéros, des girafes ! Il avait de la suite dans les idées, le gars !

— Eh oui, en quelque sorte, il a essayé de rattraper le coup, dit Xavier.

— Oui, mais quand il a vu les homos, il a pas aimé du tout, continua Ludovic.

— Tu veux dire qu'il aime pas les pédés ? demanda Jean-Paul.

— Oui, sans doute. Mais je veux dire l' homo erectus et surtout sapiens, et puis alors là, les sapiens sapiens, les humains qui bousillent son œuvre, il fait tout ce qu'il peut pour les détruire !

— Malgré toute cette dévotion envers lui, les églises, les mosquées et les temples qu'on a érigés pour lui ? Quel ingrat !

Leur joyeux délire les fit éclater de rire.

Olivier redevint sérieux en premier.

— N'empêche, les gars, que si on voulait, on pourrait échapper à toutes ces malédictions, les catastrophes naturelles, les maladies, les malformations, la dégénérescence quand on vieillit et même la mort !

— Oh ! T'es sérieux, Olivier ? lui demanda Jean-Paul.

— En allant sur Mars ? suggéra Xavier.

— Non, ça serait pas du tout une bonne idée. Il paraît que les astronautes qui sont allés là-bas sont pas en grande forme. J'ai vu sur le site de CNN qu'ils en ont peut-être ramené un virus mortel. En fait, c'est nous, qui bossons dans l'IA qui détenons la clef de la survie de l'humanité.

— Faut pas exagérer quand même, lui répondit Ludovic.

— Mais si ! Regardez ! Vous voyez cette merde dans laquelle on est ! dit-il en montrant de la main la scène de désolation dans la ville de Pau retransmise dans le journal télévisé.

On voyait à l'écran une femme à moitié écrasée dans sa voiture avec un énorme platane déraciné qui était tombé sur le toit de la voiture de cette pauvre femme dont les chairs étaient écrasées, transpercées par des morceaux de ferraille tordue et des éclats de verre.

L'image suivante montrait des gens au visage tuméfié, dégoulinant de sang et de boue, se traînant sur le sol boueux pour s'extirper d'un trou d'à peine vingt centimètres de large, tout ce qui restait d'une embrasure de porte qui s'était effondrée.

Olivier continua.

— Leur prison, à tous ces gens-là, à nous tous, les humains comme les animaux, c'est notre corps.

— Là, tu parles comme le cureton de tout à l'heure, lui dit Jean-Paul.

— Paix aient nos âmes ! rajouta Ludovic en riant.

— Ce qui fait de nous des humains, c'est notre cerveau, continua Olivier, ignorant les sarcasmes de ses deux camarades. Il est biologique pour l'instant. Mais nous pouvons le dématérialiser.

— Que des octets ? lui demanda Xavier.

— Oui, que des octets.

Et devant la stupéfaction de ses associés, il continua :

— Bon, réfléchissez. Tout se passe dans la tête, nos pensées, nos actions, nos émotions, nos sensations, nos sentiments…

— D'accord, Olivier, mais quand on guillotinait les gens, quand la tête tombait dans le panier, c'était bel et bien fini, lui dit Jean-Paul.

— Et même, pire que ça, c'était fini pour la tête alors que des mouvements pouvaient encore se produire pendant quelques secondes sur une main ou un pied.

— C'est vrai, Ludo, ce sont des mouvements réflexes, mais là, on est toujours avec un support biologique.

— Tu penses, Olivier, qu'on peut dématérialiser tout ce qui se passe dans la tête des gens ?

— C'est en partie le cas depuis longtemps. Les gens ne sont déjà plus que l'interface biologique de leurs smartphones. C'est depuis longtemps leur smartphone qui décide de leur agenda et quand un rendez-vous foire, c'est parce que les gens n'ont pas obéi à leur smartphone. Leur personnalité est déjà dans le *cloud*, leurs goûts, leurs préférences, leurs habitudes…

— Oui mais, moi, ma copine, je t'assure qu'elle est pas dématérialisée et je l'aime bien mieux comme ça.

— Mais, Xavier, quand t'es avec ta copine, ce qui te fais bander, c'est son regard, sa bouche, ses seins, sa…

— Ouais, ça va pour les détails.

— Ce que je veux dire, c'est que ce qui te déclenche des émotions, ce sont des images envoyées par deux capteurs, tes yeux. Et sa douce voix, là encore des capteurs, tes oreilles, son doux parfum de femme, un cocktail de molécules captées par des glandes olfactives dans ton pif. Tes mains quand tu la caresses ou quand elle te caresse, là encore ce sont les milliers de capteurs que sont les terminaux nerveux sous ta peau, mais tout ça, ce n'est que de l'information qui est instantanément traitée dans ton cerveau.

— D'accord, mais les souvenirs des moments passés ensemble ?

— Pareil, Xavier, c'est des données, tout ça, et comme toutes les données, on peut les dématérialiser.

— Mais, intervint Ludovic, le problème, ça va être de connecter ton super cerveau électronique au corps.

— Plus besoin de corps. Les cerveaux électroniques auront une conscience d'eux-mêmes renvoyant à des perceptions d'images, d'odeurs, de voix, des perceptions de toucher mais pas besoin de corps en chair et en os, toutes les sensations, on va pouvoir les numériser.

— Que du virtuel, donc ? dit Jean-Paul. Pas con ! Du coup, tout le monde pourra être beau, intelligent, gentil… et immortel !

— Oui.

— Mais alors là, Olivier, je crois qu'on va se faire chier, lui répliqua Xavier.

— Pas forcément, ça sera toujours pareil pour eux.

— Et comment ils vont faire pour se déplacer dans l'espace, pour voyager ? Il faudra bien qu'ils aient un support physique comme nos robots humanoïdes, lui objecta Ludovic.

— Mais non, les gars, pas du tout. Leurs déplacements, leurs voyages, tout ça sera virtuel. C'est déjà possible depuis longtemps. Regardez comme tous les musées ont mis au point depuis plus de trente ans des visites virtuelles. On a même eu des agences de voyages qui ont conçu des voyages virtuels quand les gens n'avaient plus la possibilité de voyager à l'étranger lors des confinements des années vingt et des années trente. Et c'était pas mal du tout. Il ne manquait que la perception des odeurs mais on va arranger ça, c'est pas compliqué.

— En tout cas, ajouta Jean-Paul, comme visiblement sur cette planète, les choses ne vont pas s'arranger, ça serait pas mal.

— Dans ce cas, il faudra tout numériser, les paysages en 3D, les monuments historiques, les œuvres d'art, absolument tout, dit Xavier.

— Bien sûr, car de toute façon, continua Olivier, dans quatre à cinq milliards d'années ce sera la fin de notre système solaire, donc la dématérialisation de l'humanité permettra de tout mettre à bord d'un énorme vaisseau spatial intersidéral et d'aller planter nos choux ailleurs.

— Ah, tu vois qu'on aura toujours envie de bouffer des choux !

— Beurk ! Y a meilleur que ça, en choucroute, à la rigueur… ajouta Jean-Paul.

— Ouais, un bon repas, t'en fais quoi ? lui demanda Xavier qui commençait d'ailleurs à avoir l'estomac dans les talons.

— Pareil ! Il ne s'agit que de sensations gustatives. Tes papilles ne sont que de vulgaires capteurs et tout le plaisir que tu éprouves en savourant un mets délicieux, ce sont ces papilles et c'est même en grande partie les cellules olfactives dans ton pif qui captent l'odeur des aliments que tu mastiques. Toute cette information est envoyée à ton cerveau et en fin de compte c'est là que le signal est analysé, identifié, comparé à des expériences gustatives passées et que ça se traduit en plaisir.

— Euh... Oui... mais, au fait, si on allait casser la croûte ?

— Bonne idée, tant que nous sommes des êtres biologiques. Mais, vous verrez, ça sera le même plaisir sans consommer quoi que ce soit, mis à part évidemment un peu d'électricité, conclut Olivier, exalté par cette idée extraordinaire qui venait de germer dans son esprit.

La discussion se poursuivit au Luco, une petite brasserie familiale tenue par une famille chinoise, sur le boulevard Saint Michel, en face du jardin du Luxembourg. C'était en quelque sorte leur cantine, et ils y prenaient de bons repas. Une cuisine simple mais variée, un menu tout simple avec le choix de trois entrées, trois plats et trois desserts et pratiquement en un trimestre, on pouvait y manger des plats différents chaque jour. En plus, la patronne était une jolie femme, adorable à souhaits.

*

Il faisait beau à Paris, c'était une belle journée d'automne, loin du chaos et de la désolation qui régnaient dans le sud-ouest de la France, comme si c'étaient deux mondes totalement différents. Les messages de solidarité et de compassion affluaient de quasiment tous les pays du monde à l'Élysée comme toujours en pareilles circonstances mais l'exécutif était totalement dépassé. Avec un réseau électrique hors d'usage, des routes et des voies ferrées impraticables, des aéroports aux installations endommagées, il était impossible pour les secouristes de joindre les zones sinistrées et le bilan des décès s'alourdissait d'heure en heure.

Il était également impossible d'évaluer l'ampleur des dégâts matériels. La population se sentait abandonnée. Et pour couronner le tout, il pleuvait abondamment sans la moindre accalmie, un vrai déluge, d'autant que les cinq mois de sécheresse qui avaient précédé cet ouragan avaient durci les sols, rendus pratiquement aussi imperméables que de la terre cuite.

Ces pluies diluviennes continuèrent pendant six jours sans interruption, c'était comme si l'océan déversait toute son eau sur la région.

Les habitants étaient désespérés. La nature semblait s'acharner sur eux.

Aux morts par écrasement et par noyade, s'ajoutèrent des suicides.

Quatre semaines après le passage de l'ouragan Paloma, le bilan définitif établi par le Ministère de l'Intérieur s'élevait à 69 877 morts et encore 128 personnes disparues.

Les deux départements des Landes et des Pyrénées Atlantiques étaient presque entièrement sinistrés et mettraient des années à s'en remettre, jusqu'à la prochaine tempête dévastatrice. Ce fut parmi les viticulteurs qu'on dénombra le plus de suicides. Au cours des six années précédentes, ils avaient vu à chaque fois le travail de toute une année totalement compromis par des orages de grêle, toujours quelques semaines avant les vendanges. Les fusées paragrêles, la dispersion d'iodure d'argent par des canons anti-grêle et même par des avions, plus rien de tout cela ne marchait, c'était désespérant.

Des voix s'élevaient dans tout le pays demandant à quoi avaient servi les milliards d'euros investis dans ces curieuses usines flottantes installées sur l'Océan Atlantique et sur la Méditerranée, censées refroidir l'eau de mer pour en limiter l'évaporation. Les scientifiques avaient bien compris que toutes ces tempêtes à répétition étaient alimentées par l'évaporation dans des mers dont la température avait fortement grimpé du fait du réchauffement climatique. On avait donc eu l'idée d'immerger depuis ces étonnantes usines flottantes de grands circuits de tuyaux où circulaient des milliers de mètres cubes de fréon. De toute évidence, cela ne marchait pas. Et les quelques économistes qui prônaient encore la décroissance étaient violemment critiqués par les politiciens de tous bords, parfois même par les écologistes aussi car personne ne voulait accepter de remettre en cause l'unique modèle de développement économique connu jusqu'alors. Pas question non plus de remettre en question nos modes de vie, la consommation effrénée et la gadgétisation généralisée sur la planète entière.

De très nombreuses familles dans les deux départements lourdement sinistrés par l'ouragan Paloma furent hébergées dans des campements de fortune installés en urgence dans tous les gymnases qui purent être réquisitionnés dans les départements voisins de la Gironde, du Gers, du Lot-et-Garonne et du Tarn-et-Garonne. Ceux qui avaient de la famille ou des amis qui pouvaient les héberger sont partis, souvent très loin, en quittant leurs maisons détruites, sans même pouvoir emporter quoi que ce soit. Ils avaient tout perdu en quelques heures.

Et déjà la Bretagne se préparait à la nouvelle tempête du siècle ! Une fois de plus la Bretagne allait encore être sinistrée.

Sur d'autres continents se déroulaient au même moment d'autres catastrophes : la Californie, le Nouveau Mexique et le Montana étaient ravagés par des incendies incontrôlables depuis plus de trois semaines. Des centaines de milliers d'hectares de forêts brûlaient comme des torches et des familles entières avaient péri, brûlées vives dans leurs voitures en tentant d'échapper aux brasiers.

L'Afrique australe souffrait d'une sécheresse qui durait déjà depuis plus de neuf mois. Il n'était pas tombé une seule goutte de pluie en Namibie, en Angola, au Botswana, en Mozambique, au Zimbabwe, en Zambie et en Tanzanie. Les troupeaux étaient décimés et la mortalité infantile était dramatique. L'aide internationale ne suffisait plus.

Le dérèglement climatique s'accélérait. Plus rien ne semblait pouvoir endiguer la fureur des éléments naturels.

CHAPITRE 3

Angélique Landier venait de recevoir les résultats de sa deuxième biopsie qui ne faisaient que confirmer les résultats alarmants de la première. La seule différence étant que trois des tumeurs détectées dans son sein gauche avaient grossi comme le montraient les clichés de la troisième mammographie qu'elle avait subie en moins d'un mois.

Elle relisait pour la cinquième fois le compte rendu du laboratoire qui mentionnait des métastases.

Michel ouvrit la porte d'entrée et fut surpris de trouver son épouse déjà rentrée.

— Ça va, chérie ? demanda-t-il depuis l'entrée en retirant ses chaussures et en enfilant ses pantoufles.

— Pas trop, regarde ça, je viens de recevoir les résultats du labo.

— Le deuxième laboratoire ?

— Oui.

Il n'avait pas encore eu le temps d'enlever son manteau, il se pencha sur la feuille de papier, lut lentement les deux pages dactylographiées, passa son bras gauche autour des épaules d'Angélique pour la serrer affectueusement contre sa poitrine. Oui, ce n'était pas bon du tout.

— Écoute, on va appeler Grégoire pour lui demander ce qu'il en pense lui dit-il.

— Tu parles ! Il va te dire la même chose que la dernière fois quand on lui a montré le compte rendu de la première mammographie, celle que j'ai eue à Henri Mondor !

— Oui mais la biopsie, c'est plus complet.

— Bon, essaie toujours, on verra bien, dit-elle.

Il retourna dans l'entrée, retira son manteau et revint vers elle en composant le numéro de son frère sur son portable.

Quelques sonneries puis il décrocha.

— Allo ?

— Salut Grégoire, c'est Michel.

— Salut, mon vieux.

— Dis donc, je te dérange pas ?

— Non, qu'est-ce qu'il y a ?

— Angélique vient de recevoir le résultat de sa biopsie, en fait la deuxième, ils lui en ont déjà fait une à Créteil.

— Elle l'a fait où ?

— À l'Institut Curie.

— Oh ben, eux c'est des pros, elle peut pas tomber mieux.

— Je peux te lire, vite fait, ce qu'ils disent ?

— Oui, vas-y !

Et Michel lui lut les conclusions du compte rendu.

— Hum, fit Grégoire, qu'est-ce qu'ils proposent ?

Michel lui expliqua qu'il avait accompagné son épouse pour rencontrer le Dr Blanchet, une femme d'une cinquantaine d'années qui lui avait paru moins attentionnée que la jeune docteure qu'ils avaient vue à l'Hôpital Henri Mondor. D'emblée, le Dr Blanchet leur avait annoncé sans le moindre ménagement qu'elle allait subir une chimiothérapie pendant six mois, l'ablation du sein puis quatre à cinq mois de radiothérapie. Il expliqua tout cela à son frère puis il lui dit qu'elle avait subi un IRM, un scanner cardiaque, un scanner-tomographie par scintigraphie en injectant dans les veines une substance radioactive et qu'ils allaient bientôt lui greffer sous la peau un boîtier pour faire passer les produits qui lui seraient administrés pour la chimiothérapie dans la veine jugulaire.

— Oui, c'est classique, mais tu sais, Michel, tu peux la rassurer, la pose d'un cathéter, c'est une technique qui est parfaitement rodée maintenant, et surtout à Curie, je t'assure qu'ils vont bien la guérir. Et pour le nibard enlevé, t'inquiète pas. On fait maintenant de la chirurgie réparatrice qui est très au point. Vous ne verrez aucune différence. Ce sera juste une année un peu difficile à passer. Et il va falloir qu'elle se mette en arrêt de maladie pendant presque un an.

— C'est ce qu'ils lui ont dit, mais elle veut continuer le plus longtemps possible, ils ont un marché juteux à conclure dans sa boîte.

— Ah, il faudra bien qu'elle s'arrête… Tu sais, une chimio, c'est très fatigant.

Michel avait mis le haut-parleur et Angélique avait donc pu entendre les conseils de son beau-frère. Grégoire continua :

— Au fait, vous avez eu le résultat du scanner TEP ?

— TEP ?

— Oui l'examen avec le produit radioactif pour la scintigraphie ?

— Non.

— Elle l'a passé quand ?

— Ben, il y a une semaine.

— Ça fait même dix jours, dit Angélique.

— Le résultat, on l'a en moins de vingt-quatre heures. Ils ont dû leur communiquer directement comme on le fait généralement, sans même en donner une copie au patient.

— Et toi, ça va ?

— Oui, nous sommes assez débordés en ce moment… Il y a un nouveau virus qui commence à se propager, une saloperie ramenée de la dernière mission spatiale sur Mars, un virus qu'on a baptisé le MS1, c'est-à-dire *Mars syndrome one.* On nous a amené un cas, un astronaute français qui l'a attrapé juste en côtoyant un des membres de l'équipage américain, j'ai pas pu le sauver. C'est dur, tu sais. Toi, t'as de la veine, vous les profs, quand vous vous loupez avec un élève, il ne meurt pas.

— Non, en effet, mais il arrive qu'ils tuent des gens ensuite quand ils ont trop la haine parce qu'ils se rendent compte qu'ils ont foiré leur existence.

— Au moins, dans ce cas-là, t'es pas le seul responsable, tandis que moi, quand un type meurt entre mes mains, j'ai toujours du mal à encaisser le coup.

— Je sais.

Il se tut un instant puis il ajouta :

— Avec Nadine, vous aurez le temps de venir un soir dîner avec nous ?

— Oui, volontiers, mais laisse Angélique se reposer, c'est important. Et surtout, ne vous inquiétez pas, elle est en bonnes mains, tout va bien se passer.

— OK, merci, Grégoire, bises à vous deux.

Ils raccrochèrent.

— Tu vois, il ne peut rien te dire de plus, t'inquiète pas, je vais m'en sortir, lui dit-elle.

— Oui, mais tu vois ce qu'il a dit, il faut que tu arrêtes de bosser.

— Oui, d'accord, on verra bien quand la chimio va commencer.

— Déjà quand ils vont te mettre le cathéter mercredi prochain, prends deux ou trois jours.

— Mais non, la journée, c'est bien suffisant. De toute façon, je pourrai rester au bureau toute la journée et le lendemain aussi, je n'aurai pas de déplacement à faire.

— T'en fais trop pour ton patron, je te jure. C'est peut-être comme ça, en bossant comme une dingue que t'as chopé ça.

Puis ils ont allumé le grand écran mural pour regarder le journal télévisé.

Les nouvelles étaient consternantes : le bilan humain était encore plus lourd que la veille. Des corps sans vie, charriés par les torrents de boue, retrouvés parfois à des dizaines de kilomètres de l'endroit où ils avaient été emportés par l'ouragan Paloma, davantage de victimes sous les décombres de leurs maisons ou de leurs immeubles que ce qu'on avait pu dénombrer le premier jour. Des villages toujours coupés du monde sans que les secours terrestres puissent les atteindre, tous les hôpitaux submergés par cet afflux soudain de blessés, les services funéraires débordés, des centaines de cadavres stockés en urgence dans les chambres froides des grossistes en viande qui approvisionnent les supermarchés de la Gironde, du Lot-et-Garonne et du Gers. Des cadavres avaient même été entreposés dans un grand hangar réfrigéré à Rungis !

Des dizaines de milliers de personnes avaient tout perdu, leurs proches, des amis, leurs biens, leurs documents, leurs cartes bancaires ; il ne leur restait rien d'autre que les habits qu'ils portaient sur eux au moment où ils durent abandonner une demeure en train de s'effondrer. Tous ces malheureux avaient le sentiment d'être abandonnés malgré toute la sollicitude des pompiers et des secouristes, malgré les efforts des autorités locales pour leur venir en aide.

Et déjà une nouvelle alerte pour la Bretagne classée en vigilance rouge avec une très forte tempête annoncée pour dans deux jours !

Le climat était-il devenu fou ?

*

Dans la petite start-up de la rue Soufflot cette inquiétude désormais généralement partagée par le monde entier était aussi dans la tête de nos quatre compères qui, depuis la veille, n'arrêtaient plus de cogiter sur cette idée folle qu'Olivier partageait maintenant pleinement avec ses trois camarades : réaliser un clone informatique de chaque être humain pour échapper à une mort certaine sur cette planète qui allait tôt ou tard devenir invivable.

Pendant qu'ils traçaient déjà les grandes lignes de ce projet titanesque et à première vue totalement utopique, leur télévision continuait de déverser un flot continu de nouvelles sur la situation apocalyptique dans le Sud-Ouest.

— Au moins comme ça, l'humanité entière pourra être embarquée dans une ou plusieurs stations spatiales et attendre que la nature retrouve son équilibre et que la vie soit de nouveau possible sur la Terre, dit Xavier, en regardant la scène de désolation absolue que les journalistes filmaient en direct du village de Saint-Sever au sud de Mont-de-Marsan.

— Oui mais ça va prendre sans doute des millions d'années avant que la vie ne redevienne possible, lui rétorqua Ludovic.

— Effectivement, il faudra pour cela que les équilibres naturels se rétablissent, que les forêts repoussent, que toute trace de vie humaine disparaisse, que toute la biodiversité retrouve son niveau d'avant la révolution industrielle.

— D'accord, mais ce sera impossible tant qu'il restera des milliards d'êtres humains en chair et en os, dit Jean-Paul.

— C'est bien pour cela qu'une fois les clones réalisés, on ne garde que l'humanité virtuelle, leur dit Olivier.

— Facile à dire ! Et tu crois que les gens vont accepter de se faire hara-kiri ou de se faire euthanasier sous prétexte qu'on leur a préparé un double virtuel ? Alors là, tu rêves, mon vieux, lui répondit Jean-Paul.

— Bon, d'abord, les gars, on est loin d'avoir mis ces humains virtuels au point, leur dit Xavier. La personnalité, l'apparence physique – virtuelle évidemment – ça va, on saura faire.

— La sensibilité aussi, ajouta Olivier.

— Oui mais pour les sentiments, je vois pas trop.

— Facile, lui répondit Olivier. Avec d'un côté, la sensibilité et l'ensemble des données du vécu, c'est-à-dire une succession d'événements et d'interactions avec les autres et d'autre part toutes les valeurs, la morale collective qu'on va définir, on génère automatiquement les sentiments.

— Tu parlais de morale, laquelle ? demanda Ludovic. Il n'y a pas de consensus, les Hommes se sont toujours foutus sur la gueule parce qu'ils ont des valeurs différentes.

— T'as raison, il faudra établir des lois fondamentales très précises et intangibles…

— Les lois de la robotique, du genre : un robot ne peut pas nuire à un humain ou un autre robot ainsi qu'à lui-même, tout mensonge est impossible, des lois de ce genre en quelque sorte, suggéra Xavier.

— Oui et bien entendu on va affiner tout ça, ne rien laisser au hasard, pour en finir avec les discordes, les conflits en tous genres, les guerres qui ont empoisonné la vie humaine depuis toujours.

— Dans ce cas, il faut éliminer les nations et les religions qui sont une sacrée cause de conflits, dit Jean-Paul.

— Euh, oui... Pour les nations, je ne sais pas. Une nation, ça renvoie à la notion de territoire qui peut parfaitement être virtuel mais je crois que tu as raison, c'est toujours pour défendre leur territoire que les hommes se sont toujours castagnés. Mieux vaut ne pas recommencer les mêmes erreurs si nous voulons donner une seconde chance à l'humanité.

— Et pour les religions, on fait pareil ?

— Oui et de toute façon les religions monothéistes ne pourraient pas être prises en compte puisque chaque religion se réclame d'un dieu unique et que ce n'est pas le même pour toutes. Donc illogique et par conséquent impossible à gérer informatiquement.

— Et t'as pas peur qu'on s'emmerde à la fin ? Surtout qu'on va pouvoir être immortel, si je comprends bien, lui demanda Jean-Paul.

— Non, il n'y a pas de raison, il y aura plein d'activités possibles, toujours plus d'êtres humains, toujours plus d'interactions...

— Attends, on s'y perd. Ces clones virtuels, on continue de les appeler des humains ?

— Bonne question, Jean-Paul. Non, on va plutôt les appeler des « néohumains » car ils vont quand même être très différents de ce que nous sommes dans la mesure où ils n'auront plus les limites d'une enveloppe charnelle et donc, enfin, toute une éternité devant eux, lui répondit Olivier. Ils seront très différents des transhumains, posthumains et autres humains augmentés qui ont été imaginés depuis le début du siècle et qui sont toujours avec un corps physique plus ou moins biologique, donc fondamentalement avec les mêmes limites que les humains comme nous.

— Oui, ça va faire une sacrée différence, plus de maladies, plus de mort mais au fait, ils vont continuer de faire des bébés ?

— Bien sûr, Xavier.

— Ils vont tomber amoureux ?

— Pareil. Imagine un peu : tu es virtuel. Au hasard d'un voyage, par exemple, tu rencontres une nana qui correspond à ton idéal de femme…

— Ah, parce qu'ils vont encore voyager ? Là, je te suis pas ! Il faudra donc bien des entités réelles pour pouvoir se déplacer dans la réalité, comme les imaginent les théoriciens de la posthumanité, des robots mécaniques, quoi !

— Mais non, Xavier, les voyages seront aussi virtuels, la vision des lieux, les bruits, les odeurs, même la sensation de la chaleur ou du vent sur la peau, tout ça sera évidemment virtuel.

— Ouais, fit Xavier, un peu sceptique.

— Mais, si, mon vieux, et cette nana que ton clone virtuel viendra de rencontrer, il va l'inviter au resto. Virtuel lui aussi. Tout est virtuel, le repas, tout. Imagine un peu, ce clone, c'est toi, c'est-à-dire un ensemble de gigaoctets sur un énorme serveur. C'est le coup de foudre entre vous deux, vos deux personnalités collent à merveille, tu es emballé par la gonzesse, elle aussi te trouve sublime, vous allez danser, vous allez vous rouler une pelle, tu la ramènes dans ta piaule d'hôtel et…

— Ça va, Jean-Paul, passe-nous les détails ! Mais mon clone virtuel, je sais pas s'il va autant aimer.

— Mais si, il a raison, je t'assure, tout le plaisir que tu as avec ta nana, c'est des données, rien que des données. Les sensations, les sentiments, c'est des données que nous pouvons parfaitement coder, lui répondit Olivier.

— Bien, ajouta Ludovic, alors on revient à notre nouveau Xavier et sa nana virtuelle. Elle aura un prénom ?

— Évidemment, et une apparence physique, une voix, un charme, une odeur irrésistibles…

— Et ils vont faire un bébé. Faudra attendre neuf mois pour avoir le bébé ?

— Pourquoi pas ? Ça reste à définir mais ça serait bien, ça fait partie des caractéristiques humaines.

— Et ils pourront avoir autant de bébés qu'ils veulent ?

— À eux de voir, mais ça ne posera plus les problèmes que nous avons avec le surpeuplement de la Terre. On va les appeler Néohumains avec un grand N. Chaque Néohumain représentera un surplus de consommation d'électricité mais ce ne sera pas énorme, ça n'aura rien à voir avec la consommation de nourriture, d'eau, d'oxygène et de matières premières que génèrent un être biologique et les émissions de carbone qui vont avec.

— Tu as une idée de la consommation électrique par jour et par Néohumain comme tu les appelles ? demanda Ludovic.

— Pas encore, mais on va voir quand on aura tout listé.

— Mais, dis-moi, Olivier, ils vont pouvoir cohabiter avec de vrais humains comme nous ?

— Non, ce ne serait pas une bonne idée du tout. On retomberait dans des conflits comme ceux que l'humanité a connus depuis la nuit des temps.

— Ben alors on fait comment ? On les met dans un pays à part ? C'est pas possible ! lui dit Ludovic.

— C'est pour cela qu'il vaut mieux qu'ils soient en dehors de la Terre qui est totalement habitée maintenant mis à part l'Antarctique. Et même là, ils pourraient se faire emmerder par les autres. Je pense que le mieux ce serait qu'ils soient à bord d'une station spatiale par exemple, lui répondit Olivier.

— Un petit détail encore, intervint Xavier, on est d'accord, les Néohumains – comme tu les appelles – vont avoir des enfants. Est-ce qu'ils pourront être grands tout de suite ou seront-ils ces petits êtres chétifs, fragiles, incapables de faire quoi que ce soit sauf de crier et de remplir des couches de merde ? De la merde virtuelle, évidemment, avec une odeur virtuelle…

Ils rirent tous les quatre de bon cœur.

— D'abord, dit Olivier ils n'auront plus ces fonctions organiques, donc en gros ils ne vont pas chier… comme personne d'ailleurs ! On peut évidemment ne pas passer par une enfance et tout le processus de croissance et de développement de l'esprit, mais, franchement, ça serait dommage. C'est quand même une sacrée source de satisfaction pour les parents de voir leurs rejetons se développer de jour en jour, quitte à perdre petit à petit cette naïveté touchante de l'enfance.

— Oui, et puis comme on va pouvoir leur donner l'éternité, on peut bien passer par une enfance avec une naïveté, une candeur bien sympathique et introduire petit à petit toutes les connaissances qui continueront ensuite au cours des siècles de se compléter, ajouta Xavier.

— Donc on ne prévoit pas une sorte de mort au bout d'un certain nombre d'années ? demanda Ludovic.

— Excuse-moi, mais ça serait stupide puisqu'on pourra enfin s'affranchir de cette malédiction qui frappe tous les êtres vivants, lui répondit aussitôt Jean-Paul. Vous vous rendez compte ! Depuis le temps que l'Homme rêve d'être immortel en s'inventant des paradis illusoires… C'est vraiment l'occasion de les satisfaire et de leur donner cette immortalité !

— OK, mais les ordinateurs, les serveurs, tous les supports électroniques, même les plus robustes, ça peut lâcher.

— T'as raison, Xavier, et c'est pourquoi il faudra que ce grand serveur central ait une ou deux sauvegardes, voire plus, et il faudra aussi que la centrale nucléaire qui sera embarquée sur cette station spatiale soit doublée pour n'avoir aucun risque de panne, dit Olivier.

— Il faudra aussi une ou plusieurs unités de fabrication de composants pour que des robots puissent changer les pièces défectueuses, ajouta Ludovic.

— Et vous pensez sérieusement qu'on va pouvoir fourrer tout cela dans la station spatiale ? demanda Xavier.

— Les stations spatiales actuelles, non, mais on concevra une station bien plus grande, on sait faire, ce n'est qu'une question d'assemblage comme on le fait déjà depuis plus d'un demi-siècle.

— Il en faudra au moins deux car si un météorite ou même un vieux satellite en rade comme il en traîne plein en orbite autour de la terre venait à percuter la station spatiale, il faudra que tout puisse être sauvegardé.

Ils continuèrent leurs échanges passionnés pendant toute la journée et même une bonne partie de la nuit, ils ne voyaient pas le temps passer. Dans leurs esprits, le projet prenait forme avec de plus en plus de netteté. Il n'y avait aucun doute, la chose était tout à fait faisable techniquement.

Pour les implications morales, les règles qui régiraient cette société néohumaine, il y aurait encore beaucoup de choses à voir. Devait-on faire un tri, garder le mal, la méchanceté, la mesquinerie, l'agressivité, la ruse, la médisance et même la paresse ou au contraire profiter de ce changement radical pour se débarrasser de tout ce qu'il y a de négatif dans la personnalité et le comportement des humains ?

Devait-on conserver la politique, les nations, des idéologies différentes, des langues différentes ou au contraire s'inspirer des sociétés d'insectes avec leur remarquable harmonie ? Les différences de points de vue n'étaient-elle pas au contraire une caractéristique profondément humaine qu'il serait dommage de supprimer ?

Ils se rendaient compte que ces questions les dépassaient, non pas parce qu'ils n'avaient pas un avis sur ces questions philosophiques mais ils ne se sentaient pas habilités à trancher. Ce qui leur importait, c'était la faisabilité technique et c'est ce qu'ils s'employèrent à étudier pendant les semaines qui suivirent, laissant de côté les autres travaux en cours. Les clients attendraient.

*

Camila Del Grande rejoignit leur équipe à ce moment-là. Camila était une belle californienne de vingt-huit ans qui avait fait ses études à Harward où elle était tombée amoureuse de Philippe Müller, un Suisse francophone sorti de l'École Polytechnique de Lausanne qui était parti aux États-Unis pour son « postdoc » puis il avait obtenu un poste de professeur au département d'Intelligence Artificielle de l'École des Sciences Appliquées à Saclay. Camila était ravie de le suivre à Paris, dans cette ville qui l'avait toujours fait rêver depuis sa plus tendre enfance.

Ils étaient de grands amis de Xavier Robinier et de sa copine Laura et bien sûr Xavier leur parla de ce projet fou dans lequel sa petite entreprise s'était lancée. Ils avaient même déposé le nom de *Neohuman Society* au registre du commerce. Avec un nom en anglais, cela ferait mieux, d'autant que ce projet n'avait de sens qu'à un niveau mondial car il s'agissait bien de sauver l'humanité entière.

Et il se trouve que Philippe Müller et Camila Del Grande avaient comme voisins à Marolles-en-Brie Michel et Angélique Landier. Pendant les beaux jours ils faisaient souvent un barbecue ensemble, soit chez les uns soit chez les autres. Les deux pavillons étaient côte à côte et la clôture entre les deux jardinets était vraiment symbolique.

Ce mois de novembre était particulièrement clément, il faisait encore vingt-six degrés dans la journée et la température ne descendait pas en dessous de vingt degrés dans la nuit, on se serait cru encore en été. Ils étaient donc en train de faire un barbecue dans le jardin des Landier et naturellement la conversation est vite venue sur le travail passionnant de Camila dans la *Neohuman Society*.

— C'est fabuleux ! s'exclama Angélique, on sera enfin débarrassé des maladies, de la mort, de toutes ces saloperies qui nous empoisonnent la vie. Il faut vite mettre ça au point, moi, je suis partante en tout cas.

Elle pensait bien évidemment à son cancer.

Michel avait l'air moins enthousiaste :

— Et nous, une fois qu'on sera recopié sur ce gros serveur, qu'est-ce qu'on fait ? On nous tue ?

— Non, pas obligatoirement, lui répondit Camila, tu peux continuer de vivre de ton côté mais il y aura un autre toi qui existera de façon totalement autonome, là-haut dans une gigantesque station spatiale et qui commencera à avoir une vie différente de la tienne. Et puis, toi, tu vieilliras, tu tomberas malade, lui pas. Et il survivra éternellement alors que toi, tu mourras un jour, je te le souhaite le plus tard possible.

— Mais si nous continuons de peupler la Terre, jamais vous ne pourrez revenir ou alors les Néohumains comme tu les appelles et les humains vont s'entretuer ?

— Oh, tu sais, Michel, au train où vont les choses, avec toute cette pollution et ce climat complètement déréglé qu'on a maintenant, l'humanité à l'ancienne, elle n'en a pas pour longtemps, lui répondit Philippe.

— En tout cas, ce changement climatique, il a parfois du bon, regardez comme on est bien ce soir, en plein novembre ! On se croirait en été. On pourra pas se faire un bon petit barbecue dans votre monde virtuel !

— Bien sûr que si, autant que tu voudras, lui répondit Camila.

— D'ailleurs on devrait programmer qu'il n'y aura plus de mauvaise saison, ajouta Philippe.

— Eh bien moi, je suis partante, dit Angélique. J'espère bien que ça va pouvoir se faire rapidement.

— Un nouvel Arche de Noé, en quelque sorte, dit Michel, pour attendre que tout rentre dans l'ordre sur notre bonne vieille planète. Oui, pourquoi pas. Mais faudra être sûr qu'il n'y aura pas de panne ou que votre station spatiale ne va pas percuter une des nombreuses épaves qui gravitent autour de la planète avec tous ces satellites qui ont été mis en orbite depuis bientôt cent ans.

— Oui, il y aura tout ce qu'il faut pour les éviter, des fusées à plasma, des trucs comme ça pour dévier leur trajectoire ou les éliminer carrément lui répondit Camila.

— Et puis, attention, lui répliqua Michel, moi, j'ai déjà eu des fichiers numériques qui se sont dégradés et que je ne pouvais plus ouvrir. Ça m'est arrivé hier encore, tout mon cours était basé là-dessus, impossible d'ouvrir le document, fichier endommagé que ça me disait.

— C'est bien pour ça qu'il y aura de multiples sauvegardes, le système devra être infaillible.

Ils continuèrent la discussion jusque tard dans la nuit, profitant de cette douceur inhabituelle pour une fin d'automne.

Après cette belle soirée passée avec leurs voisins, Michel et Angélique rentrèrent dans le pavillon la vaisselle qu'ils mirent dans le lave-vaisselle, puis ils rentrèrent la table et les chaises, Michel nettoya la grille du barbecue pendant qu'elle était encore chaude – il faisait toujours comme cela, c'était plus facile à gratter que lorsque les graisses sont refroidies – puis après être passés à la salle de bain ils se couchèrent.

Mais ils n'avaient pas envie de dormir, ils reparlèrent de cette idée prodigieuse de pouvoir enfin triompher des défis que nous impose notre condition animale, les maladies, la mort et aussi l'infertilité. Depuis l'âge de vingt ans la pauvre Angélique savait qu'elle ne pourrait jamais procréer du fait d'une atrophie de ses ovaires causée par un médicament de confort qui avait été prescrit à sa mère lorsqu'elle était enceinte d'Angélique.

— Tu te rends compte, mon chéri, si on peut avoir toujours les mêmes joies, les mêmes plaisirs sans avoir ces corps qui nous font souffrir, les migraines, les rages de dents, le cancer et pire encore ! Moi, je trouve cette idée vraiment géniale !

— Oui, s'ils y arrivent, mais c'est pas gagné… Et puis il faudra que les gens acceptent. Toutes les religions vont freiner des quatre fers… Les politiciens aussi… Et les agriculteurs ? T'imagines un peu ? Plus besoin de leur production agricole ! Et les boîtes qui fabriquent les engrais, les pesticides, les fongicides, toutes ces saloperies qui finissent dans nos assiettes, l'industrie pharmaceutique, les médecins, tu crois qu'ils vont se laisser faire ?

— Oh, tu vois toujours tout en noir… Et on pourrait avoir des enfants, si on devenait virtuel comme ils disaient.

— Ben moi, je te préfère comme ça.

En disant cela, il l'enserra de son bras droit, en la faisant rouler sur lui et en lui caressant langoureusement les fesses de sa main gauche. Leurs bouches se collèrent, leurs langues se caressèrent longuement, profondément, Michel sentit son membre se gonfler et s'allonger, ses doigts glissèrent vers l'entrejambe déjà humide de son épouse, puis il glissa sa tête vers le bas en continuant de lui lécher passionnément le cou, le haut de la poitrine, le téton droit, le ventre, le nombril, puis le pubis. Angélique, spontanément, se retourna, lui présentant son sexe devant la bouche tandis qu'elle commençait à lui faire une fellation, engloutissant goulûment la verge dans sa bouche. Michel adorait alternativement masser le clitoris avec sa langue et l'introduire le plus profondément possible dans le vagin d'Angélique.

Il éjacula dans la bouche gourmande de son épouse qui adorait cela et avalait toujours avec délectation.

Puis ils firent l'amour, plusieurs fois, comme lorsqu'ils s'étaient connus, quand elle n'avait encore que vingt ans.

Le lendemain matin, alors qu'ils étaient en train de prendre leur petit déjeuner, ils riaient encore de leur folle nuit d'extase.

— N'empêche que si Camila, Philippe et leurs potes réussissent à fabriquer nos clones virtuels, je ne pense pas que nos doubles numériques pourront autant prendre leur pied ! dit-il en lui caressant l'épaule.

— On verra bien, ça me semble difficile en effet, mais qui sait ? Ça vaut quand même le coup d'essayer… Et puis, t'imagines un peu, ils pourront prendre leur pied comme ça pendant toute leur vie – que dis-je ? – l'éternité !

— Ouais… peut-être… J'imagine mal quand même… En tout cas, il va falloir maintenant qu'on aille au boulot. Au fait, ils en ont pas parlé, du boulot.

— Non, peut-être parce qu'on aura plus besoin de travailler. Des algorithmes pourraient très bien me remplacer dans mon travail. Et puis, toi, ton métier, il ne sert déjà plus à rien. N'importe qui peut maintenant traduire instantanément tout ce qu'il a envie de dire dans toutes les langues du monde ! Donc, on pourrait se remettre au lit et…, dit-elle en passant sa main sur la braguette du pantalon de Michel puis elle ajouta :

— Mmm…, pas la forme, ce matin, on dirait !

Ils éclatèrent de rire.

— Évidemment, laisse-moi le temps que mes couilles se rechargent un peu.

— Ah, tu vois, si tu étais virtuel, on pourrait remettre ça tout de suite.

— Ce serait peut-être lassant, à la fin.

— Ah bon ! Comme cela, monsieur se lasserait… Utile à savoir, dit-elle en affectant d'être fâchée.

— Non, bien sûr… Mais, … je… enfin, bafouilla-t-il.

Ils continuèrent de manger en discutant gaiement. Angélique ne pensait même plus à ce cathéter qui lui serait greffé dans l'après-midi à côté de l'aisselle dans le service de médecine ambulatoire de l'hôpital.

Puis, ils partirent dans leur vieille voiture électrique manuelle en passant d'abord par le lycée où Michel avait juste une heure de cours à assurer. Il avait demandé une autorisation d'absence pour l'après-midi et arrangé le rattrapage de ses trois cours la semaine suivante. Angélique alla s'asseoir sur un banc dans le petit square en face du lycée.

Ils se retrouvèrent ensuite pour se rendre à l'Institut Curie, dans le service de chirurgie ambulatoire.

Avec leur vieille Audi, pas question de laisser la voiture aller se garer toute seule. Il fallait, à l'ancienne, chercher une place, se garer, puis revenir à pied là où une voiture moderne les aurait déposés avant d'aller se garer et se recharger toute seule. Les places de stationnement étaient devenues de plus en plus rares dans Paris. Ils durent remonter jusqu'au parking du centre commercial Masséna, entre la Porte d'Ivry et la porte de Choisy puis prendre le métro pour revenir dans le Ve arrondissement. Heureusement, ils avaient prévu une marge de temps suffisante pour ne pas se présenter en retard à l'Institut Curie.

L'opération, sous anesthésie locale, ne dura qu'une petite heure, le temps d'insérer un petit boîtier rond, de la taille d'une pièce d'un euro, avec un petit tuyau qui remontait dans la veine jugulaire.

Michel attendit dans la salle d'attente et il était effaré de voir autant de patients venus pour la même opération, des femmes essentiellement, de tous âges, y compris une jeune femme qui ne devait guère avoir plus de vingt ans.

Le cancer était devenu une maladie banale, fréquente, pouvant frapper plusieurs fois au cours de l'existence, avec, à chaque fois, de longs traitements en chimiothérapie et en radiothérapie. C'était une véritable industrie, génératrice de profits colossaux pour les compagnies pharmaceutiques et les nombreuses firmes produisant les équipements toujours plus sophistiqués dont le système hospitalier devait se doter, en renouvelant sans cesse le matériel bien avant qu'il ne soit amorti.

Angélique dût attendre longtemps avant d'entrer dans le bloc opératoire, une vaste salle, grande comme un gymnase au sous-sol de l'hôpital. Le service était débordé tous les jours, avec toujours plus de cathéters à poser et un manque chronique de personnel. Angélique était stupéfiée de voir autant de personnes opérées en même temps. Elle ne rejoignit son mari dans la salle d'attente que six heures plus tard, il commençait à se morfondre, il se demandait si tout allait bien mais personne n'était en mesure de le renseigner.

Le pansement de son épouse n'était pas visible sous ses habits et elle ne souffrait pas, elle était encore sous l'effet de l'anesthésie locale. Michel fut rassuré de voir que tout s'était finalement bien passé.

Ils retournèrent en autobus au parking où ils avaient garé leur voiture puis ils rentrèrent en s'arrêtant en chemin dans une pharmacie pour prendre les médicaments qu'Angélique allait devoir prendre au cours des jours suivants.

Le lendemain, elle resta à la maison, elle bénéficiait d'une journée d'arrêt de travail supplémentaire.

Elle se reposa, regarda les journaux télévisés qui étaient tous passés à un autre sujet. La détresse des victimes de l'ouragan ne faisait déjà plus la une des médias. Il faut toujours du nouveau pour tenir l'audience en alerte ! Le grand sujet du jour était l'inquiétante progression du nombre de cas de cette nouvelle maladie, le MS1, le syndrome martien : 398 cas aux États-Unis, 22 cas au Canada, 37 en Allemagne, 25 en Chine, 21 au Japon, à peu près autant en Russie et 14 cas en France.

On savait que la seule origine possible de cette nouvelle maladie était la toute dernière mission *Mars Explorer*, que le mode de transmission était par les voies respiratoires et qu'à ce jour, aucun des malades du MS1 n'en était sorti guéri. Aucun de ceux qui avaient été diagnostiqués n'avait survécu au-delà de cinq mois. C'était la nouvelle peste, frappant autant les hommes que les femmes, terrassant à tout âge, quel que soit leur état de santé.

D'ores et déjà, le programme *Mars Explorer* était stoppé, toutes les missions ultérieures étaient ajournées mais n'était-il pas déjà trop tard ? Un mal inconnu, pour l'instant imparable, avait été introduit sur notre planète. Sa contagiosité était totalement inédite. Toutefois, cette nouvelle maladie ne semblait pas affecter les animaux.

Une fois de plus les êtres humains creusaient leurs propres tombes. Ils étaient déjà responsables de toutes ces nouvelles maladies apparues au cours des deux siècles précédents avec l'avènement de l'électricité et la prolifération des ondes électromagnétiques, avec les métaux lourds, les plastiques, les produits chimiques utilisés par l'industrie agroalimentaire, la pollution de l'air et de l'eau, et voilà que maintenant un redoutable virus martien commençait à faire des ravages sur la population mondiale avant que l'on ne parvienne à mettre au point un traitement ou même un vaccin pour endiguer cette nouvelle maladie.

Les pandémies de la première moitié du XXIe siècle étaient toutes caractérisées par le même mode de transmission : la respiration. Et ces virus étaient devenus en quelques années de plus en plus dangereux. Les États avaient à peu près tous réagi de la même façon, en imposant des mesures impopulaires de confinement, couvre-feu, port de masques d'abord dans les lieux publics puis partout, même en rase campagne. Les grands laboratoires pharmaceutiques s'étaient tous lancés dans une folle compétition pour fabriquer des vaccins. Dans la précipitation encouragée par les pouvoirs publics dans la plupart des pays, ils n'avaient pu produire que des vaccins très médiocres, peu efficaces et même pour certains produisant des effets secondaires parfois des années après avoir été injectés. Le corps médical était très divisé, les gouvernements de la plupart des pays naviguaient à vue sans parvenir à trouver la bonne stratégie pour combattre des virus qui avaient selon toute vraisemblance été bricolés dans des laboratoires douteux.

Ces virus mutaient en moyenne tous les quinze jours et le nombre de morts augmentait inexorablement. Avec la COVID 24, ce fut bien pire encore, la mortalité atteignit un niveau comparable à celle de la grippe espagnole au début du siècle précédent avec au total plus de quatre-vingts millions de morts.

Mais, avec ce virus martien qui n'avait pas de bases connues contrairement aux virus d'origine terrestre, tous les spécialistes redoutaient le pire. Il risquait d'y avoir cette fois-ci des centaines de millions de morts. En effet la courbe de contamination était bien plus inquiétante que pour les coronavirus des années vingt, ce qui tentait à prouver que cette nouvelle maladie venue de l'espace était au moins mille fois plus contagieuse et mortelle.

*

Au lycée Langevin Wallon, c'était la pause déjeuner et Michel Landier était dans la file d'attente réservée aux professeurs pour accéder au self-service de la cantine avec son collègue de physique-chimie Rachid Alzouhi et leur collègue de philosophie Jeanne

Rollandeau. Ils parlaient évidemment de la nouvelle menace sanitaire qui faisait la une de tous les journaux. Michel avait lu l'article publié dans les premières pages de l'exemplaire du *Parisien* qui traînait sur une des tables de la salle des professeurs avant son premier cours.

— Je ne comprends pas qu'à la NASA ils n'aient pas imaginé un seul instant que c'était hyper dangereux d'aller passer six mois sur Mars, disait Michel.

— Ah, ils ne pouvaient pas savoir, Mars était pour eux une planète morte, lui répondit Rachid. Et puis, ça fait maintenant presque vingt ans que des vaisseaux spatiaux ramènent des roches prélevées par les sondes et les rovers sur la lune et sur Mars et il n'y a jamais eu de problèmes.

— Moi, je suis d'accord avec Michel, dit Jeanne. Les cailloux qui ont été ramenés par les fusées venaient de zones sèches, et puis surtout, c'était des engins robotisés qui les prélevaient et les modules redécollaient presque aussitôt pour rejoindre la fusée qui les rapportait sur Terre mais il n'y avait personne à bord. Cela fait quarante ans, je crois, que tout le monde sait qu'il y a d'énormes quantités de glace aux pôles et les sondes envoyées dans les années vingt et les années trente ont même pu faire des sortes de forages à divers endroits et qui ont révélé la présence d'eau liquide sous la surface.

— De toute façon on se doutait bien qu'il y avait eu de l'eau en surface, ça fait longtemps qu'on a pu observer ces traces de ruissellement comme des vallées asséchées.

— Oui, bien sûr, Michel, mais à l'époque, on se disait que c'est pas parce qu'il y a eu de l'eau sur Mars il y a très longtemps qu'il y a eu forcément une forme de vie sur cette planète, lui répliqua Rachid. Ça va bientôt faire un siècle que tout le monde ramène sur Terre des échantillons de roches lunaires, les Américains, les Russes, les Chinois, nous aussi et dernièrement les Indiens. Il n'y a pas eu de conséquence catastrophique, au contraire, il y a eu des avancées scientifiques considérables et les Chinois commencent avec leur navette à ramener des tonnes d'un minéral très utile pour développer des batteries inusables pour nos appareils électroniques.

— Peut-être, mais ça va servir à quoi si le monde entier crève entre-temps avec cette saloperie ? Comment ils l'appellent déjà ? poursuivit la philosophe.

— Le MS1, lui précisa Michel.

— C'est-à-dire ?

— Mars Syndrome One.

— Ah oui ? Parce qu'ils anticipent déjà qu'il y en aura un deuxième, puis un troisième… Et j'imagine que l'Académie française va bientôt décider qu'il faut dire « la MS1 » , machos comme ils sont, ces vieux cons !

— Pourquoi tu dis ça ?

— Oui, vous étiez trop jeunes à ce moment-là, vous ne pouvez pas vous en souvenir. Quand la première vague de COVID est arrivée, les gens disaient « le COVID » et puis ils ont dit qu'il fallait mettre ça au féminin.

— C'est à cause du D, *disease* en anglais qui veut dire maladie.

— Alors là, vous savez, les mecs, quand c'est pas bien, c'est toujours féminin : la maladie, la catastrophe, la malédiction, la tempête, la pluie, l'inondation…

— Oh, c'est un hasard, lui dit Rachid en riant.

Ils mirent les assiettes d'entrée, de plat principal et de dessert sur leurs plateaux, Michel et Rachid prirent une petite bouteille de vin rouge chacun, Jeanne prit une bouteille d'eau.

— Tu prends aussi du vin, lui demanda Michel. C'est pas interdit dans ta religion ?

— Non, Mahomet a juste interdit d'être saoul sur la voie publique. Et ce n'est pas avec une petite bouteille comme ça que je risque de rouler par terre ! dit-il en riant.

— T'as bien raison, c'est du soleil en bouteille.

Ils se dirigèrent vers une table où Jean-Jacques Lecouvreur venait de s'asseoir.

— On peut compléter la table ? lui demanda Jeanne.

— Bien volontiers. C'est pas mauvais aujourd'hui. Le cuisinier a fait des efforts.

— Oui, ça a l'air correct, c'est pas de la grande gastronomie mais ça a l'air mangeable.

— Vous savez, j'ai fait un esclandre au dernier Conseil d'Administration. L'intendant a mis en place une commission restauration avec deux représentants des profs, des élèves et des parents d'élèves.

— T'en fais partie ? lui demanda Rachid.

— Non, je peux pas tout faire, je suis déjà dans la commission travaux et puis j'ai toutes les réunions au syndicat.

— Et on compte sur vous, les syndicalistes, pour défendre notre bifteck ! lui dit Michel en riant.

— Ouais, mais on serait plus forts si vous preniez vos cartes.

— Allez, on ne va pas parler des sujets qui fâchent, leur dit Jeanne.

— T'as raison, dit Michel. Au fait, je crois que ton mari travaille dans un grand hôpital parisien…

— Oui, à Lariboisière, dans le Xème.

— Et qu'est-ce qu'ils en disent de ce syndrome martien mortel ?

— Ça les inquiète au plus haut point. Ils ont eu entre les mains deux personnes contaminées, ils viennent d'en perdre un et l'autre, ils ne sont pas du tout sûrs de pouvoir le sauver.

— Mon frère, c'est pareil, il en a un qui est mort dans son service il y a deux jours, un type connu, c'était un de nos cosmonautes.

— Si vous voulez mon avis, leur dit Jeanne, nous sommes une fois de plus en train de jouer les apprentis sorciers. C'est toujours la même chose, comme quand des labos tripatouillaient avec des virus bizarres au début du siècle. Ça nous a valu de vivre pendant vingt ans avec un masque sur la figure. Et le pire, c'est que c'étaient des maisons sérieuses qui faisaient ça pour chercher à faire encore plus de profits.

— Oui, je m'en souviens, acquiesça Michel, j'étais gamin, c'était pas marrant du tout, et ils n'ont pas été foutus de mettre au point des vaccins efficaces. Tous les grands fabricants de médicaments avaient sorti des vaccins à toute vitesse, en quelques mois alors qu'il faut encore même maintenant une bonne dizaine d'années pour mettre au point un truc qui soit efficace sans présenter de danger à long terme. Il y a encore actuellement des gens qui développent des maladies causées par ces vaccins qui avaient été administrés à leurs parents. Il y a même eu des monstres nés sans bras, d'autres avec deux nez ou avec un seul œil. Heureusement que beaucoup de gens ont refusé de se faire vacciner et heureusement ces virus ont fini par devenir inoffensifs.

— Parce qu'on a eu de la chance qu'à force de muter, ils soient devenus des virus grippaux comme les autres, dit Rachid, mais il aurait très bien pu arriver qu'un de ces virus devienne cent fois plus mortel et fasse crever tout le monde.

— Oui, continua Michel, et regardez toutes ces maladies graves causées par la malbouffe et toutes ces ondes électromagnétiques qui nous entourent, les cancers, les malformations, l'infertilité… Bonsoir le progrès !

— Voilà où ça nous mène de ne pas écouter les vrais scientifiques, poursuivit Jeanne. Mais on les a pris pour des illuminés et tous les dix ans on nous a truffé le pays avec des émetteurs toujours plus puissants, toujours plus nombreux pour faire fonctionner nos gadgets alors que c'est maintenant prouvé que c'était dangereux dès le départ.

— Mais tu peux pas empêcher le progrès, lui dit Jean-Jacques.

— Mais c'est pas du progrès, mon vieux. Regarde nos potaches, ils se précipitent pour aller acheter le dernier smartphone, et pour faire quoi ? Des conneries, débiner des camarades de classe sur les réseaux sociaux qui n'ont de sociaux que le nom. De simples outils de commérage, j'vous dis !

— Là, c'est vrai que t'as pas tort, concéda Jean-Jacques, et ils ne font qu'enrichir encore plus des multimilliardaires américains et chinois.

— Oui, dit Rachid, s'ils s'en servaient pour apprendre quelque chose d'utile, ça serait bien mais ils perdent leur temps avec tout ça.

— Tout ce que ça fait, c'est une génération de benêts incapables de réfléchir, c'est désespérant, leur dit Jeanne qui était visiblement excédée.

— Et au passage, renchérit le syndicaliste, ça arrange bien le pouvoir qui peut faire d'eux ce qu'il veut, des consommateurs dociles et manipulables à souhait !

— Et pendant ce temps-là, toutes ces ondes nous bousillent la santé !

— Je suis bien d'accord avec toi, Jeanne, la santé des gens, les politiciens, les technocrates, les grandes entreprises qui ne cherchent qu'à accroître leurs bénéfices, ils s'en contrefoutent. Les gens peuvent bien crever, c'est pas leur problème. Vous savez, ma femme, elle a le cancer, je l'accompagne pour ses soins…

— Oh, merde ! C'est grave ? Qu'est-ce qu'ils en disent, les toubibs ? lui demanda Jean-Jacques.

— Ils sont confiants, ils disent qu'elle va s'en sortir. Vous savez, ils ont l'habitude. Si vous voyiez les quantités de patients qui s'entassent dans les salles d'attente !

— J'imagine. C'est ce que me dit aussi Pierre. À Lariboisière, c'est pareil, ils sont submergés de cas de cancers et il pense comme moi qu'on a multiplié les risques de façon insensée depuis près d'un siècle.

— N'empêche qu'on vit quand même mieux maintenant avec toutes ces inventions qui nous simplifient la vie.

— Mais Rachid, en quoi nos vies sont-elles plus enviables que celles de nos grands-parents et de nos arrière-grands-parents ?

— Je t'assure que oui. Mon arrière-grand-mère, elle n'avait pas l'eau courante, elle devait faire deux kilomètres à pied, en pleine chaleur, pour aller au puits.

— Évidemment, lui répondit la philosophe, bien entendu que l'eau courante c'est pas un luxe. Mais les gens vivaient très bien autrefois sans téléphone et même sans électricité. Ils avaient le temps de se parler, de réfléchir. Maintenant, les gens ne réfléchissent plus, c'est leur smartphone qui le fait à leur place. C'est du délire, on va devenir des abrutis finis.

— On peut quand même pas vivre comme les Amish !

— Et pourquoi pas ? Ce sont eux qui ont raison, ce ne sont pas eux qui ont mis notre planète en danger. Votre progrès, il nous mène droit dans le mur. Regardez les catastrophes naturelles, elles sont de plus en plus rapprochées. Vous avez vu les dégâts ? Vous avez vu tous ces morts ? Je vous le dis, nous allons être rayés du monde des vivants, nous sommes les auteurs de notre propre perte, nous allons disparaître, voilà où tous ces soi-disant progrès vont nous conduire !

Elle était vraiment en colère et Michel acquiesçait, il pensait aussi que l'humanité n'allait pas avoir un bel avenir, il avait conscience que la nature ne pouvait plus maintenir ce fragile équilibre qui avait permis la vie sur Terre.

*

Dans la start-up de la Rue Soufflot qui avait définitivement adopté le nom bien ronflant de *Neohuman Society*, on ne doutait pas de la portée internationale du projet qui prenait forme avec une rapidité impressionnante.

Philippe Müller, le compagnon de Camila Del Grande avait rejoint l'équipe à la grande satisfaction de tous car c'était un grand spécialiste de l'intelligence artificielle et il leur apportait tout un savoir-faire.

La personnalité, l'apparence physique, la conscience de soi, les capacités, les trois stades de développement – petite enfance, enfance et âge adulte – tout cela prenait forme. Ils avaient décidé qu'il n'y avait pas besoin de concevoir une vieillesse, il était entendu qu'une vie éternelle était fondamentale, c'est cela qui allait attirer les candidats pour accepter leur propre dématérialisation.

— Donc, on passe directement de l'enfance à l'âge adulte ? Pas d'adolescence ? hasarda Philippe Müller.

— Euh, oui, pourquoi pas ? lui répondit Xavier Robinier.

— Attendez, dit Olivier Legrand, l'adolescence, c'est une étape vachement importante.

— C'est aussi l'âge bête avec son acné, la voix qui mue, et puis aussi le désagrément des premières règles…

— Mais non, Camila, on ne va pas recréer virtuellement ces problèmes qui viennent de l'enveloppe charnelle. On gomme tout ça, on ne garde que le positif, ce passage progressif à l'âge adulte, et franchement on peut bien garder ces quelques années de mutation psychologique qui font le charme de l'adolescence.

— Je suis d'accord, Olivier, dit Jean-Paul Marchand, mais tu sais, c'est quand même l'âge bête et c'est pas la joie tous les jours pour les parents, crois-moi !

— Bon, mais l'âge bête comme tu dis, ça vient de pulsions négatives, de l'égoïsme, de l'ingratitude de l'ado. Ces aspects négatifs, on ne les garde pas, donc il ne doit plus y avoir de problème, lui répondit Olivier.

— En tout cas, ajouta Philippe, ce qu'il faut conserver dans les transformations de l'image virtuelle, ce sera la modification progressive du corps, les nichons qui pointent, les poils qui commencent à pousser sur la chatte…

— N'oublie pas non plus la petite quéquette qui va devenir une belle bite, ajouta Camila d'un air narquois en accompagnant sa remarque de gestes évocateurs.

— Ben oui, ça va de soi ! Mais toujours évidemment en image virtuelle.

— Donc à l'âge adulte pas de vieillissement, poursuivit Xavier, on atteint la trentaine et ensuite quasiment aucune transformation de l'aspect physique et de la force virtuelle ?

— Oui, répondit Olivier, ou tout au plus un vieillissement d'un jour sur une année par exemple.

— Donc le mec ou la nana aura l'air d'avoir pris une berge en 365 ans… et donc ils auront l'air d'avoir soixante ans au bout de 29 fois 365 ans… c'est-à-dire, dit Camila en pianotant sur les touches du pavé numérique de son ordinateur, c'est-à-dire au bout d'un peu plus d'un millénaire.

— Pas mal ! Mais ils auront donc un sérieux coup de vieux au bout de deux mille ans, ça ne fait pas l'éternité, ça ! dit Philippe.

— Euh, oui, je disais ça au hasard, lui répondit Olivier, la modification de l'aspect physique n'a qu'à être bien plus lente, un jour par siècle, par exemple. En tout cas, aucune diminution des capacités mentales.

— Et si une partie des composants se dégrade ? hasarda Jean-Paul.

— Mais il n'y aura tout simplement pas de composants autres que ceux du ou des serveurs, répondit aussitôt Olivier. Toute défaillance sera aussitôt détectée et les robots changeront immédiatement les circuits qui seront endommagés et comme il y aura plusieurs sauvegardes pour chaque Néohumain, actualisées en temps réel, aucun risque de dommage ou de perte complète ou même partielle des données.

— Génial ! s'exclama Camila.

Revenant ensuite à des considérations plus techniques, Ils évaluèrent à huit téraoctets la capacité de stockage qui serait nécessaire pour chaque individu, avec la possibilité de l'augmenter pour continuer de stocker toujours plus de souvenirs au fil du temps ainsi que les interactions entre individus virtuels qui augmenteraient bien évidemment au cours des siècles.

Ils avaient décidé de laisser au hasard une place prépondérante pour éviter tout déterminisme et donner à ces vies virtuelles tout le piment de l'inattendu. Mais toute attitude négative allait être absolument impossible, de par le code moral universel informatisé auquel seraient soumis tous les Néohumains.

Ils collaboraient maintenant activement avec le Département d'Intelligence Artificielle de l'École des Sciences Appliquées qui était complètement en phase avec eux et qui leur apportait une aide précieuse pour le développement des logiciels dont ils avaient besoin et pour l'interaction entre les logiciels et la conception des robots qui accompliraient tout le travail physique dans ce nouveau monde.

Ils étaient en train d'aborder la question des sports qui allaient pouvoir prendre une place encore plus importante étant donné que la charge de travail incombant à chaque Néohumain allait enfin pouvoir être considérablement réduite.

Philippe Müller était un jour en visioconférence depuis le laboratoire de l'École des Sciences Appliquées avec Xavier Robinier dans son bureau de la Neohuman Society.

— Mais, pourquoi limiter les capacités physiques ? Franchement, Xavier, je ne vois pas l'intérêt puisque le virtuel permet justement de s'affranchir de ces contraintes physiques.

— Tout simplement parce que ça deviendrait n'importe quoi ! Si un tennisman peut envoyer une balle à 300 ou 400 km à l'heure, ce n'est plus du tennis. Le sport perdrait tout son intérêt. Déjà quand on les voit à Roland Garros envoyer des balles à 240 km /h au service, on se demande si c'est encore du tennis ! Tout l'intérêt du sport, c'est la tactique.

— Oui, tu n'as pas tort, au fond. Donc on bride ?

— Oui, avec une certaine marge. Et puis, il n'y aura plus de dopage.

— Tu es sûr ?

— Évidemment, le dopage, c'est de la triche. La triche ne sera plus possible, de par les lois fondamentales et incontournables qui régiront le code moral que nous avons défini et qui ne pourra jamais changer.

— Bon, dit Philippe. Maintenant, la montée d'adrénaline, on la garde ?

— Bien sûr, ça me paraît essentiel. On va virtuellement garder cette caractéristique biologique qui est à la racine du plaisir dans n'importe quel sport, du jogging de monsieur et madame tout le monde jusqu'au champion international.

— C'est-à-dire qu'il y aura toujours des nations ?

— Je pense que oui.

Xavier réfléchit un instant à cet aspect qu'ils n'avaient pas encore abordé. Et il ajouta :

— Quand notre travail sera suffisamment abouti, je pense que tous les pays vont s'intéresser au projet et qu'on aura toujours les nations telles qu'elles sont aujourd'hui.

— Avec les conflits entre États, les rivalités commerciales et idéologiques, donc les guerres, aussi ?... On est mal barrés, mon ami !

— Ah oui, il y a un hic ! Si c'est pour refaire les mêmes conneries... Hum ! Il va falloir qu'on se penche sur cette question épineuse.

— Ou alors, que les Nations Unies jouent enfin leur rôle mais c'est pas gagné...

Cette question essentielle leur avait totalement échappé. Xavier pensa au problème des supporters :

— D'ailleurs, il va se poser le problème du sport spectacle, pas le sport qu'on pratique mais celui qu'on regarde. Personnellement, j'en vois pas l'intérêt mais je conçois que beaucoup de monde prenne plaisir à assister à un match ou une compétition sportive.

— Oui, Xavier, encore que, moi, je me demande si le plaisir qu'éprouvent les supporters ne se résume pas tout simplement à du chauvinisme. J'ai l'impression que ce qui compte pour eux, ce n'est pas la qualité du jeu mais de voir si c'est l'équipe qu'ils soutiennent qui gagne... Et peu importe que le jeu soit propre ou pas.

— Alors il vaudrait peut-être mieux qu'on limite à la pratique personnelle du sport, sans que ce soit un spectacle pour les autres.

— Dans un sens, oui mais ça serait dommage.

— Je suis bien d'accord avec toi, Philippe, ça serait vraiment dommage mais ça serait plus prudent. On va soumettre cette question à la réunion de vendredi parce qu'il ne faut pas qu'on retombe dans les travers actuels. Si c'est pour reproduire une société ou les gens se foutent sur la gueule, c'est pas la peine.

À la réunion du vendredi suivant, ils pensèrent tous que le plaisir ressenti à simplement regarder d'autres jouer un match ne poserait pas de problèmes majeurs mais que de toute façon les Néohumains préféreraient généralement pratiquer le sport eux-mêmes dans la mesure où le sport deviendrait virtuel. À quoi bon regarder virtuellement quelqu'un jouer virtuellement ? Le plaisir n'en serait que plus grand en jouant soi-même.

Au cours des semaines suivantes, ils se heurtèrent à des problèmes qui ne relevaient pas de leur domaine, des problèmes éthiques, politiques et philosophiques. Que faire des nations, des groupes ethniques, des divergences entre les civilisations, des classes sociales, des castes et des religions ?

Au fur et à mesure de l'avancée de leur réflexion sur l'organisation d'une société humaine d'un type entièrement novateur, ils se rendaient compte qu'il faudrait se débarrasser de nombreuses caractéristiques fondamentales du vivant, cette propension à dominer, à gagner du terrain, à se développer au détriment des autres, en quelque sorte la loi de la jungle. Aucun animal, même le plus microscopique qui soit, aucun végétal n'échappe à cette loi fondamentale du vivant. Les Néohumains devraient nécessairement s'en affranchir.

Ce qui n'aurait été qu'une utopie irréalisable – une de plus dans la longue liste des utopies imaginées par des illuminés au cours des siècles précédents – pouvait enfin être réalisé, mais à condition de faire un tri méticuleux dans toutes ces caractéristiques qui constituent l'humanité telle que nous la connaissons, telle qu'elle a toujours existé. Les sociétés modernes du XXe et du XXIe siècles n'étaient pas fondamentalement différentes des sociétés antiques. La modernité n'était qu'un vernis superficiel et, s'ils voulaient, grâce à une dématérialisation totale, créer une société harmonieuse, il y avait beaucoup de tri à faire dans les caractéristiques fondamentales de l'humanité. Nul doute que le psychisme des Néohumains serait bien différent de celui des humains.

La réunion du vendredi suivant fut très longue et très animée. Ils rentraient maintenant dans le vif du sujet et ils ne tardèrent pas à se rendre compte que l'écueil de taille auquel ils allaient bientôt se heurter n'était pas d'ordre technique mais sociétal et politique. Ils allaient passer pour des fous dangereux, personne ne les suivrait, leur projet risquait fort d'être mort-né.

Ils continuèrent néanmoins leur travail sans relâche, enchaînant les journées de quinze heures. Puis vinrent les premières simulations en employant les capacités informatiques de plusieurs institutions en France mais aussi aux États-Unis, en Allemagne, en Suisse, en Chine, en Angleterre et en Australie. Ils avaient besoin de faire fonctionner simultanément des dizaines de gros serveurs informatiques et ils purent obtenir l'aide précieuse de grandes universités qui ont accepté de mettre à leur disposition de puissants outils informatiques parce qu'ils avaient déjà une renommée internationale importante grâce aux articles scientifiques qu'ils avaient publiés dans plusieurs revues scientifiques et grâce aux nombreuses présentations de leurs travaux dans le domaine de l'intelligence artificielle qu'ils avaient faites dans les conférences organisées par les grandes universités internationales.

Ce projet extraordinairement novateur enthousiasmait de nombreux chercheurs de par le monde mais il était loin de recueillir une adhésion unanime dans la communauté scientifique.

Quelques articles furent publiés dans des revues scientifiques de vulgarisation mais ces articles déclenchèrent de vives polémiques. Beaucoup considéraient que c'était de la pure folie et que ce projet serait sans lendemain, que l'humanité devait rester ce qu'elle avait toujours été, ancrée dans le réel de son animalité, qu'il n'y avait aucune raison de changer quoi que ce soit, que la science parviendrait à vaincre les aléas climatiques et les maladies les plus redoutables.

D'autres voix s'élevèrent pour dénoncer ces fous qui osaient contrevenir aux plans divins. L'éternité n'était-elle pas assurée depuis la nuit des temps dans l'au-delà par les religions ?

CHAPITRE 4

Angélique Landier avait été obligée de se mettre en congé de maladie. Ses séances de chimiothérapie la mettaient sur les genoux. Le traitement était très lourd car le cancer s'était aussi développé dans ses intestins. Elle avait perdu sa belle chevelure, son teint était devenu terne, elle avait les traits tirés mais elle gardait néanmoins le moral.

Ce qui la désespérait le plus, c'était le flot continu de mauvaises nouvelles déversé par la télévision qu'elle n'avait jamais autant regardée de sa vie.

Chaque jour apportait son lot de nouvelles angoissantes : des incendies en Corse et en Provence, en Australie, dans tout l'Ouest aux États-Unis et en Sibérie, de violentes tempêtes au Portugal, en Espagne, et en Belgique, des inondations en Inde, en Chine, au Vietnam, en Thaïlande, aux Philippines, au Pérou et au Chili.

Des supertankers et des porte-conteneurs étaient en perdition dans l'Océan Pacifique et dans l'Océan Indien.

La Bretagne subissait sa quatrième tempête en moins de trois mois, c'était du jamais vu.

Tous les efforts entrepris par la Chine, l'Allemagne, la France, les pays du Benelux et le Canada pour réduire leur empreinte carbone ne servaient donc à rien ? À quoi bon avoir réduit drastiquement leurs émissions de gaz carbonique ? Pourquoi cet acharnement de la nature ?

Bien sûr, il aurait fallu agir plus tôt, au moins depuis la fin du siècle dernier, mais enfin comment se faisait-il que les efforts consentis depuis près de dix ans ne permettaient pas au climat de calmer sa furie ?

Il aurait fallu pour cela que tous les pays du monde consentissent à fournir les mêmes efforts, or ce n'était toujours pas le cas. L'Afrique voulait coûte que coûte rattraper son retard dans le développement économique et social, la population mondiale atteignait maintenant la barre des dix milliards d'individus et la production de biens de consommation continuait de progresser d'année en année avec toujours plus de besoins à satisfaire. En conséquence, depuis plus d'un siècle, la production d'électricité doublait systématiquement tous les huit ans, et malgré cela, l'extraction d'hydrocarbures continuait d'augmenter avec la découverte de nouveaux gisements sous-marins. Le fait que la plupart des véhicules en circulation étaient électriques n'avait pas permis de diminuer la consommation d'hydrocarbures car l'essentiel de l'électricité était encore produit par des centrales thermiques alimentées en pétrole.

Mais ces derniers temps, c'était une autre inquiétude qui faisait la une des journaux télévisés, reléguant les catastrophes climatiques au second plan : la progression rapide et inexplicable de cette maladie mortelle et hautement contagieuse venue de Mars, le MS1 avec déjà plus de deux mille morts aux États-Unis, près de trois cents morts en Europe, dont quarante et un en France, en particulier dans la région toulousaine et en Île de France.

Ce qui frappait le plus, c'était la rapide dégradation de l'état de santé des personnes infectées, décédant le plus souvent en moins de deux semaines après l'apparition des premiers symptômes, et la totale impuissance des équipes hospitalières. On commençait à se demander s'il était bien judicieux de tenter de soigner les malades atteints par le MS1 car l'épidémie faisait des ravages non seulement parmi les proches des malades mais aussi dans les équipes soignantes.

Le médecin chef de l'hôpital Lariboisière était interviewé par le journaliste de BFM TV Pierre Lacour :

— Professeur Jordan Bigarel, bonjour. Merci de nous avoir rejoints sur ce plateau. Pouvez-vous nous expliquer ce que vous savez de cette effroyable maladie qui se propage rapidement dans le monde ?

— Je vous remercie de me recevoir. Cette maladie que nous appelons le MS1, c'est-à-dire le syndrome martien vient effectivement de la planète Mars. Nous en avons maintenant la certitude. Elle a été contractée par deux membres de l'équipage américain qui a séjourné sur cette planète, d'une manière incompréhensible vu qu'ils étaient dans des combinaisons parfaitement étanches. On suppose que c'est en enlevant leurs combinaisons une fois rentrés dans la station où ils séjournaient – station qui avait été assemblée par des robots au cours des missions précédentes – que deux des membres de cette mission ont été contaminés par ce virus extrêmement virulent qui devait être présent dans l'atmosphère de Mars et qui s'est déposé sur la surface extérieure des scaphandres qui protègent les cosmonautes dans cet environnement particulièrement hostile. Et ils ont alors contaminé les autres membres de l'équipage mais curieusement aucun symptôme n'est apparu chez eux pendant le voyage de retour qui, comme vous le savez, dure six mois. Ce n'est qu'après leur retour sur Terre qu'ils ont commencé à développer la maladie les uns après les autres et ils sont maintenant tous décédés.

— Peut-être que leur station n'était pas étanche ?

— Non, elle avait été testée, elle était parfaitement étanche, pouvant même résister à des pressions équivalentes à trois fois la pression atmosphérique terrestre alors que la pression de l'atmosphère est très inférieure sur Mars.

— Mais Professeur Bigarel, cela fait plus de vingt-cinq ans que des échantillons de roches martiennes nous sont ramenés sur Terre et cela n'a eu aucune conséquence. Et puis les quatre dernières missions du programme *Mars Orbiter* étaient bien des vols habités, je crois.

— Certes, mais ces roches martiennes nous étaient parvenues grâce à des vols non habités jusqu'à *Mars Orbiter* 12 et quant aux missions suivantes, les cosmonautes n'ont fait que quelques pas, ils ne sont restés sur Mars que deux ou trois heures tout au plus tandis que là, ils sont restés six mois. Vous savez, malgré toutes les précautions, il a pu y avoir un moment où le virus a pénétré dans l'atmosphère générée artificiellement dans la station. Dès lors, une fois qu'il a pu se fixer sur les tissus organiques d'un des astronautes, en l'occurrence ses voies respiratoires, il est parvenu à pénétrer dans le noyau d'une ou plusieurs des cellules des tissus de ses cavités nasales pour coloniser l'ADN dans ce noyau cellulaire puisque les virus n'ont pas d'ADN et ils se servent de l'ADN des cellules vivantes pour se reproduire et proliférer.

— Donc si je comprends bien, il y a une forme de vie sur Mars ?

— Tout au moins dans l'atmosphère de Mars et probablement dans le sous-sol martien bien qu'aucune sonde n'ait rapporté jusqu'à présent des preuves de vie microbienne ou virale.

— Mais comment pouvez-vous être certain que cette maladie nous vient bien de Mars ?

— On ne l'a pas compris au début mais c'est en remontant les chaînes de contamination qu'on a pu en identifier l'origine et notre premier cas en France a été un cosmonaute français, Jérôme Duplessis qui a été contaminé par David Mills, un des astronautes américains qui a séjourné dans la station sur Mars.

— Mais Jérôme Duplessis ne participait pas à cette mission qui était 100 % américaine, je crois.

— C'est exact mais il a été contaminé lors d'une conférence internationale d'astronomie où il a été en contact avec l'équipe américaine de *Mars Orbiter 17* qui rentrait tout juste de mission.

— Et les autres cosmonautes de cette mission n'ont pas contracté la maladie ?

— Si, je viens de vous le dire. Il y en a eu d'abord deux qui ont succombé à cette maladie. Depuis, tous les autres sont morts également ainsi que des membres de leurs familles qui ont été contaminés à leur tour et il semble que la maladie se développe aussi chez des employés de la NASA mais mes confrères américains n'en sont pas encore certains.

— Mais enfin, Professeur, je ne comprends pas – et je pense que de nombreux téléspectateurs partagent mon incompréhension – cette maladie a mis du temps à se déclarer chez ces malheureux cosmonautes, ils ne sont tombés malades qu'à leur retour, c'est-à-dire plus de six mois après avoir été infectés, c'est bien cela ?

— Effectivement.

— Alors comment se fait-il que la maladie se déclare si rapidement maintenant qu'elle se répand sur la Terre ?

— Cela reste en effet très mystérieux. Nous n'avons, à l'heure actuelle, pas encore tout compris dans l'architecture génomique de ce virus, nous sommes en présence de molécules nouvelles pour nous mais il semble que dans l'atmosphère terrestre, ces molécules interagissent avec des composants de l'air, pas nécessairement l'oxygène ou l'ozone ou des gaz que nous considérions comme inertes. Il n'est pas improbable non plus que ce soient des impuretés, des composants aérosols chimiques ou autre chose de ce genre qui favorisent la propagation du virus, ce qui le rendrait, paradoxalement, plus dangereux pour l'homme sur Terre que sur Mars où, de toute façon, les humains sont obligés de rester dans un air particulièrement confiné.

— Professeur, y a-t-il des cas de contamination chez des animaux ?

— Non, pas à ma connaissance.

— Donc pour l'instant, vous n'avez aucun traitement et aucun vaccin n'est envisageable ?

— Pas dans l'immédiat, c'est sûr. Nous demandons aux autorités d'imposer un isolement total des personnes contaminées.

— Mais, Professeur Bigarel, excusez-moi, mais j'ai l'impression que les gens sont contagieux bien avant que les premiers symptômes n'apparaissent.

— C'est cela la grosse difficulté. Les personnes atteintes par le MS1 sont probablement contagieuses pendant deux semaines au moins et dans certains cas plusieurs mois avant de manifester les premiers signes de la maladie.

— Vous évoquiez à l'instant la nécessité d'un isolement des personnes malades du MS1. Isolement chez eux, dans leur foyer familial comme on le faisait dans les années vingt ?

— Non, il faut un isolement total, dans des structures médicalisées adaptées. Il faut impérativement que les malades soient à l'isolement total.

— Des sortes de lazarets ?

— Oui, en quelque sorte.

— Et vous n'avez pas encore de tests de dépistage ?

— On travaille dessus. Chez nous à Lariboisière mais aussi à l'Institut Pasteur, à l'hôpital Georges Pompidou où ils ont eu le premier cas en France, et bien entendu dans une quinzaine de pays dans le monde, mais pour l'instant, nous ignorons encore beaucoup sur ce virus.

— Je vous remercie, Professeur Bigarel, tout cela fait froid dans le dos, cette épidémie a tout l'air d'être la pire que nous ayons connue depuis le début du siècle.

*

Angélique entendit l'Audi qui rentrait dans le garage. Elle vint à la rencontre de son mari.

— Dis donc, aux nouvelles, il y avait le directeur de l'hôpital Lariboisière qui était interviewé, il vient de parler de l'équipe de ton frère. Ils sont tous au point mort avec ce virus martien. Ils n'ont absolument rien pour sauver les gens, c'est effroyable.

— Oui, j'écoutais la radio en chemin, cette maladie prend de l'ampleur dans pas mal de pays. Ils n'y comprennent rien. Quelle connerie d'aller sur Mars comme si on n'avait pas assez de soucis sur notre planète !

— Mais chéri, c'est justement pour aller ailleurs, pour quitter cette Terre que l'Homme a bousillée. Beaucoup de gens pensent que tout est foutu sur Terre et qu'il va falloir aller planter nos choux ailleurs.

En enlevant son manteau et ses souliers dans l'entrée, Michel dit en riant :

— Oh, ils vont pas être beaux les choux sur Mars. Autant essayer de les planter dans nos déserts en Arabie ou au Sahel. Et puis pour choper des virus encore plus mortels que tous ceux qu'on a déjà ici, bonsoir le progrès !

Il vint s'asseoir dans le salon en tenant tendrement Angélique par la main. Ils s'assirent dans le grand canapé en cuir châtain qui trônait au milieu du salon devant la grande télévision murale et il poursuivit :

— Tu sais, ma chérie, je repensais dans la voiture à ce que nous disaient Camila et Philippe l'autre jour. J'avais mis l'autoradio sur France Info, ils parlaient de la tempête Olga qui ravage la Bretagne en ce moment, je change de chaîne, je mets *Europe 1*, ils parlaient de ce fichu MS1, je rechange de radio, je tombe sur *RTL* qui parlait des fœtus mal formés, il paraît que ça devient de plus en plus fréquent. C'est vraiment démoralisant. Et je me disais, qu'au fond, l'idée de nous transformer en entités numériques, c'est pas con du tout. Ça peut sauver l'humanité.

— Oui, et puis moi, si je ne devenais qu'une petite puce numérisée, j'aurais pas ce fichu cancer avec toute cette chimio qui me fiche à plat et toutes les misères qu'on nous a annoncées pour après !

— Oui, ma pauvre petite puce, ça me fiche le cafard aussi.

— C'est vrai que j'ai toujours été ta petite puce.

Ils s'embrassèrent tendrement, un long baiser qui leur fit un instant oublier toute cette misère du monde et ce cancer qui les frappait directement. Mais ce n'était plus tout à fait comme avant, ils ne purent prolonger ce baiser aussi longtemps qu'ils l'auraient voulu. La sensation de nausée qui habitait Angélique depuis le début de sa chimiothérapie revint assez vite et elle se dégagea.

La télévision déversait encore son flot continu de mauvaises nouvelles : un nouvel attentat terroriste à Lyon, les violentes intempéries en Vendée et en Bretagne, les incendies sur la Côte d'Azur et en Corse, la chute des cours de la Bourse sur les principales places financières causée par l'inquiétude des marchés devant ce qui était bel et bien une nouvelle pandémie qui allait gagner le monde entier et entraîner une grave crise économique, une de plus.

Et Angélique lui déclara soudainement :

— Eh bien, tu sais, s'ils ont besoin de volontaires pour mettre au point ces nouveaux êtres humains, je suis partante.

— Alors là, moi aussi. Surtout si on peut continuer de vivre que des bons moments, de s'aimer, de faire tout ce qu'on a toujours fait. Ça sera même drôle de se dédoubler comme ça et de comparer ce qui est le mieux.

— C'est vrai, on ne risque rien, et si c'est mieux, hop ! On reste virtuel !

— Oui, mais il faut vraiment que ça soit mieux ! Franchement, j'attends de voir...

*

L'année 2052 s'achevait dans la morosité. Le Président de la République Abderrhamane Bakri était au plus bas dans les sondages avec 13 % d'opinions favorables. Il avait été élu deux ans plus tôt à la grande surprise générale. C'était le petit-fils d'un immigré algérien arrivé en France à la fin du siècle dernier. Il avait fondé un parti politique, le PNF, Parti de la Nouvelle France en 2040, un parti centriste de plus. Il se décrivait lui-même comme un musulman modéré qui condamnait avec véhémence chaque attentat terroriste, comme d'ailleurs toute la classe politique, de l'extrême droite à l'extrême gauche avec une hypocrisie toujours aussi déconcertante.

Au premier tour de l'élection présidentielle d'avril 2050, il était arrivé second avec 16,7 % des suffrages exprimés, loin derrière la petite fille du fondateur du parti toujours considéré comme un parti d'extrême droite mais qui était nettement en tête avec 42,1 % des suffrages.

Mais au second tour, les treize autres candidats avaient tous appelé leurs électeurs à reporter leurs voix sur Abderrhamane Bakri pour faire front contre l'extrême droite et voilà comment un candidat qui n'avait pratiquement recueilli que les voix des Français issus de l'immigration africaine au premier tour s'est retrouvé propulsé à l'Élysée sans toutefois parvenir à obtenir une majorité aux élections législatives qui furent organisées dans la foulée comme il était de tradition depuis le premier quinquennat de la Ve République.

Il faut dire à sa décharge que ce président très peu charismatique avait tout de suite été confronté à des catastrophes climatiques et épidémiologiques incessantes avec en plus un marasme économique dont le pays ne parvenait pas à sortir. À tout cela se rajoutait un endettement phénoménal que lui avaient légué les dix présidents précédents et leurs gouvernements successifs.

Lui-même avait bien failli mourir quelques mois après son arrivée à l'Élysée d'une sévère pneumonie causée par un des coronavirus qui avaient muté à partir du COVID 24. La communauté scientifique avait fini par renoncer à les identifier et à leur donner un nom, tant ils étaient devenus nombreux et différents les uns des autres, ce qui rendait vaine toute tentative de mettre au point en temps voulu des vaccins qui aient la moindre chance d'être efficaces.

Le nouveau Président de la République était resté trois mois à l'hôpital militaire du Val de Grâce et en était ressorti très affaibli.

Un des médecins qui s'étaient occupés de lui était Pierre Rollandeau qui secondait désormais Jordan Bigarel à la tête de l'hôpital Lariboisière.

Pierre Rollandeau descendit de sa Renault 35 à l'angle du boulevard Magenta et de la rue Ambroise-Paré à proximité de l'entrée principale de l'hôpital puis, dès qu'il en fut descendu, sa voiture repartit toute seule se garer dans le grand parking souterrain de la

Porte de la Chapelle. Il rattrapa son collègue qui attendait devant l'ascenseur.

— Salut Jordan. Dis donc, je t'ai regardé hier sur BFM, tu as été très bien et tu avais les mots qu'il fallait pour que les gens comprennent bien, tu étais très clair, bravo.

— Je te remercie, Pierre. Et puis aussi, il faut dire que Pierre Lacour, c'est pas un imbécile, on voit qu'il se souvient de ses cours de sciences au lycée, il n'est pas arrogant, ce n'était pas désagréable de parler avec lui. Mais tu sais, je viens de consulter ma messagerie en venant, il y a une bonne centaine de cas qui viennent d'être répertoriés en Allemagne, apparemment autant en Chine et plus de cinq cent aux États-Unis. Je crains qu'on va avoir de mauvaises nouvelles pour nous aussi.

— Oui, je le crains aussi.

La large porte en acier poli de l'ascenseur s'ouvrit et ils s'engouffrèrent à l'intérieur avec une vingtaine d'infirmières, de jeunes docteurs et d'aides-soignantes. Du coup, l'ascenseur s'arrêtait à chaque étage. Ils arrivèrent enfin au 5e étage où régnait une certaine agitation. Les chiffres venaient de s'afficher pour la France : cent vingt-huit nouveaux cas en vingt-quatre heures et autant de décès.

Pierre Rollandeau entra dans son bureau et décrocha le téléphone qui sonnait. C'était Grégoire Landier qui l'appelait.

— Allo, Pierre ? Tu as vu les chiffres pour hier ?

— Oui, Grégoire, je viens de voir ça. Le nombre de nouveaux cas du MS1 double d'un jour sur l'autre depuis une semaine. C'est une véritable épidémie. Nous venons de rentrer six nouveaux malades ici.

— Chez nous, c'est à peu près pareil : neuf avant-hier, dix hier et nous n'avons pas pu établir la chaîne de contamination pour la moitié d'entre eux. On se demande s'ils n'attrapent pas ça dans le métro ou même juste en croisant quelqu'un qui est déjà contaminé sans le savoir.

— C'est parti pour être bien pire qu'avec le SRAS et les COVID. Et évidemment, comme d'habitude, le Ministère et l'ARS ne bougent pas. Je sens que nous allons encore une fois être submergés. Pourtant ça fait maintenant deux semaines que nous avons fait remonter nos informations. Aucun retour, rien ! On se demande ce qu'ils foutent !

Grégoire Landier éprouvait le même ressentiment que son confrère de l'hôpital Lariboisière et il lui raconta que leurs homologues de l'Institut Pasteur partageaient aussi leur colère devant ce manque de réactivité du gouvernement.

La journée fut très éprouvante aussi bien à Lariboisière qu'à Georges Pompidou où ils ne parvinrent à sauver aucun des patients qu'ils avaient commencé de soigner deux semaines auparavant.

La liste des pays atteints par cette nouvelle maladie visiblement incurable et quasiment foudroyante s'allongeait de jour en jour. Maintenant, une cinquantaine de pays déclaraient avoir des cas de syndrome martien.

*

Et c'était de bien plus loin que Mars qu'une nouvelle menace se profilait.

L'observatoire de Boulder dans le Colorado venait de repérer un astéroïde massif, d'une vingtaine de kilomètres de diamètre qui était entré dans notre système solaire depuis sans doute quelque temps. Il était en train de croiser l'orbite de Jupiter, avec une trajectoire qui pouvait représenter un danger direct pour la Terre dans moins de cinq ans. D'après les calculs des astronomes américains, cet astéroïde qui était à 591 millions de kilomètres de la Terre se dirigeait vers nous sur une trajectoire qui n'avait aucune chance de se modifier naturellement.

La nouvelle faisait la une du journal *Le Monde* dans son édition du 22 décembre 2052. Le lendemain matin, elle était relayée par *Le Figaro, Le Parisien* et les chaînes d'information en continu, reléguant du même coup au second plan l'épidémie de MS1 qui elle-même avait balayé les informations sur les récentes tempêtes et inondations !

À l'observatoire du Pic du Midi de Bigorre, l'astéroïde fut repéré la veille de Noël quelques heures après avoir été localisé par l'observatoire chinois construit au Tibet et l'observatoire chilien du Cerro Paranal dans la cordillère des Andes. Au Pic du Midi, la veille de Noël, le ciel était dégagé, on se serait même cru un soir d'été, tant la température était douce.

Jérôme Bouvier et Quentin Legrenadier qui travaillaient depuis plus de vingt-quatre ans à l'observatoire du Pic du Midi purent donc observer cet astéroïde, d'autant plus facilement que la zone de la voûte céleste à scruter était facile à cerner. Ils étaient formels, eux aussi : il n'y avait aucun doute, cet astéroïde entrerait en collision avec notre planète dans cinq ans tout au plus. Sa masse était conséquente, c'était selon toute vraisemblance un astéroïde ferreux, probablement composé de fer et de nickel et il était d'une taille supérieure à celui qui avait causé la disparition des dinosaures.

Il fallait de toute urgence mettre sur pied une opération conjointe entre tous les pays ayant la capacité d'envoyer des fusées dans l'espace pour détruire ou éventuellement dévier de sa trajectoire ce dangereux astéroïde.

Ils obtinrent très rapidement un rendez-vous avec le Premier Ministre Paul-Édouard Gontier afin de voir avec lui comment la France pourrait – nécessairement avec d'autres États – mettre sur pied une opération internationale pour détruire ou détourner cet astéroïde.

Ce gros objet céleste potentiellement tueur était en cette fin d'année 2052 à la une de tous les médias dans le monde entier. Les théories apocalyptiques ressortirent de nouveau avec une incroyable rapidité. Malédiction divine, châtiment bien mérité pour les mécréants de tous bords, on allait enfin pouvoir assister au jugement dernier et d'autres stupidités de ce genre inondaient les réseaux sociaux et même une partie de la presse.

Autant dire que l'année s'achevait dans la morosité générale. Le dérèglement climatique avec tout son cortège de cataclysmes à travers le monde et la toute nouvelle crise sanitaire entraînaient une nouvelle crise économique qui allait être encore pire que les vingt années de récession qui avaient paralysé presque le monde entier entre 2020 et 2040. Partout les cours de la Bourse étaient en chute libre. Et pour couronner le tout, voilà que maintenant se dessinait la perspective terrifiante d'un anéantissement général de la vie du Terre.

Mais heureusement, le 31 décembre, les chefs d'État chinois, américain, russe et français ainsi que le chancelier allemand et les Premiers Ministres britannique et japonais décidèrent en visioconférence de mettre sur pied une mission spatiale internationale pour détruire ou dévier l'astéroïde menaçant qui porterait désormais le nom très peu évocateur de AS2057, faute de mieux. AS pour astéroïde et 2057 car ce serait l'année fatale pour notre planète en cas d'échec de cette mission. L'heure n'était plus aux chamailleries, aux querelles idéologiques et aux querelles de chiffres pour savoir si la Chine était bien devenue la première puissance économique ou si c'étaient encore les États-Unis qui étaient en tête. Il fallait faire vite et on n'avait pas droit à l'erreur. Cette mission devait réussir coûte que coûte.

Pour cette mission, huit mille milliards de dollars furent mobilisés par ces sept pays et dans les deux premières semaines de janvier 2053, soixante-deux pays supplémentaires offrirent leur contribution financière et technologique, ce furent donc au total un peu plus de dix mille milliards de dollars qui furent très rapidement disponibles pour mettre sur pied cette mission spatiale internationale.

Pourtant, cet effort conjoint, unique dans l'histoire, ne parvenait pas à rassurer les populations.

Les dépressions nerveuses, les suicides, les meurtres se multiplièrent un peu partout, même en Chine qui pourtant venait de vivre soixante années ininterrompues de prospérité avec une croissance économique qui n'était jamais descendue en dessous de 2,5 % quand tant d'autres pays ne parvenaient pas à sortir de la récession.

La perspective d'un anéantissement cataclysmique du monde terrorisait toutes les populations. Aux États-Unis, des pères de famille tuaient tous leurs enfants, leurs épouses et retournaient ensuite leur arme contre eux, on recensait même des suicides collectifs dans des églises évangélistes. Il y eut de plus en plus d'attentats perpétrés par des fanatiques islamistes considérant que tous les mécréants devaient être tués avant la fin du monde.

En quelques semaines, le monde avait basculé dans la barbarie : viols en série, pillages, crimes crapuleux, une folie collective, une horreur absolue.

Et pour couronner le tout, le climat était devenu fou, lui aussi. Un peu partout sur la planète, les catastrophes naturelles se multipliaient, frappant souvent une même région comme si le sort s'acharnait sur elle tandis que d'autres parties du monde qui avaient jusqu'alors bénéficié d'un climat relativement stable connaissaient elles aussi des bouleversements climatiques aux conséquences catastrophiques. En ce début d'année 2053, le thermomètre affichait des températures de 26 °C en plein mois de janvier à Paris, alors qu'au même moment une tempête avec des vents soufflant à plus de 280 km/h balayait tout le littoral méditerranéen entre la frontière espagnole et les Alpes Maritimes. Les départements du Var, des Bouches du Rhône et l'Hérault étaient totalement sinistrés, des dizaines de milliers d'habitations étaient complètement détruites ainsi que les exploitations agricoles, les entrepôts et les quelques usines qui avaient encore tant bien que mal résisté aux crises économiques successives. On comptait des milliers de morts et de personnes portées disparues, des dizaines de milliers de personnes blessées, estropiées et qui resteraient handicapées à vie…

Et voilà que maintenant, c'était peut-être le monde entier qui allait périr dans cinq ans, la planète même qui allait peut-être exploser si les scientifiques ne réussissaient pas à éviter cette collision titanesque.

Il n'y avait aucun doute, AS2057 croiserait malheureusement notre orbite pile au moment où la Terre se trouverait sur sa trajectoire.

Donc pour empêcher cette catastrophe, il y avait trois options possibles : faire exploser l'astéroïde, dévier sa trajectoire en le percutant ou ralentir sa vitesse afin qu'il croise notre orbite six mois plus tard au moment où nous serions de l'autre côté du soleil.

La NASA privilégiait la première option qui leur paraissait plus sûre. Les scientifiques chinois estimaient qu'il serait plus simple de percuter AS2057 tangentiellement de manière à dévier sa trajectoire. Les Européens, quant à eux, préféraient essayer de ralentir l'astéroïde en jouant sur la force gravitationnelle.

Mais il n'y avait pas de temps à perdre, il fallait décider vite, le compte à rebours était lancé. Donc, dès le 28 janvier, la décision fut prise : construire la fusée la plus rapide qui n'ait jamais été lancée à ce jour, munie dans son ogive d'une bombe H de forte puissance. Celle-ci était prête à servir, on n'avait même que l'embarras du choix... Le plus dur – et qui allait mobiliser des équipes internationales d'ingénieurs et de techniciens – c'était de mettre au point et de fabriquer une fusée suffisamment rapide pour atteindre l'astéroïde avant qu'il ne s'approche trop de la Terre.

Jamais encore autant de moyens financiers et logistiques n'avaient été mis en commun par autant de pays. Toute l'industrie de l'espace et de l'aéronautique fut mise à contribution dans un délai record. Il était rassurant de constater que lorsqu'il y a vraiment péril en la demeure, tout le monde devient raisonnable. Cela n'était guère arrivé jusqu'alors !

*

Dans la toute jeune *Neohuman Society*, on s'activait aussi mais pas pour contribuer au nouveau projet international. Leur contribution n'aurait guère été utile. Par contre, la jeune équipe d'informaticiens voyait dans toutes ces menaces qui se cumulaient et mettaient sérieusement en péril l'avenir de l'humanité sur Terre une raison de plus de rendre les humains totalement virtuels pour les embarquer dans un vaisseau spatial qui pourrait facilement naviguer dans l'espace entre les embûches sans limite de temps.

Il suffirait d'équiper ce nouvel Arche de Noé d'un réacteur à fusion nucléaire générant de grandes quantités d'énergie dans un plasma d'hydrogène. Ce réacteur extrêmement puissant pourrait ainsi produire une quantité d'énergie illimitée. Cette technologie était théoriquement au point mais son développement avait été considérablement entravé à la fois par des associations écologistes affolées par le danger potentiel de ce type de réacteur et par le lobby de l'uranium qui voyait dans cette technologie un sérieux manque à gagner pour les entreprises qui vivaient de l'extraction minière de l'uranium.

Olivier Legrand et ses amis avaient beaucoup avancé dans leur projet, ils envisageaient déjà de lancer une expérimentation en réalisant leurs propres clones numériques. Ils avaient injecté dans le modèle leurs photos en trois dimensions, leurs voix, une très longue liste d'événements qu'ils avaient vécus, tous les lieux où ils étaient passés au cours de leur existence, leurs habitudes, leurs goûts dans les moindres détails, leurs idées, leurs valeurs morales, leurs modes de pensée, leurs désirs, leurs savoirs et même leurs manies, et ils complétaient cette liste quotidiennement.

Il avait fallu au préalable construire un programme qui permettait de créer un questionnaire exhaustif que le candidat au clonage numérique devait remplir en subissant un encéphalogramme. Il fallait aussi prélever son ADN. L'opération de transfert numérique prenait ensuite une quinzaine de jours.

Toute l'équipe avait travaillé douze à quinze heures d'affilée pendant tout le mois de janvier 2053, tant leur enthousiasme était grand.

Il fallait maintenant voir si cela fonctionnerait.

C'était maintenant l'heure de vérité.

Pour chacun d'eux, cinq téraoctets avaient suffi. De leur côté, au Département d'Intelligence Artificielle de l'ESA, l'École des Sciences Appliquées, Philippe Müller et trois collègues qui l'avaient très vite rejoint dans ses travaux, Aurélien Bonteau, Naïm Fitouri et Antonio Bonaventura avaient aussi constitué leurs clones numériques avec sensiblement le même espace de stockage.

— On met en route, ? demanda Jean-Paul Marchand.

— OK, on y va, lance les programmes, répondit Olivier.

Une série de chiffres défilèrent à toute vitesse sur l'écran pendant une bonne dizaine de secondes puis apparurent neuf identifiants :

AXZK00000000000000001NN000000000000000000000000001
AXZK00000000000000001NN000000000000000000000000002
AXZK00000000000000001NN000000000000000000000000003
AXZK00000000000000001NN000000000000000000000000004
AXZK00000000000000001NN000000000000000000000000005
AXZK00000000000000002NN000000000000000000000000001
AXZK00000000000000002NN000000000000000000000000002
AXZK00000000000000002NN000000000000000000000000003
AXZK00000000000000002NN000000000000000000000000004

Et puis, plus rien ne se produisit.

Xavier entra en contact sur un autre ordinateur avec les collègues de l'ESA :

— Vous avez quelque chose, vous de votre côté ?

— On a nos quatre clones à l'écran, lui répondit Naïm.

— Quoi ? Vous les voyez ?

— Oui… Enfin… leurs numéros.

— Ah ben pour ça, nous aussi, mais ils n'ont pas l'air d'être actifs. Et puis, c'est pas les numéros qu'on devrait voir mais l'image.

— Oui, en effet, c'est pas spectaculaire.

— Écoute, Xavier, ce qu'on pourrait faire, c'est éteindre les serveurs et les rallumer.

— Ouais, on peut essayer ça. Vous éteignez le vôtre, nous on fait pareil et on va voir. Je te rappelle.

Les deux équipes éteignirent chacune leur serveur, ils attendirent un peu et ils rallumèrent les serveurs. Procédure habituelle, mise en route, premier code, validation, deuxième code, ronflement des serveurs, écrans successifs qui défilent puis de nouveau, lancement du programme.

Même résultat.

Dans les deux bureaux, ils cliquèrent sur chaque identifiant, clic droit, clic gauche, à chaque fois le numéro se mettait en surbrillance, sans autre résultat. Ils cliquèrent sur tous les boutons qui s'affichaient à l'écran de contrôle du serveur.

Rien. Aucun changement.

— Ah ! Embêtant tout cela, dit Olivier.

— Attends, je leur demande, peut-être qu'ils ont quelque chose, dit Xavier en se reconnectant sur l'autre écran avec l'équipe de l'ESA.

— Vous avez quelque chose ?

— Non, pareil. On a dû louper un truc, mais quoi ? lui répondit Naïm.

— J'ai une idée, s'écria Aurélien Bonteau, je vais essayer d'entrer en contact avec mon clone, je vais lui poser une question.

Il cliqua une nouvelle fois sur son numéro AXZK0000000000000 0001NN00000000000000000000000000002.

— Aurélien, tu m'entends ? dit-il en activant son micro.

Toujours aucun effet.

— AXZK00000000000000001NN00000000000000000000000000002 tu m'entends ? dit-il, quelque peu énervé.

— Aurélien, lui dit Olivier sur l'autre ordinateur, ça peut pas marcher. On a fixé cette loi qui interdit un dédoublement. Une entité virtuelle ne peut pas interagir avec ses sauvegardes par exemple.

— Et de toute façon, les gars, on est mal barrés, nous n'avons pas prévu de les faire interagir avec des êtres vivants ! leur dit Camila.

— Ah oui, c'est vrai, reconnut Olivier.

— On peut toujours modifier.

— Non, Xavier, ça poserait des problèmes insolubles avec des conséquences qu'on ne maîtrisera pas.

— Rien que pour nous, histoire de démarrer, dit Naïm, parce que là, on sait pas si ça marche.

— Attendez ! s'écria Camila, il se passe quelque chose.

Effectivement deux identifiants étaient en train de clignoter.

D'abord AXZK0000000000000002NN00000000000000000-000000003 puis AXZK0000000000000002NN0000000000000-0000000000002 se mirent à clignoter.

Ils cliquèrent sur ces deux identifiants et sur le second écran de contrôle du serveur ils virent deux belles images en trois dimensions de Xavier et de Camila. Ils étaient dans le bureau de la rue Soufflot, près de la fenêtre, à peine à deux mètres du serveur sur lequel ils étaient tous penchés. Le Xavier en image 3D regardait tendrement la Camila en 3D, il lui touchait gentiment le bras. Le réalisme de la scène était incroyable.

— Tu es drôlement mignonne, tu sais.

— Oh, arrête. lui répondit la Camila virtuelle en rougissant. Tu sais bien que je suis avec Philippe ! Sois sérieux ! Et puis je ne pense pas que Laura serait contente si elle savait que tu me dis de pareilles choses.

— Je disais cela pour plaisanter, lui répondit le Xavier virtuel, excuse-moi. Puis il ajouta : Tiens, ce serait une bonne idée de dîner ensemble tous les quatre. Qu'en penses-tu, Camila ?

— Mais oui, c'est une bonne idée.

— Nous pourrions aller au Procope, tu sais, ce vieux restaurant à côté de l'église Saint Germain des Prés.

Camila et Xavier – les vrais ! – en avaient les larmes aux yeux, le visage de Xavier rougissait, ils étaient tous sidérés.

— Ben, mon vieux, quel polisson ! lui dit Ludovic Hamadi. Sacré dragueur, va !

— Mais c'est pas moi, je… je me permettrais pas un truc pareil !

— Ah on dit ça ! On dit ça ! ajouta Olivier en riant de bon cœur. N'empêche ! Vous trouvez pas qu'ils sont plus vrais que nature ?

— En tout cas, mon cher, elle t'a bien remis en place ! dit Camila.

— Elle ? Tu veux dire toi ! Attendez, c'est marrant, on va voir ce qu'ils vont faire maintenant.

Les deux clones étaient en train de se dire au revoir.

— On va voir s'ils se font la bise, dit Ludovic.

Et effectivement ils se firent la bise, deux baisers sur chaque joue comme au bon vieux temps. Cela faisait plus de trente ans que les Français ne s'embrassaient plus avec cette peur continuelle, ces gestes barrières comme on disait depuis le début des années vingt. Mais, au chapitre des civilités, la *Neohuman Society* avait décidé que se serait mieux de rétablir les embrassades puisqu'il n'y aurait plus de virus et autres microbes à craindre.

Pas de raison non plus de craindre des virus informatiques puisque la volonté de nuire serait rendue totalement impossible par la deuxième loi fondamentale qui régissait le fonctionnement de la société humaine numérisée.

Pendant tout le reste de l'après-midi, les deux équipes suivirent donc les pas de Xavier Robinier et de Camila Del Grande et ce fut très intéressant de voir Camila retrouver son compagnon Philippe Müller qui apparut aussi à l'écran. Philippe était déjà dans leur pavillon de Marolles-en-Brie.

— Mais, c'est incroyable ! On se croirait dans une série télévisée ! Et tout ça, rien qu'avec de simples algorithmes, s'écria Camila, la vraie Camila.

— Oui, eh bien ça prouve qu'on a fait du bon boulot. Et vous remarquerez qu'ils sont parfaitement autonomes, dit Xavier.

— Ça dépasse même ce qu'on avait imaginé, je n'en reviens pas, dit Olivier.

— Par contre, c'est toujours des gros plans, dit Ludovic.

— Non, t'as pas bien regardé, en fait, ce qu'on voit, c'est ce que voit la personne, si je comprends bien, dit Camila, la vraie, au moment où son double virtuel s'approchait du visage de son compagnon virtuel et lui donnait un baiser sur la bouche, mais pas un petit baiser furtif ! Quel baiser ! Peut-être le plus long qu'on ait jamais vu au cinéma !

— Ben mon vieux ! Tu te fais pas chier ! Waouh ! s'écria Antonio Bonaventura en tapant sur l'épaule du vrai Philippe Müller qui ne parvenait pas à cacher son embarras.

Rue Soufflot, Camila était tout aussi embarrassée, elle rougissait de plus en plus. Ses collègues en étaient amusés.

— Tu vois, Xavier, t'as aucune chance avec cette nana ! lui dit Ludovic.

— Mais..., mais j'aurais jamais dit ça ! On a peut-être trop forcé sur les sentiments.

— Mais non, c'est mignon comme ça, leur répondit Jean-Paul.

— Bon, les gars, on s'adore, Philippe et moi, mais on s'est jamais embrassé comme ça, leur dit Camila qui était de plus en plus embarrassée.

— Ah ben, prends-en de la graine. Elle roule des pelles comme une pro ! lui répondit Ludovic que la scène amusait fortement.

Camila – la vraie – avait bien envie de le gifler. Mais ensuite, ils virent les deux amoureux aller dans la cuisine et se préparer un repas bien appétissant. Dans une fenêtre sur l'écran, ils virent un bel avocat, de belles crevettes bien charnues, une mayonnaise que Philippe fit lui-même en prenant un bol, en y mettant une cuillerée de moutarde et une pincée de sel, en cassant un œuf sur le bord du bol et en laissant glisser le jaune d'œuf dans le bol puis en battant le mélange pendant qu'il versait lentement un filet d'huile dans le bol. Le réalisme de la scène était incroyable. Dans une deuxième fenêtre, apparurent des tournedos et trois belles carottes, un navet, une pomme de terre et deux branches de céleri, c'était Camila qui les coupait en petits morceaux en lançant en même temps la préparation d'un entremets au caramel. Tout semblait filmé comme si la caméra prenait le même angle de vue que les yeux des deux personnages. C'était particulièrement troublant pour Camila et Philippe qui se sentaient devenir les spectateurs de leur propre existence, un sentiment étrange et qui, de plus, ne correspondait pas exactement à un moment qu'ils auraient déjà vécu ensemble. Pourtant, ce qu'étaient en train de se préparer leurs doubles virtuels, ils auraient très bien pu le faire, cela correspondait bien à leurs habitudes dominicales.

Ils virent ensuite leurs doubles dans le coin repas de leur salon de Marolles-en-Brie parler de tout et de rien en dégustant ce dîner qu'ils venaient de préparer ensemble. Un tête-à-tête amoureux émouvant et d'un réalisme incroyable.

— Le plus étonnant dans tout ça, c'est que nous les voyons manger alors que des entités numériques, à part du courant électrique, ça bouffe rien, dit Jean-Paul.

— Oui, mais ce que ça prouve, c'est qu'ils ont décidé de se faire plaisir, lui dit Ludovic en insistant sur le mot « décidé ».

— En effet, ajouta Olivier, ce que nous voyons, c'est ce qui se passe dans leur esprit.

Il était déjà plus de minuit, les deux équipes restaient collées aux écrans. Ils étaient littéralement fascinés par ce qu'ils étaient en train de regarder, un spectacle qui dépassait leurs espérances.

Quand ils virent leurs deux collègues virtuels se diriger vers la chambre à coucher après avoir savouré leur dîner, Camila dit, d'un air embarrassé :

— Bon, on sait que ça marche. On va peut-être éteindre nos écrans de contrôle et rentrer maintenant, il se fait déjà bien tard.

Olivier sourit et leur dit :

— Camila a raison, on va les laisser dans leur intimité. En tout cas bravo à tout le monde. On y a passé des heures, et vous voyez, nous n'avons pas perdu notre temps, ça fonctionne à merveille. On va reprendre ça demain matin, on va voir si tout va bien pendant une semaine avec nos neuf entités numérisées et ensuite, il va falloir recruter des volontaires pour passer à une plus grande échelle et voir ce qui se passe.

Il éteignit les deux écrans de contrôle.

— Dommage, on allait avoir du grand cinéma, dit Ludovic en enfilant sa veste.

Camila soupira. Décidément, ces mecs, ils sont lourds, se dit-elle. Vivement qu'on passe dans la virtualité. Normalement, le machisme n'aura plus sa place.

Il était minuit et demie quand ils se quittèrent tous pour regagner leurs domiciles respectifs.

L'équipe de l'ESA avait aussi continué de regarder cet étrange film qui se produisait tout seul, sans réalisateur, sans cameraman et ils avaient aussi arrêté de regarder, si bien que Camila et Philippe rentrèrent chez eux à peu près au même moment.

— On fait comme nos doubles ? lui demanda Philippe.

— Tu parles ! Ils m'ont charriée, les autres là-bas !

— Tu m'étonnes ! Quelle pelle elle m'a roulée !…

— Je te ferai remarquer que c'est pas à toi qu'elle a roulé une pelle, comme tu dis, lui dit-elle en fronçant les sourcils et en appuyant fermement son index sur la poitrine de son compagnon.

— Oui… enfin c'est moi quand même… N'empêche ! Ils ont bien raison…

Il avait bien envie de lui donner le même baiser mais sa compagne n'était visiblement pas dans le même état d'esprit.

— Je meurs de faim, dit-elle, et puis je suis crevée. Et en plus, on va pas manger aussi bien qu'eux, tout ce qu'on a dans le frigo, c'est une vulgaire quiche surgelée.

— Eh oui, le virtuel, ça a l'air bien mieux.

*

Le lendemain matin, les nouvelles diffusées dans tous les médias n'étaient pas bonnes du tout. Leurs voisins, Michel et Angélique prenaient leur petit déjeuner en écoutant la radio comme au bon vieux temps. C'était le bulletin d'information de sept heures.

« Mesdames, Messieurs, bonjour. Le syndrome martien a fait encore de très nombreuses victimes dans le monde, trois mille deux cent trente morts rien que pour la journée d'hier selon l'Organisation Mondiale de la Santé, parmi lesquels cent quatre rien que pour la France. Actuellement une quinzaine de villes sont touchées, Le Grand Paris, Lyon et sa métropole, l'agglomération

Lille – Roubaix – Tourcoing, Marseille, Toulouse, Bordeaux, Nantes, Metz, Nancy, Calais, Orléans et Montpellier. Le gouvernement envisage de rendre le port du masque obligatoire à partir de samedi. Cette nouvelle maladie, le MS1 est hautement contagieuse.

Sur le front des intempéries, Météo France annonce pour la fin de la semaine de très fortes précipitations qui se prolongeront au moins jusqu'au milieu de la semaine prochaine. Toutes les personnes résidant en zone inondable devront prendre leurs dispositions pour évacuer impérativement les parties basses de leurs logements.

Deux attentats à la voiture piégée se sont produits hier soir quasiment simultanément vers 22 heures à Noisy-le-Sec et à Bobigny, faisant cinq morts et douze blessés graves. Il n'y a pour l'heure aucune revendication mais le Parquet national antiterroriste a été chargé de l'enquête. Les soupçons pèsent sur un groupe de jeunes islamistes qui fréquentent une des mosquées de Noisy-le-Sec et, selon nos informations quatre personnes ont été interpellées tôt ce matin à leur domicile.

Enfin une bonne nouvelle : les chefs d'États de sept grandes puissances, les États-Unis, la Chine, la France, l'Allemagne, la Grande-Bretagne, le Japon et la Russie se sont mis d'accord pour débloquer les fonds nécessaires pour lancer dans les meilleurs délais une fusée dotée d'une bombe atomique de très forte puissance pour détruire l'astéroïde AS 2057 qui se dirige inexorablement vers la Terre. Les scientifiques ont bon espoir de pouvoir parvenir à faire exploser cet astéroïde qui est encore plus gros et massif que celui qui percuta notre planète il y a soixante-cinq millions d'années et a causé une extinction de masse avec entre autres espèces les dinosaures. Le lancement de cette fusée est prévu pour dans deux ans, ce sera notre seule chance de salut.

Dans quelques instants, la page sportive de notre bulletin d'information »

Angélique éteignit la radio.

— Tout cela n'est pas bien gai. Pour nous mettre le moral à plat, y a rien de tel ! Dans quel monde on vit !

— Oui, c'était mieux avant, répondit Michel en se levant et en mettant son bol dans le lave-vaisselle. Je te laisse la voiture pour aller à l'hôpital ?

— Non, prends-la. Je vais prendre un taxi et après la chimio, de toute façon se sera une ambulance qui me ramènera.

— Fais attention avec cette nouvelle saloperie qui traîne dans l'air, surtout à l'hôpital. Prends un masque.

— Oui, chéri, j'en porte un à chaque fois. Et toi aussi au lycée, on ne sait jamais, tu devrais en porter un aussi.

— Tu as raison. Mes élèves vont trouver ça bizarre mais comme on devra sans doute devoir remettre des masques à partir de la semaine prochaine, autant commencer tout de suite. Fais bien attention à toi. À ce soir.

Michel alla chercher dans l'armoire à pharmacie de la salle de bain un masque en tissu que sa belle-mère lui avait fabriqué, prit ses clefs, puis il enfila ses souliers, mit son manteau et se dirigea vers le garage.

Il débrancha le câble d'alimentation de sa vieille Audi et s'installa au volant.

Il n'y avait pas trop de circulation, il ne mit que trente minutes pour arriver au lycée Langevin-Wallon. Il était bien en avance pour son premier cours et il se dirigea vers la salle des professeurs. Jeanne Rollandeau et Francine Bagon étaient en grande conversation dans le vieux canapé défraîchi, un gobelet de café à la main. Michel se servit aussi un café au distributeur et vint les rejoindre.

— Salut, les filles.

— Salut, toi, ça va ? lui répondit Francine.

— Viens t'asseoir avec nous, lui dit Jeanne en se poussant un peu pour lui faire de la place au centre du canapé. Tu as vu les nouvelles ? C'est dingue ! On dirait bien que le sort s'acharne sur nous, les catastrophes naturelles causées par ce climat qui est devenu fou, les attentats qui n'arrêtent jamais, un nouveau virus tueur, un astéroïde qui fonce pile vers notre planète, quoi encore ?

— Mais je te dis que le bon dieu veut se débarrasser de nous ! dit Francine. Il nous envoie plein de maladies bizarres, il a déréglé le climat…

— Alors là, je t'arrête, intervint Michel, c'est nous, les humains qui ont fait n'importe quoi avec toujours plus de production, en rejetant toujours plus de gaz à effet de serre alors que nous sommes sur une toute petite planète…

— Et de plus en plus nombreux, nous sommes plus de dix milliards et on parle même de quinze milliards à la fin du siècle.

— Oui, Francine, mais s'ils loupent leur coup avec cette fusée qui doit faire voler en éclats l'astéroïde, ça sera terminé pour nous.

— Non, on va peut-être pouvoir s'en aller avant, dit Michel en posant son gobelet de café sur la table basse encombrée de revues syndicales et de vieux journaux.

— Oh, tu parles ! Sur Mars ? Pas terrible comme idée ! Et sur la lune, ça sera pas mieux.

— Non, il y a bien mieux, et en plus on pourrait vivre éternellement.

— Tu lis trop de romans de science-fiction, Michel, lui dit Francine.

— Ou alors tu es tombé sur la tête ce matin.

— Non, je vous assure. J'ai des voisins qui travaillent sur un projet qui a l'air complètement fou à première vue. Ils sont en train de mettre au point un procédé pour nous numériser entièrement. Nous pourrons, si ça marche, devenir complètement virtuels tout en gardant nos personnalités. On n'aurait plus de corps.

— Eh bien, c'est eux qui lisent trop de romans de science-fiction.

— Non, je vous jure, ils sont sérieux Ils m'ont dit que tout ce que nous vivons, c'est dans nos têtes que ça se passe. Mais regardez, déjà maintenant tout ce que nos smartphones font déjà automatiquement à notre place, ils prennent des décisions pour nous…

— C'est d'ailleurs très irritant, ils se permettent de trier ce qui est censé nous intéresser. Moi, ça m'énerve.

— Eh bien tu vois, Jeanne, c'est pas de la science-fiction, ça se passe déjà un peu comme ça et eux, ils poussent la démarche jusqu'au bout.

— Alors nous ne serons plus que des petits smartphones ?

— Même pas, Francine, nous serons de simples fichiers numériques sur un gros serveur et donc on pourra tous embarquer sur un vaisseau spatial et aller s'installer sur une planète plus hospitalière.

— Tu rêves ! Il n'y a pas de planètes habitables à moins de vingt années-lumière, le voyage prendrait des millions d'années. Impossible !

— Mais si, Francine, puisque rien ne pourrait plus nous empêcher d'être immortels…

— Ah !… Le vieux rêve de l'humanité ! s'exclama Jeanne. À l'origine de tous les mythes de l'antiquité et des religions ! Ils sont gentils, tes voisins, mais ça me paraît pas bien sérieux. Rien de vraiment nouveau, l'âme et le corps, l'âme éternelle dans le paradis ou dans l'enfer, on a le choix, et le corps voué à la putréfaction. Vieille histoire, tout cela, mais ça n'est pas réaliste. Ça marchera jamais, leur truc !

Plusieurs collègues étaient arrivés et commencèrent à se joindre à cette conversation philosophique. Michel leur expliqua ce qu'il savait sur les travaux de la *Neohuman Society*.

— Oui, je suis tombé sur leur site, dit Rachid Alzouhi, c'est un projet drôlement intéressant. Plus de souffrance physique, plus de surexploitation de matières premières, tout serait virtuel.

— Nos potaches aussi ? demanda Paul Grandval qui s'était joint aussi à la conversation.

— Eh oui, lui répondit Michel. Et ils comprendraient tout, plus de cancres, vous vous rendez compte ?

— On aurait même plus à leur faire cours !

— Nous serons tous au chômage, alors ?

La sonnerie retentit.

— En attendant, faut aller leur faire cours à ces petits morveux, conclut Jeanne en se levant. Mais je ne suis pas persuadée que des humains virtuels arriveront à m'écrire des dissertations intéressantes.

— Eh, regarde les romans qui ont été écrits par des logiciels d'écriture automatique, lui répondit Michel en jetant son gobelet vide dans la poubelle tandis qu'il se dirigeait vers la porte en poursuivant sa conversation avec sa collègue de philosophie. J'en ai déjà lu trois, c'est quand même pas mal. Il paraît même qu'il y a quelques années l'Académie Goncourt a décerné un prix à un roman qui avait été pondu comme ça.

Et ils partirent tous rejoindre leurs classes respectives.

En se dirigeant vers sa salle de cours, Michel pensait à son épouse qui devait être en chemin pour subir à l'Institut Curie sa quatrième séance de chimiothérapie. La pauvre avait déjà perdu tous ses cheveux, elle cachait son crâne dénudé sous une perruque qu'ils avaient achetée dans le quartier indien de la Gare du Nord. Mais il avait l'impression qu'elle avait vieilli d'un seul coup de plusieurs années, elle avait les traits tirés et son teint était devenu cireux. Il se disait que si enfin on parvenait à se défaire de l'enveloppe charnelle et donc des cancers et de toute espèce de maladie, si on parvenait à échapper à la dégénérescence, à la sénilité et à la mort, la vie serait enfin merveilleuse.

CHAPITRE 5

Le Président de la République Abderrhamane Bakri, le Premier Ministre Paul-Édouard Gontier, le Ministre des Armées Thibault Verdier et la Secrétaire d'État chargée de la Recherche Éléonore Braseneuve avaient atterri sur le tarmac de la base militaire de Tarbes vers 10 heures en ce lundi 27 janvier 2053. Montés à bord de quatre voitures aux vitres teintées, escortées par quatre voitures de la gendarmerie et quatre motards, ils avaient rapidement rejoint Bagnères-de-Bigore par la D 935 puis par la route du Tourmalet, parfaitement déneigée pour l'occasion. Ensuite le téléphérique leur permit en à peine un quart d'heure de grimper au Pic du Midi.

Ils furent accueillis par Jérôme Bouvier, Quentin Legrenadier, Pierre Jean Coulon et Jean-Baptiste Dumoulin qui leur montrèrent les vues de l'astéroïde AS 2057 prises au cours des quelques rares nuits dégagées pendant les deux mois précédents.

Les reporters des principales chaînes d'information étaient présents autour de l'observatoire depuis la veille au soir.

À l'issue de cette rencontre entre les membres du gouvernement et les astronomes de l'observatoire du Pic du Midi, le Premier Ministre donna une brève conférence de presse pour annoncer que le gouvernement avait décidé de consacrer un budget de quatre milliards d'euros dans le cadre de la participation de la France au projet international qui serait piloté par une agence crée par l'ONU. Ce seraient principalement la Chine et les États-Unis qui allaient financer l'essentiel de cette opération de la dernière chance pour sauver l'avenir de la planète.

À la fin de son allocution plusieurs journalistes demandèrent au Premier Ministre pourquoi la contribution financière de la France n'était pas plus importante et pourquoi l'ensemble des pays du monde ne contribuait pas au financement de l'opération. La réponse du Premier Ministre fut très évasive comme d'habitude.

Cela ne contribua guère à rassurer la population. Les arrêts de maladie pour dépression nerveuse se multipliaient ainsi que les violences conjugales, la délinquance juvénile, les violences urbaines et même la maltraitance animale ! Et cette nervosité générale avait gagné bien d'autres pays.

*

Dans la *Neohuman Society*, on s'activait au contraire comme dans une ruche. Une cinquantaine d'informaticiens venaient d'être recrutés, ce n'était plus une petite start-up mais une véritable entreprise qui avait dû s'installer dans de nouveaux locaux bien plus vastes sur trois niveaux dans une tour du quartier de La Défense.

Dans le monde des affaires, la *Neohuman Society* ne passait pas inaperçue. Malgré les réticences d'Olivier Legrand, la société était entrée en Bourse avec des actions cotées à cinquante et un euros, et en moins d'un mois la valeur de ces actions avait triplé !

Vu le très grand nombre de téraoctets nécessaires pour faire fonctionner les puissants algorithmes qui devaient gérer le fonctionnement du système ainsi que ceux servant à stocker toutes les données nécessaires pour chaque Néohumain, il fallait faire construire les plus gros serveurs encore jamais réalisés dans le monde. Même les plus puissants serveurs utilisés en météorologie ne suffisaient pas. Il fallait en outre que ces serveurs puissent fonctionner pendant des millions d'années alors que jusqu'alors aucun équipement informatique n'avait pu rester opérationnel plus de cinquante ans. En effet les circuits imprimés étaient de plus en plus miniaturisés pour augmenter la capacité des appareils informatiques au détriment de la longévité de ces appareils. Pour réaliser le type de serveurs dont la *Neohuman Society* aurait besoin, il fallait concevoir des circuits intégrés absolument inusables.

Il n'y eut qu'une entreprise chinoise basée à Wuhan dans la province du Hubei qui était en mesure de concevoir et de fabriquer ce type de serveur et de garantir une fiabilité totale pendant plusieurs centaines de millions d'années.

Les sommes requises pour mettre au point ces équipements puissants et inusables étaient colossales. Il s'avéra très vite indispensable d'émettre sur les marchés boursiers encore plus d'actions qui se vendaient d'ailleurs comme des petits pains sans que leur cours ne s'effondre. Bien au contraire, dès l'été 2053 le cours des actions de la *Neohuman Society* atteignait 785 dollars.

À la fin de l'année, la société comptait deux cents employés et l'action atteignait le cours incroyable de deux mille dollars, du jamais vu dans toute l'histoire de la finance internationale.

Tout le monde parlait de cette société qui allait révolutionner et sauver la vie humaine.

Des journalistes du monde entier se rendaient pratiquement tous les jours à La Défense pour montrer cette tour Horizona, une des plus hautes du quartier de La Défense, construite sur l'ancien emplacement du CNIT qui avait été détruit par la grande tempête de 2043. Les fondateurs de la société avaient été obligés de prendre des attachés de presse car ils étaient continuellement harcelés par des reporters qui voulaient les interviewer.

Exceptionnellement, Olivier Legrand avait consenti à recevoir un journaliste de CNN à la veille de Noël dans son bureau au vingt-cinquième étage de la tour Horizona. Le journaliste vedette de la chaîne américaine parlait bien sûr en anglais, Olivier en français, cela faisait déjà plus de vingt ans que les logiciels de traduction automatique instantanée étaient parfaitement au point.

— Monsieur Legrand, vous dirigez la *Neohuman Society* qui doit permettre aux êtres humains de se dématérialiser et ainsi d'échapper à la souffrance physique et même à la mort. Pouvez-vous nous en dire plus ?

— Effectivement, nous avons conçu un système assez complexe qui reproduit fidèlement toutes les opérations mentales du cerveau humain, et qui va donc permettre à ces entités purement numériques de penser, de ressentir, d'avoir l'impression de bouger dans l'espace et d'agir exactement comme si elles avaient un corps biologique.

— Et vous pensez que votre procédé est au point ?

— Pour l'essentiel, oui. Il y a encore quelques détails à régler mais nous avons commencé l'expérimentation, d'abord sur nous-mêmes il y a un an, et puis, depuis le printemps dernier nous avons eu une centaine de personnes qui se sont portées volontaires pour faire l'expérience.

— Pouvez-vous nous expliquer en quoi consiste l'expérience, Monsieur Legrand ?

— C'est assez complexe, mais, en gros, nous avons conçu un très grand questionnaire que la personne doit remplir minutieusement sur sa vie, ses habitudes, ses goûts, ses préférences, ses opinions dans un très grand nombre de domaines, philosophique, politique et j'en passe. C'est la partie la plus longue et la plus fastidieuse, ce fut très long aussi pour nous et il a fallu beaucoup repenser et étoffer ce questionnaire informatique. Autant vous dire que cela prend énormément de temps aussi pour les candidats au clonage numérique car ils doivent impérativement remplir ce questionnaire de manière exhaustive avec une totale honnêteté.

— Et s'ils ne répondent pas honnêtement, consciemment ou inconsciemment d'ailleurs ?

— Eh bien, dans ce cas, ça bloque tout de suite, car par ailleurs, nous introduisons dans le logiciel son ADN et une grande quantité de données sur la personne, sa famille, toutes les personnes qu'elle connaît, son vécu, sa scolarité, etc... Ses ordinateurs et téléphones sont analysés, même ses données médicales bien que cela ne servira guère ensuite.

— Oui, puisque vous vous débarrassez du corps, si je comprends bien.

— Oui et non, car la personne garde une apparence physique mais, ce sera une image virtuelle en trois dimensions.

— Une photo en 3D ?

— Non, la personne se verra bouger, se déplacer, agir avec les autres, exactement comme nous nous voyons maintenant.

— Et vous avez constaté que ça marche ?

— Au début, nous avons eu des surprises, des bugs, souvent c'était parce qu'il manquait des données. Par exemple une personne de l'entourage de nos cobayes qui n'était pas introduite dans le programme, et évidemment le programme se bloquait quand le cobaye devait entrer en rapport avec cette personne.

— Donc, pour que cela fonctionne, il faut que vous numérisiez tous les êtres humains sur Terre.

— Pas nécessairement mais en principe, ce sera possible. Nous aurons tout l'espace de stockage nécessaire sur nos serveurs.

— Bien sûr, étant donné les événements actuels, vous comprenez bien que tout le monde va vouloir vous suivre, d'autant que vous nous proposez l'immortalité. Est-ce bien sérieux et même, je dirais, est-ce souhaitable ?

— Nous pensons que oui. Pourquoi mourir puisque nous aurons enfin la possibilité d'échapper à la mort et à toutes les souffrances physiques qui bien souvent précèdent la mort pendant de nombreuses années en nous gâchant la vie ?

— Donc, si je comprends bien, ces « néohumains » ne ressentiront plus rien ?

— Si, ils garderont toutes leurs sensations sauf les mauvaises, comme par exemple la douleur.

— Vous voulez dire que s'ils mettent la main sur le feu, par exemple, ils ne sentiront pas la douleur, mais ils brûleront quand même !

— Non, il ne leur viendra pas à l'esprit de mettre la main au feu, même un feu virtuel car nous avons conçu notre programme de telle sorte qu'ils ne nuisent, à aucun moment, ni aux autres, ni à eux-mêmes. Il est hors de question qu'ils reproduisent les erreurs que les humains ont commises depuis au moins le paléolithique.

— Vous croyez que vos « néohumains » ne vont pas continuer de mentir, d'éprouver de la jalousie, de la haine, de se détester…

— Non, nous avons fait en sorte que ce soit impossible. Tous les sentiments négatifs sont systématiquement éliminés.

— Donc lorsque vos candidats remplissent le questionnaire, ils n'ont pas intérêt à déclarer qu'ils détestent untel ou untel ?

— De toute façon, même s'ils le disent – et il vaut mieux qu'ils le disent – cette donnée sera traitée afin que son clone numérique n'ait pas cette caractéristique.

— N'avez-vous pas l'impression de vous prendre un peu pour Dieu ?

Olivier répondit en souriant :

— Oh, vous savez, pour une fois que nous pouvons débarrasser l'humanité de tout ce qu'elle a eu de négatif, pourquoi s'en priver ? Je ne pense pas qu'il existe un dieu ou même plusieurs ; en tout cas, s'il existe, il ne sera pas fâché de voir que son œuvre sera nettement améliorée. Ce qu'il a réalisé, c'était déjà pas mal, nous ne faisons qu'améliorer les choses et faire en sorte que cette belle œuvre ne disparaisse pas bêtement.

— Mais êtes-vous bien certain, Monsieur Legrand, qu'au cours du temps, des conflits entre vos « néohumains » et même des guerres ne réapparaîtront pas ? Vous n'en savez rien.

— Il faudrait pour cela que le logiciel change, que l'idée de nuire germe dans un Néohumain, or c'est impossible car le programme repose sur une loi fondamentale : aucun Néohumain ne peut nuire à lui-même ou à un autre Néohumain, quel qu'il soit.

— Mais s'ils décident un jour de recréer des êtres biologiques, ne serait-ce que pour s'amuser ? Vous ne pouvez pas présager de ce qui va se passer dans mille ans, dans dix mille ans…

— Recréer des êtres biologiques, ce ne serait pas dans leur intérêt, donc ils ne le feraient jamais. Il faut bien comprendre que la vie sur Terre est très probablement compromise. Si on réussit à détruire l'astéroïde, nous avons encore bien d'autres menaces, ce virus redoutable, le climat, tout cela ne va pas s'arranger. Et puis, rien ne dit que d'autres astéroïdes ne vont pas finir par percuter notre planète. Et de toute façon, nous disparaîtrions inéluctablement dans quatre à cinq milliards d'années quand notre soleil arrivera en fin de vie. Pour l'instant, nous partons sur l'idée d'embarquer tout le monde sur une ou plusieurs stations qui resteraient en orbite autour de la Terre jusqu'à ce que les choses rentrent dans l'ordre mais tout porte à penser que ce ne sera pas possible et qu'il va donc falloir envisager un voyage interstellaire pour rejoindre une planète habitable, la plus proche étant à une vingtaine d'années-lumière.

— Mais Monsieur Legrand, c'est impossible, c'est beaucoup trop loin !

— Pour des êtres humains comme nous, évidemment, mais pas pour des entités purement numériques qui n'auront aucune limite dans le temps. Nous travaillons avec des entreprises en Chine qui sont en train de concevoir des supports informatiques inusables, inaltérables dans le temps y compris sur des durées de plusieurs dizaines de milliards d'années, ce que nous sommes encore incapables de produire, ni ici, ni en Corée, ni aux États-Unis.

— Comment pouvez-vous être certain qu'ils résisteront à l'usure du temps sur de si longues périodes ?

— Nous avons fait les calculs puis les simulations avec eux. Il ne pourra y avoir aucune altération des circuits imprimés puisqu'il n'y aura pas le moindre atome d'oxygène dans les vaisseaux spatiaux qui abriteront les serveurs. En plus, les composants sont beaucoup plus gros que ceux qui sont utilisés dans tous les appareils fabriqués actuellement même pour l'armée. Vous remarquerez que nous ne prenons aucun risque de panne majeure, chaque Néohumain aura plusieurs sauvegardes réactualisées quotidiennement sur plusieurs serveurs à bord de plusieurs vaisseaux afin d'éliminer tout risque de disparaître au cas où un serveur tomberait irrémédiablement en panne, ce qui sera très peu probable.

— C'est quand même un pari risqué !

— Avons-nous le choix ?

— Votre gouvernement vous suit-il ?

Olivier Legrand sourit amèrement.

— Pour l'instant, pas vraiment. Le Président de la République m'a même dit qu'il était choqué par cette idée d'immortalité qu'il estime contraire à ses principes, c'est tout juste s'il ne m'a pas dit que nous allons déclencher la colère divine ! Mais vous savez, nous avons des centaines de milliers de demandes ici en France, des gens qui souffrent dans leur corps, qui savent que la médecine est malheureusement encore impuissante. Mais nous avons aussi des quantités de personnes parfaitement valides et de tous âges qui nous implorent de créer leur double virtuel. Et leur motivation principale, c'est justement l'immortalité, le refus de vieillir.

— Et vous acceptez des candidats du monde entier ?

— Tout à fait.

— Et vous n'avez pas peur que les rivalités nationalistes, ethniques ou religieuses perdurent dans l'espace ?

— Non, rassurez-vous, ces pages sombres de l'histoire de l'humanité seront définitivement tournées. Les Néohumains appartiendront à une seule et unique nation, la Néohumanité. Ils garderont toutes leurs caractéristiques ethniques dont la diversité fait le charme de l'humanité actuelle mais il n'y aura plus de classes sociales différentes, ce sera une société démocratique. Depuis le temps qu'on parle de démocratie, elle va enfin pouvoir exister pour de bon.

— Mais ne vont-ils pas trouver le temps long, vos Néohumains ? Les querelles, ça fait passer le temps ! lui dit le journaliste de CNN en riant.

— Rassurez-vous, ils auront bien d'autres choses à faire.

— Justement, j'allais vous demander si le travail existera encore ?

— Bien entendu car cette société continuera de progresser. Il n'y aura plus qu'une petite partie du secteur tertiaire. Il n'y aura plus besoin ni d'agriculture ni du secteur industriel puisque la fabrication d'objets sera essentiellement virtuelle et les rares objets à construire concrètement le seront uniquement par des robots. Et dans le secteur tertiaire, un grand nombre de services n'auront plus lieu d'être. Par contre de nombreux emplois seront créés, par exemple dans la robotique, dans le journalisme, dans la recherche scientifique, dans les domaines artistiques, dans les sciences humaines, c'est-à-dire des emplois hautement qualifiés.

— Vos Néohumains toucheront donc des salaires ?

— La question n'est pas encore tranchée. Si nous ne voulons pas recréer des différences de revenus et en fin de compte des classes sociales, le mieux serait de ne plus avoir d'argent en circulation. Vous voyez où nous en sommes arrivés avec des différences abyssales et pourtant infondées.

— Une société communiste en quelque sorte.

— Oui, en quelque sorte, mais voyez-vous, si le communisme a été un échec – et tout le monde en convient – c'est parce que les humains sont par nature égoïstes, opportunistes, cupides, jaloux, paresseux, donc ça ne pouvait pas marcher. Les Néohumains seront radicalement différents. Tous les caractères négatifs de la personnalité sont systématiquement éliminés, d'autant plus facilement que, pour l'essentiel, ces caractéristiques négatives ont une origine biologique et je vous rappelle que les Néohumains n'auront plus qu'un corps virtuel, une apparence de corps, une image cérébrale uniquement.

— Et les animaux, que deviennent-ils dans votre projet ?

— Les animaux domestiques restent – virtuellement bien entendu – mais évidemment il n'y aura plus d'élevage. Les animaux sauvages resteront dans l'univers virtuel, je dirai qu'ils font juste partie du décor, pas plus.

— J'imagine que vous prévoyez une source d'énergie électrique suffisante pour tenir des millions d'années.

— Bien sûr, avec plusieurs réacteurs à fusion nucléaire qui nous garantissent une autonomie de cinquante milliards d'années et toute l'énergie nécessaire pour atteindre une planète où de grandes quantités de métaux ferreux et de minerais radioactifs permettront aux Néohumains de prospérer mais sans jamais recréer des êtres biologiques qui tôt ou tard compromettraient de nouveau les choses.

— Monsieur Legrand, je vous remercie infiniment pour toutes ces précisions et vous souhaite bonne chance pour cette entreprise.

Toutefois la *Neohuman Society* n'avait pas que des admirateurs enthousiastes. Cette interview réalisée par CNN souleva un tollé aux États-Unis. Comment ce Français arrogant osait-il se prendre pour Dieu et gratifier ses clients de l'immortalité ? Quelle outrecuidance de prétendre éradiquer le mal alors que c'est la prérogative de Dieu ! Quelle honte de vouloir priver les Hommes de spiritualité ! Lui et son entreprise diabolique méritaient les pires châtiments divins.

Le surlendemain de la diffusion de l'interview d'Olivier Legrand, le Pape Paul VIII condamna fermement cette entreprise qu'il qualifiait de diabolique.

Dans le monde musulman les critiques étaient tout aussi véhémentes. Des *fatwas* furent prononcées dans une demi-douzaine de pays, appelant à la mise à mort d'Olivier Legrand qui dut être protégé par la police nationale à son grand regret.

*

Michel Landier et son épouse avaient été parmi les premiers à se porter volontaires pour réaliser leurs clones numériques, d'autant plus volontiers qu'Angélique souffrait beaucoup de son traitement. On lui avait trouvé des métastases dans le colon, dans son poumon gauche ainsi que dans le foie. Les séances de chimiothérapie avaient été de plus en plus longues et avaient entraîné de très nombreux effets secondaires. Elle avait dû subir l'ablation complète d'un sein, deux opérations sur le colon et au foie. Elle subissait maintenant de longues séances de radiothérapie et elle avait hâte de voir son double numérique, redevenu jeune, insouciant et dynamique comme elle l'était encore deux ans auparavant. Cela faisait maintenant un an et demi qu'elle avait définitivement cessé de travailler. Malgré tous les efforts et toute la sollicitude de son mari, elle n'était plus heureuse.

Le couple Landier avait invité Francine et Romuald Bagon un soir où Angélique n'était pas trop mal en point. C'était aussi un des rares moments de répit pour Romuald qui était bien souvent en première ligne avec toutes ces intempéries à répétition, obligé de gérer au mieux l'imprévisible avec les autorités. Michel et Angélique parlaient de leurs célèbres voisins et de leur décision de se faire numériser en vue d'un embarquement dans l'espace pour quitter une pauvre planète fort malmenée.

Romuald trouvait l'idée très judicieuse :

— Je crois que vous avez bien fait parce que je peux vous dire que ça ne va pas s'arranger. Nous avons tellement déréglé le climat depuis la révolution industrielle mais surtout avec un accroissement inimaginable de la population mondiale que maintenant la machine climatique est totalement emballée. Même si nous réduisions notre empreinte climatique en revivant comme le faisaient les populations primitives autrefois, il faudrait plusieurs siècles, peut-être même un ou deux millénaires pour retrouver un semblant d'équilibre climatique. Moi, je vous le dis, je suis très pessimiste, je crois que c'est foutu et que l'humanité va tout bêtement disparaître par sa faute.

— Et bien, moi, je ne pense pas que vos clones comme vous dites seront heureux en voyageant éternellement dans l'espace, dit Francine. On a besoin de contacts physiques.

— Mais je t'assure que ça ne changera rien, lui dit Michel. Nous avons regardé nos clones, c'est bluffant. C'est nous à cent pour cent et je peux te dire qu'ils n'avaient pas l'air de s'embêter.

— Oui, nous les avons même vus faire l'amour, avoua Angélique, un peu gênée quand même.

— Non !

— Si, je vous jure et ça nous a vachement rajeunis ! ajouta Michel en riant.

Angélique donna un discret coup de pied à son mari.

— Et surtout, continua-t-il, ce qui est incroyable, ils pensent comme nous, ils agissent exactement comme on le ferait, c'en est même troublant.

— Vous pouvez converser avec eux, demanda Romuald.

— Non, il ne faut surtout pas essayer, dans ce cas-là, ça bloque. Les techniciens nous ont expliqué que ça tient au principe d'unicité puisqu'il ne peut pas y avoir deux individus identiques en interaction l'un avec l'autre.

— Donc, en ce moment, ils mènent leur vie indépendamment de vous ? demanda Francine. Moi, ça me plairait pas du tout. Et puis, qu'est-ce qui va se passer quand ils vont être à bord de ce vaisseau ? Vous allez rester ici, vous finirez par mourir et vos doubles, eux, ils vont continuer à votre place ? Ou on va vous euthanasier, c'est pas mieux.

— Oui, peut-être mais c'est pas grave. Nous serons eux, voilà tout !

— J'ai vraiment du mal à le concevoir. Ça me paraît dingue quand même !

— Non, je crois que tu as tort, ma chérie, si on ne veut pas crever sur cette planète que nous avons détraquée, c'est certainement la solution, lui dit son mari.

— Mais enfin, ils ne pourront pas emmener tout le monde !

— Si, ce serait possible, lui répondit Michel, mais visiblement il y a beaucoup de gens que ça n'intéresse pas du tout et qui sont même hostiles à cette entreprise de sauvetage de l'humanité et c'est bien dommage pour eux. Être dématérialisé, ne plus avoir de corps, ça leur semble impossible. Et le plus tordant, c'est que ceux qui sont le plus hostiles à ce projet, ce sont ceux qui croient dur comme fer à un paradis éternel et à l'existence d'une âme qui peut être dissociée du corps charnel !

— Alors qu'on leur offre une éternité qui sera bien réelle et dans laquelle leur âme pourra s'épanouir, ajouta Angélique.

— Et qui vous dit que ce serveur sur lequel vous allez être ne va pas tomber en panne ?

— Ils nous ont rassurés sur ce point, le matériel informatique utilisé sera robuste et de toute façon il y aura des sauvegardes sur plusieurs serveurs.

— Moi, je vous trouve bien optimistes.

— Je t'assure, ma chère Francine, si tu les voyais, tu ne verrais aucune différence avec nous, lui dit Angélique.

— Tiens, ça serait intéressant, leur dit Romuald, est-ce qu'on pourrait venir avec vous pour les voir ?

Michel leur donna quelques explications :

— Non, ils ne permettent qu'à la personne qui a été reproduite en numérique de voir son propre clone, d'ailleurs pendant une durée limitée d'environ quatre heures. En fait, ce qu'on voit à l'écran c'est ce que tes propres yeux voient… enfin, je veux dire les yeux de ton clone. Et donc je voyais les parties de son corps, exactement comme je vois les miennes et tout son champ de vision, donc je voyais Angélique, sa voix était exactement pareille et le plus marrant, c'est que ce que mon double virtuel lui disait était exactement ce que j'aurais dit moi-même. Je vous jure, c'est bluffant.

— Oui, c'était tout à fait pareil pour moi.

— Par contre tu étais comme avant ton traitement de chimio. Complètement rajeunie…

— Ah, c'est ça ! Tu préfères mon clone ! Sympa, le mari !

Cette réplique d'Angélique Landier amusa bien les Bagon. Michel poursuivit imperturbablement :

— Le plus dur pour nous, c'était de remplir les centaines de pages du questionnaire avec des électrodes sur le crâne. On y a passé des journées entières. Nous avons fourni tous nos documents, toutes nos photos, nos vidéos que nous avions prises en vacances, tous les titres des livres de notre bibliothèque, mais aussi les livres qu'on se souvient d'avoir lus, les films qui nous ont marqués. Leur questionnaire est incroyablement détaillé et c'est grâce à cela qu'ils peuvent nous reproduire fidèlement et ils continuent de le mettre au point.

— Donc, ils vous permettent de vous visionner pour voir si le résultat est probant ?

— Oui, c'est ça.

— Ben moi, je dois dire que ça me tenterait. Pas toi, chérie ?

— Non, ça me fait peur.

— C'est bien dommage, Francine, que tu ne puisses pas voir ça, lui dit Angélique. Et t'imagines un peu : ne pas vieillir ! C'est le rêve. Moi, j'ai pas hésité un seul instant quand nos voisins nous en ont parlé.

— Et en plus, poursuivit Michel, avec toutes les catastrophes qui s'abattent sur notre bonne vieille Terre, c'est sans doute plus prudent de décamper. Franchement, comme c'est parti ici-bas…

— Je suis bien d'accord avec toi, et ça ne va pas s'arranger, je peux vous le dire !

— Oui, Romuald, tu es bien placé pour le savoir ! conclut Michel.

Ils parlèrent de choses et d'autres pendant le repas qu'Angélique avait commandé à un traiteur car elle se sentait trop fatiguée pour cuisiner. Préparer à manger lui donnait la nausée depuis le début de son traitement de chimiothérapie.

*

Quelques jours plus tard, au lycée, Francine Bagon dit à son collègue d'allemand et ami qu'après mûre réflexion, elle ne serait pas contre l'idée de faire réaliser son clone, mais en tout cas pas tout de suite. Michel lui suggéra de ne pas trop attendre quand même. Il craignait un engorgement au moment où l'exode se préciserait. Il lui suggéra de profiter des vacances scolaires pour faire faire la saisie de ses données, de tout ce qui constituait sa personnalité. Ils pourraient ainsi perpétrer leur amitié éternellement. Romuald prendrait ses vacances au mois d'août, ce serait parfait, ils pourraient faire cela ensemble.

Michel avait réussi à convaincre quatre autres de ses collègues de contacter la *Neohuman Society* pour faire réaliser leurs doubles numériques, Jeanne Rollandeau, Paul Grandval, Rachid Alzouhi et Jean-Jacques Lecouvreur. Le mari de Francine avait facilement convaincu ses collègues de Météo France de participer aussi à cette extraordinaire aventure, d'autant plus facilement qu'ils étaient aux premières loges pour voir que le climat se déréglait de plus en plus rapidement et que très bientôt toute vie humaine deviendrait impossible sur Terre. Pierre Rollandeau avait aussi convaincu deux de ses confrères de l'hôpital Lariboisière de se faire cloner également mais la nouvelle crise sanitaire ne leur permettait pas pour l'instant de s'absenter pendant les quinze jours nécessaires pour réaliser l'opération de clonage numérique.

Marolles-en-Brie était devenue une ville célèbre depuis le jour où le journal *Le Parisien* avait publié une édition spéciale consacrée à la *Neohuman Society* avec une page entière consacrée à Philippe Müller et sa compagne Camila Del Grande qu'ils étaient venus photographier et interviewer dans leur pavillon et c'était maintenant la ville de France où l'on comptait le plus de clones numériques par millier d'habitants.

Pour faire face à la demande croissante, la *Neohuman Society* avait ouvert au cours de l'année 2054 des branches à Pékin, à Shanghai, à New York, Los Angeles, Chicago, Londres, Berlin, Frankfort, Rome, Turin, Tokio, Osaka et Sydney. Il était question d'en ouvrir une à Tel Aviv, Alger et au Cap très prochainement.

Et pourtant la numérisation des êtres humains était vivement décriée dans de nombreux médias qui considéraient que c'était du charlatanisme, une escroquerie et une duperie et que cette entreprise malhonnête profitait de la détresse des gens. La quasi totalité des gouvernements y était ouvertement hostile ainsi que l'ONU.

Cette année-là s'acheva une fois de plus avec un terrible bilan humain et matériel au niveau mondial.

La pandémie du syndrome martien avait causé la mort de plus de seize millions d'êtres humains. Tous les pays du monde étaient atteints et les zones les plus touchées par ce virus qui mutait sans cesse étaient les zones fortement urbanisées. Le virus avait maintenant plusieurs variants distincts, issus pourtant de la même souche si bien que nous étions désormais confrontés à sept virus distincts, le MS1, le MS2, le MS3, le MS4, le MS5, le MS6 et maintenant le MS7 qui venait d'être identifié au mois de décembre. Ces virus circulaient partout dans le monde, cependant les populations qui étaient le moins affectées étaient les habitants de zones rurales dans certains pays d'Afrique et d'Asie.

En France, bien des familles avaient perdu au cours de l'année au moins un proche. Certaines familles avaient même été complètement décimées. Les corps étaient brûlés dans de grands incinérateurs où les pompes funèbres plaçaient jusqu'à une douzaine de cadavres à la fois.

Il y avait tant de décès que de nombreux morts n'avaient même pas de sépulture.

Une fois de plus, exactement comme lors des crises sanitaires des années vingt et des années trente, les gouvernements en Europe et sur tout le continent américain réagirent trop tard et de façon inappropriée comme d'habitude : au lieu d'isoler immédiatement les malades et, par précaution, toutes les personnes avec qui les personnes souffrant du syndrome martien avaient été en contact au cours des quinze jours précédant l'apparition des premiers symptômes, tous ces gouvernements prirent des mesures de confinement général ou partiel de leurs populations, mesures toujours trop tardives qui ne servirent à rien.

En Asie, au contraire, tous les habitants étaient soumis à un test quotidien et dès que le test devenait positif, avant même l'apparition du moindre symptôme, les personnes contaminées étaient immédiatement isolées dans des structures spéciales, sous un strict contrôle médical avec interdiction formelle de sortir de leurs chambres où ils étaient d'ailleurs enfermés comme des prisonniers.

Et toujours aucun vaccin. Il y avait eu plusieurs tentatives qui s'étaient toutes soldées par des échecs. Les laboratoires avaient renoncé les uns après les autres, le virus mutait trop rapidement.

Parallèlement, les catastrophes naturelles étaient devenues de plus en plus meurtrières avec des vents qui pouvaient atteindre quatre cents kilomètres à l'heure, des records de précipitations qui noyaient des villages entiers, détruisaient des routes et des ponts, mais aussi dans certaines régions du globe de terribles épisodes de sécheresse qui compromettaient les récoltes, rendaient les sols quasiment imperméables, d'où des inondations dévastatrices car la pluie tombait ensuite d'un seul coup et en grande quantité sans pouvoir s'infiltrer dans les sols.

On avait l'impression que des forces surnaturelles cherchaient à faire disparaître les humains comme pour les punir d'avoir fait tant de mal à la nature. Pour beaucoup, c'était une punition divine imposée à l'Homme pour avoir délibérément détruit l'œuvre créatrice de Dieu.

Et comme pour bien faire sentir la volonté divine de débarrasser la Terre de cette vermine malfaisante, ce gros astéroïde fonçait vers la Terre inexorablement à dix-neuf mille kilomètres à l'heure et allait percuter la planète dans trois ans tout au plus.

Il était donc impératif que réussisse la seule et unique opération internationale prévue pour détruire en plein vol ce monstre bien avant qu'il ne parvienne à se rapprocher de la Terre. La Chine avait été chargée de la construction des trois étages inférieurs de la fusée, la bombe atomique de très forte puissance avait été réalisée par une équipe franco-britannique, la Russie s'occupait du carburant à base de poudre et l'Allemagne, conjointement avec les États-Unis, s'occupait de la logistique et des opérations de lancement de la fusée *Saviour*. La bombe était prête, la fusée devait être lancée de Cap Canaveral à la fin de l'année 2055.

Le plus dur avait été de convaincre les Chinois, les Russes et les Français que le meilleur choix pour le lancement de cette fusée ne serait pas leurs propres aires de lancement mais Cap Canaveral pour des raisons techniques et logistiques. Le Secrétaire des Nations Unies avait dû multiplier les pourparlers, on avait perdu des mois entiers en multipliant les réunions. Plusieurs fois un accord arraché à la dernière minute avait été remis en cause quelques jours plus tard par tel ou tel Chef d'État, il avait fallu d'urgence se mettre d'accord pour une nouvelle réunion…

Le lancement de la fusée fut finalement fixé pour le 14 décembre, mais il fallut reporter le lancement de dix jours car la Floride était balayée à la mi-décembre par un ouragan de force 3. Heureusement la rampe de lancement n'avait pas subi de dégâts majeurs mais toutes les conditions de sécurité n'étaient pas encore remplies pour le 24, il fallut reporter le lancement au 3 janvier 2055 à quatre heures de l'après-midi. Le lancement fut réussi mais il fallait voir maintenant si la fusée parviendrait à intercepter la trajectoire de l'astéroïde et surtout si la bombe atomique exploserait au moment optimum pour pulvériser AS2057. Cette opération devait se produire un peu avant que l'astéroïde ne croise l'orbite de Mars qui se trouverait à ce moment-là de l'autre côté du soleil, précaution qui permettrait d'éviter que des fragments devenus radioactifs du fait de l'explosion nucléaire ne viennent contaminer le sol martien. Les scientifiques avaient la certitude que ces débris ferreux de l'astéroïde se dissémineraient dans l'espace sans jamais parvenir à la Terre. Dans 232 jours, on saurait si l'opération serait réussie, il n'y avait plus qu'à attendre. En cas de changement de trajectoire pour une raison ou une autre, la trajectoire serait automatiquement corrigée.

Sous le dôme de l'observatoire du Pic du Midi, Pierre-Jean Coulon et Jean-Baptiste Dumoulin suivaient attentivement le vol de la fusée *Saviour* lancée depuis Cap Canaveral. Ils observaient aussi, mais pas au même moment, l'astéroïde AS 2057 qui était de plus en plus net dans leur télescope à mesure qu'il se rapprochait de notre planète.

C’est vrai qu’il était beau avec ses reflets brillants, beau comme un diamant, fascinant comme un tueur !

Les médias ne parlaient plus que de cette nouvelle menace venue du cosmos. La pandémie du syndrome martien et les intempéries ravageuses passaient au second plan. De lugubres prédicateurs affirmaient que l’apocalypse surviendrait dans moins de deux ans. De sanglants attentats islamistes se produisaient partout dans le monde, pas seulement dans les pays musulmans, mais aussi en Amérique du Nord, en Europe et en Australie. La criminalité avait également fortement augmenté. On assistait, en particulier dans tous les pays occidentaux à un effondrement des valeurs morales des plus inquiétants. C’était comme si la perspective d’un anéantissement cataclysmique libérait soudain les forces du Mal chez des individus fragiles qu’un vernis civilisationnel avait jusqu’alors permis de contenir. Les psychiatres étaient débordés, la société tout entière était au bord de la dépression.

*

Pour nos amis de la *Neohuman Society*, il était temps de passer à la phase de réalisation finale de leur projet. Ils avaient déjà réalisé les clones numériques de trois millions d’individus, pour l’essentiel des Américains, des Chinois et des Européens. Devant la forte affluence des demandes, ils avaient malheureusement été obligés de demander le paiement d’une somme conséquente en justifiant ce prix – six mille sept cent cinquante euros – par le coût des équipements : fusées spatiales, modules des quatre grandes stations spatiales qu’il faudrait rapidement fabriquer et mettre en orbite, serveurs ultraperformants et de très grande capacité ainsi que les coûts de conception.

Malgré ce prix exorbitant qui était réclamé, il y avait encore plus de dix millions de demandes à satisfaire.

La compagnie avait dû encore multiplier par quatre ses effectifs qui comptaient maintenant près de deux mille employés travaillant dans des locaux à Paris, à Londres, à Frankfort, à Rome à San Francisco, à New York, à Toronto, à Tokio à Osaka, à Pékin, à Shanghai, à Chongqing, à Sydney, à Moscou, à Tel Aviv et au Cap.

Chaque semaine la liste des humains déjà numérisés augmentait de plus de deux mille quatre cents personnes, essentiellement des familles mais aussi quelques célibataires auxquels on demandait assez curieusement huit mille euros. La direction avait expliqué pourquoi ils devaient payer davantage : il s'agissait du coût normal, les familles composées de deux parents et d'enfants bénéficiaient en fait d'une ristourne. Quant aux actionnaires, ils bénéficiaient aussi d'un tarif très avantageux proportionnel au nombre d'actions souscrites. Tous ces arrangements financiers ne plaisaient guère aux fondateurs de la *Neohuman Society* mais ils n'avaient pas le choix. Les coûts de conception des gros serveurs et des stations spatiales étaient colossaux et il y avait maintenant urgence à passer à la phase de fabrication.

Les serveurs avaient été conçus conjointement par deux entreprises californiennes à Santa Barbara et à Los Angeles et deux entreprises chinoises, l'une basée à Chongqing et l'autre à Wuhan.

La fabrication des serveurs fut confiée à la Chine dans les deux grandes entreprises de Chongqing et de Wuhan qui avaient proposé de réutiliser une technique employée pour les processeurs des années 1990 mais en l'améliorant considérablement afin réaliser des circuits intégrés qui puissent fonctionner en continu pendant au moins vingt milliards d'années. Ces deux entreprises étaient les seules au monde à disposer de la technologie nécessaire pour réaliser des circuits intégrés d'une robustesse à toute épreuve pouvant fonctionner au minimum deux milliards de fois plus longtemps que les circuits intégrés couramment fabriqués pour tous les appareils électroniques depuis plus de soixante ans. Ce choix technologique rendrait les serveurs plus volumineux et plus lourds mais c'était un choix essentiel car on ne pouvait pas se permettre la moindre panne informatique, la survie de l'espèce humaine sous forme numérique en dépendait.

Airbus Espace était chargé de la conception et de la construction des éléments des quatre stations spatiales où seraient installés les serveurs informatiques contenant tous les Néohumains et où seraient arrimés les quatre vaisseaux spatiaux prévus, soit pour un retour sur Terre, soit pour poursuivre le voyage dans l'univers au cas où la Terre deviendrait inhospitalière même pour de robustes machines.

Les stations spatiales furent construites par des entreprises de quatre pays différents : la Grande Bretagne, l'Allemagne, la France et la Chine en faisant également appel à des sous-traitants canadiens italiens, japonais et coréens.

Les fusées qui devaient acheminer tout ce matériel à assembler en orbite furent conçues par l'entreprise américaine *Space X*, devenue la société la plus active au cours des trente dernières années avec ses fusées réutilisables qui avaient permis d'abaisser considérablement les coûts d'envoi de gros satellites dans l'espace et avec une fiabilité remarquable.

Par contre ce furent encore des entreprises chinoises qui furent les seules à pouvoir garantir un matériel capable de rester opérationnel pour les fusées qui devraient être assemblées en orbite pour un retour éventuel vers la Terre si la situation redevenait normale un jour ou au contraire pour la poursuite du voyage vers une autre planète dans la galaxie ou au-delà. Il fallait là aussi prévoir du matériel pouvant résister à l'usure du temps pendant des dizaines de milliards d'années.

Le premier lancement par *Space X* était prévu pour le 23 mars 2055 avec à bord de la fusée les premiers éléments de la première station spatiale et deux engins robotisés pour assembler ces premiers modules sur l'orbite située à 72 000 km de la Terre. Cette orbite avait été choisie pour échapper à l'encombrement causé par les satellites géostationnaires lancés depuis presque un siècle, un bon nombre d'entre eux n'étant d'ailleurs plus que des épaves encombrant les abords de notre planète.

Le lancement fut une réussite et le second lancement fut programmé pour le mois suivant. L'assemblage des nouveaux éléments aux premiers ne prenait que quatre jours. Les robots assembleurs pouvaient travailler 24 heures sur 24, c'était la grande supériorité de la technique totalement novatrice qui avait été conçue par une entreprise de robotique japonaise spécialement pour la *Neohuman Society*.

La cadence d'un lancement par mois put être maintenue jusqu'à la fin de l'année et à partir du mois de novembre, les cinq premiers serveurs contenant le programme maître et les deux premiers millions de Néohumains furent installés dans la première station spatiale qui était maintenant complètement assemblée.

Tout fonctionnait à la perfection. C'était un succès total. La station était parfaitement à l'abri de l'intense rayonnement cosmique.

Cependant, tant que les trois autres stations spatiales ne seraient pas en place et tant que les autres Néohumains ne seraient pas acheminés, les Néohumains déjà embarqués devaient rester en mode sommeil, par conséquent totalement inactifs pour éviter tout risque de discordance. En effet, pour que tout fonctionne normalement, il fallait que les trois autres stations soient opérationnelles et que tous les Néohumains qui seraient créés aient bien été mis en orbite. Il fallait ensuite que tous soient dupliqués sur chacun des serveurs dans chacune des quatre stations spatiales.

À la fin de l'année 2055, la phase de lancement et d'assemblage de la deuxième station put commencer. Simultanément, la Russie et la Chine allaient s'occuper du lancement de quatre énormes vaisseaux spatiaux équipés de puissants moteurs nucléaires qui seraient arrimés aux stations spatiales. Ces vaisseaux devaient pouvoir naviguer dans l'espace intersidéral pendant au minimum plusieurs dizaines de milliards d'années, le temps nécessaire pour atteindre une planète capable de fournir les ressources nécessaires pour permettre aux Néohumains de poursuivre leur extraordinaire aventure.

Le succès de l'opération mais aussi la menace que représentaient pour la survie de l'humanité ce terrible astéroïde, les cataclysmes climatiques et la pandémie du syndrome martien faisaient affluer les demandes de clonage numérique dans presque tous les pays du monde.

En théorie, les dix milliards d'êtres humains pouvaient prendre place sous forme numérique à bord des quatre stations spatiales, même à bord d'une seule station, les trois autres servant seulement de sauvegardes en cas d'incident majeur comme par exemple une collision avec un astéroïde. Hypothèse peu probable de toute façon car les Néohumains continueraient de piloter ces stations et auraient la possibilité de faire procéder à d'éventuelles réparations par les robots qui avaient servi à l'assemblage des stations.

Donc, tant que tous les Néohumains n'étaient pas arrivés, les Néohumains déjà en orbite allaient rester en sommeil, exactement comme ils le seraient par la suite, huit heures par jour puis pour des périodes de temps bien plus longues, dans le cas où un long voyage intersidéral prenant des milliards d'années serait nécessaire.

Au cours de l'année 2056 il y eut encore douze lancements réussis pour acheminer tous les éléments de la deuxième station spatiale qui fut assemblée au point diamétralement opposé à la première sur l'orbite située à 72 000 km de la Terre avec cinq autres serveurs identiques aux cinq premiers et deux millions supplémentaires de Néohumains.

*

Ce qui retenait l'attention de tous les médias était maintenant la rencontre entre AS2057 et la fusée internationale *Saviour* qui devait le détruire le 4 juillet à dix heures du matin, heure de Washington en point d'orgue de la cérémonie commémorant la Déclaration d'Indépendance. Les Américains avaient tenu à faire coïncider la date de la destruction de l'astéroïde avec la célébration de la fête nationale américaine. Les scientifiques des autres pays avaient jugé cette exigence totalement déplacée et même potentiellement risquée dans la mesure où il avait fallu ralentir la fusée qui aurait dû normalement percuter l'astéroïde six jours plus tôt.

Tous les observatoires du monde étaient braqués vers le point dans le ciel où devait se produire cette rencontre.

À l'observatoire du Pic du Midi, le 3 juillet au soir, la grande coupole s'ouvrit sur un ciel parfaitement dégagé. Les conditions étaient optimales pour pouvoir regarder et filmer le spectacle grandiose de l'explosion d'AS2057, le sauvetage spectaculaire de la Terre.

Les cameramen de toutes les chaînes de télévision françaises étaient en place avec leur matériel aux côtés de Jérôme Bouvier, Quentin Legrenadier, Pierre-Jean Coulon et Jean-Baptiste Dumoulin qui avaient passé la journée précédente à nettoyer scrupuleusement les lentilles du grand télescope. Tout le monde put suivre la fusée, un simple point lumineux mais malgré tout bien visible ainsi que l'astéroïde qui était bien plus gros et tout à fait visible, brillant d'un éclat intense sur sa moitié éclairée par le soleil.

Les quatre astronomes expliquaient aux journalistes comment l'opération avait été montée et les calculs complexes qu'il avait fallu faire pour définir la trajectoire de la fusée.

Dans dix minutes, c'est-à-dire à quatre heures du matin, heure française, on allait assister à un feu d'artifice spatial. Les premières lueurs du jour commençaient à poindre vers le nord-est mais cela ne perturberait pas la beauté du spectacle et la planète entière pourrait enfin pousser un grand soupir de soulagement.

Mais soudain Pierre-Jean Coulon tira sur la manche de son collègue Quentin.

— Dis donc, j'ai l'impression qu'il y a un problème. Regarde ! Tu trouves pas que la fusée avance un peu sur la gauche au lieu d'aller tout droit vers le centre de l'astéroïde ?

— Tu as raison, c'est bizarre. C'est peut-être un effet d'optique.

Ils se tournèrent vers Jérôme Bouvier et Jean-Baptiste Dumoulin qui répondaient à des questions que leur posaient les journalistes.

— Il y a un souci avec la trajectoire de *Saviour*, regardez, leur dit Pierre-Jean.

Ils regardèrent attentivement.

— Sans doute un effet de parallaxe, dit Jean-Baptiste.

— Non, non, il y a vraiment un problème. L'impact doit se produire dans cinq minutes. La fusée va bien trop vers la gauche, dit Jérôme dont le visage s'était brusquement obscurci.

Le téléphone sonna dans la cabine, Pierre-Jean descendit les marches quatre par quatre au risque de se rompre le cou et décrocha le téléphone. Il parla brièvement et rejoignit tout le monde autour de l'oculaire du télescope.

— C'était les gars de l'observatoire du Teide aux Canaries, dit-il dans un souffle. Ils viennent de constater la même chose que nous. La fusée suit bien une trajectoire tangentielle, elle risque de rater sa cible.

— Putain ! C'est pas vrai ! Appelle le centre de Houston, s'écria Jérôme.

Pierre-Jean redescendit les marches à toute vitesse pour téléphoner au centre de Houston.

— Une inquiétude, Monsieur Bouvier ? demanda le journaliste de *BFMTV*.

— Oui, nous sommes très inquiets, la rencontre doit se produire dans deux minutes maintenant et visiblement la fusée file bien trop sur la gauche, regardez. L'opération risque de rater.

— Mesdames, messieurs, comme vous venez de l'entendre, il y a un gros problème avec la trajectoire de la fusée qui risque de ne pas atteindre la cible. Monsieur Bouvier, est-ce que la trajectoire peut être corrigée ?

— Non, c'est malheureusement trop tard.

— Mais, comme vous venez de nous le dire à l'instant, il y a une bombe atomique de forte puissance à l'intérieur de la fusée. Peut-elle être larguée sur l'astéroïde maintenant que la fusée s'en approche ?

— Non, l'explosion de la bombe ne peut être déclenchée que par l'impact. Croisons les doigts pour que la fusée touche l'astéroïde.

— Impact prévu dans trente secondes, cria Quentin Legrenadier.

La cinquantaine de journalistes, de cameramen et de preneurs de son retint son souffle. Vingt secondes, quinze, dix, cinq…

Puis un terrible cri d'effroi collectif :

— Oh, non !

La fusée *Saviour* venait de rater AS2057 et poursuivait son chemin.

Un silence pesant envahit la coupole pendant une bonne vingtaine de secondes. Tout le monde était consterné.

Enfin, le journaliste de TF1 demanda :

— Est-ce qu'il est prévu d'en lancer une autre ?

— Pas le temps… c'est trop tard…

— Mais enfin, Monsieur Bouvier, ce n'est pas possible ! Nous allons être percutés par l'astéroïde ! C'est incompréhensible ! Comment une erreur pareille a-t-elle pu être commise ?

— Tout cela, c'est de la faute des Américains qui ont insisté pour qu'on ralentisse la vitesse de la fusée, s'écria Quentin qui était au bord des larmes.

— Comment cela, Monsieur Legrenadier ?

— Oui, tout cela pour que le sauvetage de notre planète ait lieu le jour de leur fête nationale ! On n'aurait jamais dû accepter ! Et voilà le résultat ! On va tous crever !

— Savez-vous dans combien de temps il va s'écraser sur la Terre ?

— Dans six mois tout au plus.

— Et on ne peut rien faire ?

— Non.

— C'est invraisemblable ! Avec tous les satellites qui tournent autour de la Terre, on ne peut pas l'arrêter ?

— Réfléchissez un peu ! Ça a l'air d'être un petit caillou, mais il fait vingt kilomètres de diamètre et il pèse plusieurs centaines de milliards de tonnes ! Il est encore plus lourd que celui qui causa la dernière extinction de masse avec entre autres espèces les dinosaures.

— Et nous n'avons plus le temps de relancer une fusée, c'est trop tard, ajouta Jean-Baptiste Dumoulin.

— Donc, messieurs, l'Humanité va disparaître ?
— Oui, malheureusement, j'en ai bien peur.
Ils étaient tous sidérés.
Partout dans le monde, la même consternation. Comment était-ce possible ? Comment des civilisations aussi avancées avec tous ces progrès techniques accomplis au cours des deux derniers siècles allaient-elles si bêtement se laisser balayer par un vulgaire astéroïde comme jadis les dinosaures ? C'était insensé ! Comment se faisait-il qu'une seconde mission internationale n'ait pas été prévue pour servir de filet de sécurité en cas d'échec de la première ?
Le monde entier se tourna vers le Pentagone qui devait avoir une solution de rechange : ne pouvait-on pas utiliser toutes ces armes sophistiquées qui tournaient dans l'espace autour de la Terre depuis une quarantaine d'années dans le cadre de l'opération pompeusement appelée « guerre des étoiles » ?
Il s'avéra malheureusement que ces engins n'auraient pu, au mieux, que s'abattre sur la Corée du Nord et qu'en réalité la moitié de cet armement était déjà hors d'usage. En tout cas, il était trop tard pour envisager une seconde tentative pour faire exploser l'astéroïde AS2057 qui était maintenant trop près de notre planète. Trop tard aussi pour tenter d'en dévier la trajectoire, il serait inévitablement pris dans le champ gravitationnel de la Terre.
Très vite des théories complotistes resurgirent sur les réseaux sociaux : les gouvernements et les scientifiques mentaient. Il y en eut même qui prétendirent que c'était la diabolique *Neohuman Society* qui était derrière tout cela, un gros coup de pub pour attirer encore plus de clients ! Certains, sur leurs blogs, prétendaient même avoir la preuve que les dirigeants de la *Neohuman Society* avaient soudoyé des ingénieurs de la NASA pour qu'ils modifient subrepticement les calculs afin que la fusée rate sa cible !
Tout était fait pour dissuader les gens de se faire numériser. Les complotistes et fanatiques de tous bords s'acharnaient contre la

Neohuman Society. Les gouvernements craignaient d'être renversés, les médias tentaient de rassurer les populations…

Et pourtant, les demandes d'inscription se multiplièrent dans les jours qui suivirent. Toutes les branches de la compagnie étaient déjà submergées par les demandes depuis plusieurs mois. Dix nouvelles branches avaient été ouvertes dans l'urgence au cours des douze derniers mois, depuis que tout le monde savait que quatre millions de Néohumains étaient déjà à bord de la première station spatiale et que deux autres millions de chanceux allaient bientôt les rejoindre. Il avait fallu former très rapidement du personnel supplémentaire et remanier les équipes pour que le travail de clonage numérique soit toujours parfait dans toutes les branches de la compagnie.

À leur grand regret, les membres de la direction de la *Neohuman Society* avaient été obligés de mettre au point un test préliminaire pour sélectionner les candidats ayant le plus d'aptitude pour pouvoir répondre correctement au questionnaire afin de réduire le plus possible le temps nécessaire pour réaliser la numérisation. L'opération de saisie des données demandait un minimum d'une douzaine de jours, il était impossible d'aller plus vite.

Heureusement le cours des actions émises par la compagnie continuait de s'envoler, il dépassait même le cours du Bitcoin et cela permettait d'augmenter toujours plus les effectifs du personnel dans toutes les branches ouvertes de par le monde. Néanmoins toutes les équipes étaient débordées et il était impossible de répondre à toutes les demandes.

CHAPITRE 6

Grégoire Landier était en train de téléphoner à son frère. Cela faisait bien deux mois qu'il n'avait pas pris le temps de l'appeler. Il voulait avoir des nouvelles de sa belle-sœur soignée à l'Institut Curie. Les nouvelles n'étaient pas bonnes, Angélique avait déjà subi trois opérations, la chimiothérapie se prolongeait en alternance avec des séances de radiothérapie de plus en plus longues, elle était soignée pour trois cancers différents et elle était très affaiblie. Les métastases ainsi que la grosse tumeur dans son foie étaient les plus problématiques. Michel avait reparlé encore une fois à son frère du formidable espoir qu'ils avaient, sa femme et lui : là-haut, leurs doubles numériques étaient à bord de la station spatiale, prêts à continuer d'exister pour l'éternité, en parfaite santé, rajeunis, débarrassés pour toujours de tout risque de maladie, hors d'atteinte des cataclysmes qui allaient irrémédiablement anéantir la vie humaine sur la Terre. Pourquoi diable ne voulait-il pas faire comme eux et les rejoindre avec sa copine Nadine ?

— Écoute, frérot, moi je me vois pas du tout vivre virtuellement comme ça. Je pense que ce que vous avez vu, c'est une illusion, un tour de passe-passe. C'est impossible que ça marche.

— C'est peut-être incroyable mais je t'assure que ça marche. On les voyait agir et parler et je te jure que ce n'était pas la reproduction de scènes de notre vie qu'ils auraient générées artificiellement. Ils nous ont vraiment dédoublés, je t'assure.

— Non, j'y crois pas. Et même si c'était vrai, que veux-tu que je foute pendant l'éternité ? Moi, j'ai besoin de malades à soigner, c'est le sens de ma vie.

— Eh bien, tu feras autre chose. Les Néohumains auront probablement des problèmes psychologiques, je sais pas. Tu feras plus de la chirurgie, tu feras de la psychiatrie. Moi, c'est pareil, j'aurai pas besoin de leur apprendre l'allemand puisque toutes les connaissances linguistiques seront directement chargées dans les gamins qu'on nous confiera. Apparemment, tout ce que j'aurai à faire, c'est animer des discussions dans mes classes virtuelles, je n'aurai plus à passer des journées entières à corriger des copies et ce n'est pas pour me déplaire !

— Tu t'y vois déjà, mon vieux, à ce que je vois.

— Eh oui. De toute façon, qu'est-ce que vous risquez ? Faites comme nous, mais dépêchez-vous ! Tu vois bien que dans six mois on sera tous morts ici. Y a pas de temps à perdre ! Et tu veux pas me faire éternellement de la peine, hein ? Je suis sûr que nos parents, ils n'auraient pas hésité, tu te souviens comme ils aimaient la vie…

— Ouais, au fond, t'as peut-être raison. Je vais en parler à Nadine.

— Ah, tu me rassures. Je serais tellement content si vous pouviez nous rejoindre. Tu me tiens au courant ?

— Promis. Ciao.

— Salut.

Et le soir même, Grégoire en parla à Nadine qui sauta de joie. C'était ce qu'elle désirait au plus profond d'elle-même mais elle n'avait pas osé lui en parler car elle le savait hostile à cette idée qu'il avait trouvée farfelue depuis le début.

Le lendemain, ils se rendirent dans les bureaux de la *Néohuman Society* à la Défense. D'abord, on leur dit qu'il y avait tellement de monde sur la liste d'attente qu'il n'y avait aucun espoir que leur demande puisse être satisfaite étant donné le peu de temps qui restait avant la chute de l'astéroïde. Mais lorsque Grégoire leur expliqua que son frère et sa belle-sœur étaient déjà embarqués et qu'ils avaient été parmi les premiers en France à se faire dupliquer numériquement, l'argument a attendri les deux employées qui leur proposèrent un rendez-vous pour le 14 novembre. Elles leur remirent les documents à remplir et à retourner avant la fin octobre avec une liste impressionnante de choses à fournir. Il n'y avait aucun créneau disponible avant cette date. Le paiement des frais devait être immédiat et ils devaient prendre leurs dispositions pour être présents dans les bureaux de la *Neohuman Society* du 14 au 26 novembre inclus de 7 heures du matin à 20 heures.

Le soir, ils téléphonèrent à Michel et Angélique pour leur annoncer la bonne nouvelle.

Mais Grégoire Landier allait bien être le seul médecin de son hôpital à rejoindre les quelque six millions d'humains à vouloir échapper– ne serait-ce que virtuellement – au sort atroce qui se dessinait à très court terme pour les espèces vivantes qui peuplaient cette fragile planète. Son supérieur hiérarchique Samuel Aron ne manqua pas de lui dire qu'il désapprouvait sa décision, que c'était indigne d'un médecin hospitalier, qu'il lui incombait au contraire de partager le sort commun avec courage et de soulager les souffrances des patients jusqu'à sa propre mort. En bref, il l'accusait de lâcheté…

Il y aurait bien eu quelques infirmières qui auraient été tentées de survivre de cette façon comme Brigitte Machefer mais elle n'osa pas entreprendre les démarches. Elle était en fait intimidée par Samuel Aron, craignant pour sa carrière comme elle l'avoua un jour à Grégoire. Elle reconnut que la perspective d'un monde débarrassé de la souffrance physique lui plaisait assez mais quant à l'immortalité, elle était sceptique.

Il faut dire que l'acharnement médiatique contre la *Neohuman Society* était tel que bon nombre de gens s'étaient laissés persuader qu'il ne s'agissait que d'une supercherie. Sur les réseaux sociaux on assistait à un déferlement de haine non seulement à l'encontre de cette entreprise mais aussi à l'encontre des millions de personnes qui avaient fait réaliser leurs doubles numériques. C'était évidemment de la jalousie.

Sur les réseaux sociaux une théorie était devenue virale: on accusait la *Neohuman Society* d'avoir soudoyé les médias pour qu'ils développent toute cette idée d'un astéroïde qui viendrait prétendument percuter la Terre, une pure fantaisie tout comme le rocambolesque lancement d'une fusée pour le faire exploser. Selon les propagateurs de cette nouvelle théorie du complot, il ne s'agissait que d'une mystification pour faire peur aux gens et ainsi duper des millions de personnes…

Il y avait désormais dans tous les pays du monde les pro-*Neohuman Society* et les anti-*Neohuman Society*, de violentes disputes entre les membres d'une même famille et entre amis, dégénérant souvent en bagarres rangées.

Toutes sortes de prédicateurs annonçaient l'imminence de l'apocalypse, un secret de polichinelle puisque les calculs de tous les astronomes concordaient : l'impact était prévu pour le 3 janvier 2057.

Les attentats islamistes se multipliaient de jour en jour, des attaques à l'arme blanche mais aussi avec des armes automatiques, des colis piégés visant des Chrétiens, des Juifs et des Bouddhistes mais surtout des non-pratiquants, attentats toujours revendiqués avec toujours la même justification : tout le monde devait de gré ou de force se convertir à l'Islam avant l'apocalypse, c'était écrit dans le Coran…

Et les Chrétiens n'étaient pas en reste, il y en avait beaucoup qui avaient demandé à des prêtres de leur fixer un rendez-vous pour leur administrer les derniers sacrements avant la catastrophe. Pour de nombreux curés, il n'y avait plus de rendez-vous possibles au-delà du 15 octobre sauf désistement de dernière minute, c'est-à-dire au cas où quelque paroissien ayant pris rendez-vous serait mort avant !

Ce n'était d'ailleurs pas aussi absurde que cela en a l'air car la mortalité avait fortement augmenté au cours des derniers mois de l'année 2056 : il y avait de plus en plus de suicides et de meurtres ainsi qu'une détérioration brutale de l'état de santé de personnes souffrant de maladies chroniques. Depuis le lamentable ratage de l'opération *Saviour* il y avait eu une augmentation spectaculaire du nombre de crimes crapuleux, d'attaques à main armée de personnes âgées pour leur dérober leurs bijoux et leurs économies. Il y en avait tant que la police ne cherchait même plus à les arrêter.

Les mesures de confinement et les couvre-feux décrétés par la plupart des gouvernements pour enrayer la crise sanitaire du syndrome martien n'avaient eu aucun impact sur la criminalité. Il n'y avait plus guère que les intempéries pour calmer l'ardeur des malfaiteurs, mais aussitôt la tempête passée, ils se remettaient à piller sans vergogne et en toute impunité les nombreuses demeures qui avaient perdu portes et fenêtres.

Partout on assistait à des scènes de chaos inimaginables. C'était bel et bien la fin du monde…

Malgré le peu de temps qui restait avant la catastrophe, la Chine tenta de lancer une fusée équipée elle aussi d'une bombe atomique, la plus puissante que le pays possédât mais comme les calculs furent faits dans la précipitation, cette tentative de la dernière chance pour détruire l'astéroïde AS2057 se solda elle aussi par un échec. La fusée chinoise ne parvint pas à croiser la trajectoire de l'astéroïde et partit se perdre quelque part dans l'univers.

Il fallait se rendre à l'évidence : le cataclysme annoncé était désormais inévitable.

*

Olivier Legrand dirigeait maintenant depuis près d'un an la *Neohuman Society* avec l'Américain Jeff Woolridge et le Chinois Xin Yang Li depuis Paris, New York et Shanghai. Le fonctionnement de cette nouvelle société humaine allait être bien différent de toutes celles qui l'avaient précédée jusqu'à ce XXIe siècle ; il était hors de question que les Néohumains reproduisent les erreurs des civilisations passées et présentes.

Étant donné que des pans entiers de l'économie allaient devenir caducs avec une consommation qui serait quasiment inexistante, l'essentiel de l'activité quotidienne des Néohumains consisterait désormais à assurer le fonctionnement de la démocratie. Cet idéal vieux de plus de deux millénaires et jamais encore réalisé allait enfin pouvoir aboutir. Avec une population limitée à quelque huit millions d'individus, il serait enfin possible de laisser chaque Néohumain adulte prendre part en personne aux décisions politiques, ce serait à la fois un droit et un devoir incontournables. Et comme les Néohumains étaient tous dépourvus des penchants et sentiments négatifs tels que l'égoïsme, le désir de nuire à autrui, la fourberie, la roublardise, la jalousie, la méchanceté, la cruauté et tant d'autres tares humaines, les concepteurs du projet étaient sûrs et certains que la démocratie directe fonctionnerait parfaitement.

Pendant un temps, ils s'étaient demandés s'il serait nécessaire de reconstituer des États différents mais ils étaient rapidement tombés d'accord sur la nécessité d'unifier au maximum cette nouvelle société pour écarter tout risque de conflits.

Étant donné qu'il ne serait pas possible de sauver l'humanité entière par manque de temps mais aussi parce que des milliards d'humains refusaient de devenir des Néohumains, il n'y aurait probablement que quelques dizaines de millions de citoyens néohumains. Les faire tous siéger au sein d'une sorte de parlement numérique ne posait en effet aucun problème technique.

Les quatre premières heures de chaque journée réuniraient l'ensemble des Néohumains, quatre jours par semaine. Chaque jour un président serait tiré au sort pour présider la séance au cours de laquelle tous les citoyens débattraient et chaque proposition de décision serait soumise systématiquement au vote, chaque individu disposant d'une voix. De toute façon aucune décision ne pourrait léser quiconque : si un seul Néohumain devait pâtir d'une décision même souhaitée par une écrasante majorité, le vote ne serait pas possible et ils seraient ainsi amenés à réfléchir collectivement pour trouver une solution qui respecte l'intégrité de tous sans la moindre exception. Les débats seraient certainement riches et constructifs et il était indubitable que cette nouvelle société ne retomberait pas dans les travers des sociétés humaines.

Il resterait bien sûr une activité professionnelle de l'ordre de trois heures par jour, quatre jours par semaine. Cette activité professionnelle serait essentiellement dans les domaines du journalisme, des arts, des loisirs et surtout dans la recherche pour une amélioration continuelle des conditions d'existence de ces nouveaux êtres humains dématérialisés. Les Néohumains auraient neuf heures de loisirs quotidiens, trois jours fériés par semaine, ils vivraient en famille et dormiraient tous impérativement huit heures par jour entre 23 heures et 7 heures dans un premier temps pour économiser l'énergie électrique.

Ils resteraient en orbite autour de la Terre le temps que tout rentre dans l'ordre sur Terre et qu'un retour soit de nouveau possible. Ce serait à eux d'en décider au vu de leurs observations du globe terrestre. Toutefois, si un tel retour s'avérait impossible, ils seraient amenés à prendre la décision d'embarquer sur les fusées arrimées aux deux stations spatiales pour rejoindre une planète plus hospitalière dans une autre partie de la galaxie ou même en dehors de celle-ci. L'activité d'observation et de prospection de l'espace occuperait donc de très nombreux Néohumains.

La tour Horizona de La Défense était maintenant presque entièrement occupée par les bureaux de la *Neohuman Society* avec 658 employés travaillant sept jours sur sept à réaliser les clones numériques des centaines de personnes reçues chaque semaine dans les locaux parisiens.

*

Olivier venait de s'entretenir avec les deux autres codirecteurs. Ils étaient très inquiets. L'imminence de la collision fatale entre la Terre et AS2057 permettrait tout juste d'acheminer les éléments nécessaires au montage de la deuxième station spatiale et peut-être seulement trois millions de nouveaux Néohumains si l'on parvenait à maintenir les cadences jusqu'à la veille du dernier lancement prévu pour le 20 décembre. En tout cas il leur fallait renoncer à la construction des deux autres stations prévues, ce qui allait sérieusement compromettre la pérennité du programme au cours des millénaires à venir et surtout réduire à très peu de choses l'ambition initiale de sauver l'humanité entière. Tout juste huit millions sur les dix milliards prévus !

La *Neohuman Society* ne serait donc pas capable de tenir ses promesses, c'était en soi un échec. Certes, l'humanité par l'intermédiaire des Néohumains survivrait mais ce ne serait malheureusement qu'une infime partie de l'humanité. De plus, cette infime partie de l'humanité était totalement déséquilibrée : si l'Europe de l'Ouest, l'Amérique du Nord, la Chine et le Moyen-Orient étaient à peu près représentés dans leur diversité culturelle, en revanche les minorités ethniques de ces quatre zones géographiques n'étaient pas du tout représentées. Quant aux autres parties du monde, elles étaient très nettement sous-représentées, en particulier l'Afrique, l'Amérique latine et l'Asie centrale.

Olivier Legrand était particulièrement sensible à cet aspect du problème, plus que Jeff Woolridge et Xin Yang Li qui étaient bien plus préoccupés par le fait que le programme perdait de fait la moitié de ses capacités de sauvegarde. Qu'allait-il se passer si des problèmes techniques majeurs devaient affecter l'une ou l'autre des deux seules stations ? Il était également impossible de construire les huit énormes vaisseaux spatiaux qui devaient au cours des années suivantes rejoindre les huit premiers. Pour l'instant il n'y en avait que cinq, les trois derniers étaient quasiment prêts et seraient lancés en novembre et en décembre pour être arrimés à la deuxième station qui était en cours de montage.

Dans l'immédiat, ce qu'il fallait faire, c'était louer des locaux supplémentaires et recruter encore plus de personnel pour cloner le plus de monde possible. Mais pour cela, il fallait d'abord former ce personnel nouveau en un temps record, ce qui n'était pas facile car en plus des compétences en informatique, il fallait avoir des connaissances assez approfondies du psychisme, sans quoi la personnalité virtuelle risquait d'être différente, voire incomplète, ce qui pourrait générer de sérieux problèmes par la suite.

La direction française de l'entreprise tenait à assurer un minimum de diversité ethnique et culturelle. Il fallait de toute urgence convaincre les actionnaires de la nécessité de lancer un appel à candidatures sans frais d'inscription en direction des pays sous-représentés. Il ne fut pas facile de convaincre les deux autres dirigeants mais une assemblée générale des actionnaires en visioconférence fut tout de même organisée le 2 septembre. Tout ce que la direction française put obtenir, ce fut un quota de mille personnes à recruter en Afrique noire francophone et anglophone, en Amérique latine et dans quelques pays d'Asie centrale et d'Asie du Sud-Est. Cinq cent cinquante personnes en Afrique, trois cent en Amérique latine, quatre-vingt en Asie du Sud-Est et le reste dans le Maghreb. Maigre consolation !

Au bout de cinq jours, ils avaient reçu 541 380 candidatures ! Ils les répartirent par pays et procédèrent ensuite par tirage au sort, la mort dans l'âme mais en retenant un nombre de personnes proportionnel à la population de chaque pays. En outre ils écartèrent systématiquement les candidatures de mineurs non accompagnés, étant donné que tous les dossiers qui avaient été traités depuis le début ne concernaient que des familles et des célibataires majeurs.

Les médias ne manquèrent pas de dénoncer le racisme de la *Neohuman Society* et leur manque d'empathie envers les habitants des pays pauvres, c'était inévitable !

Pourtant, malgré le confinement général de la population imposé par les autorités dans tous les pays du monde depuis l'accélération de la propagation du virus martien, le bureau parisien affréta cinq avions qui acheminèrent entre le 8 et le 13 septembre les mille candidats choisis au Sénégal, en Centrafrique, en Guinée, en Mauritanie, en Égypte, en Côte d'Ivoire, au Burkina Fasso, au Bénin, au Niger, au Nigeria, au Tchad, en Tunisie, en Libye, au Zaïre, au Gabon, au

Rwanda, au Ghana, en Éthiopie, au Soudan, en Tanzanie, en Angola, au Mozambique, en Zambie et au Botswana. Ils furent logés dans des hôtels parisiens. Les bureaux de New York et de Shanghai organisèrent l'acheminement et le séjour des candidats des autres pays. Heureusement, les autorités administratives de chaque pays accordèrent les dérogations nécessaires.

Le traitement en urgence de ce millier de personnes supplémentaires retarda de dix jours les autres rendez-vous, ce qui mécontenta beaucoup de candidats impatients de se faire cloner.

Néanmoins, dès le début décembre tout le retard était rattrapé et il fut même possible de cloner 13 580 personnes de plus que ce qui avait été prévu si bien qu'au total, au moment du lancement de la dernière fusée sur l'aire de lancement américaine le 20 décembre, 3 156 930 Néohumains supplémentaires purent rejoindre les cinq millions déjà en orbite depuis un an.

Il ne serait plus possible d'en acheminer d'autres, dans deux semaines la Terre serait percutée par l'astéroïde AS2057.

Il y avait désormais un peu plus de dix milliards d'humains qui étaient promis à une mort certaine et seulement 8 156 930 chanceux qui continueraient de vivre éternellement… Quelle cruelle injustice ! Parmi ces heureux rescapés, il y aurait au total 2 710 612 cellules familiales complètes avec plus d'un million d'enfants, 247 850 familles monoparentales avec 341 550 mineurs et par ailleurs 1 237 816 célibataires de plus de 18 ans. Cela faisait quand même beaucoup de monde !

*

Selon les calculs des astronomes, l'astéroïde tomberait sur la Bolivie, tuant instantanément environ dix millions d'habitants. La violente secousse sismique ressentie dans le nord de l'Amérique du Sud et en Amérique centrale provoquerait l'effondrement de plusieurs centaines de milliers d'habitations. Il était donc demandé aux habitants de se tenir à l'écart de toutes les constructions mais il était évident que des millions de blocs de roches seraient projetés en l'air et tueraient beaucoup de monde. Se terrer dans des caves serait encore pire.

On savait que la violence de l'impact déclencherait un énorme incendie, que de nombreux pays, même très éloignés du lieu d'impact se retrouveraient sans électricité, sans eau courante et qu'un épais nuage de poussière et de cendres obscurcirait le ciel partout dans le monde et pour très longtemps.

Y aurait-il des survivants ?

Des petits malins avaient bourré de provisions leurs abris atomiques aux États-Unis et aussi en Suisse (une survivance de la guerre froide du siècle précédent) ainsi qu'en Chine où des milliardaires qui n'avaient pas choisi de faire réaliser leurs clones informatiques avaient préféré faire construire un abri souterrain dans le jardin de leur villa. Certains avaient même pris la précaution de se faire cloner et de se faire quand même aménager un vaste abri avec un stock de vingt-cinq ans de provisions lyophilisées !

D'autres, plus confiants dans la technologie du clonage numérique avaient pris la direction de la Suisse et de la Belgique pour se faire euthanasier. C'est ce que firent Michel et Angélique Landier, Romuald Bagon et son épouse, Camila Del Grande et son compagnon. Les quatre collègues de Michel Landier se firent euthanasier également ainsi que Xavier Robinier et Ludovic Hamadi.

*

L'année 2056 s'achevait avec la certitude quasi générale que ce serait la dernière année complète pour l'humanité à l'exception des quelques illuminés qui pensaient encore qu'ils pourraient survivre au désastre annoncé. Ce n'était plus le virus martien, les attentats terroristes ou même les intempéries toujours plus violentes qui terrorisaient les populations, c'était ce maudit astéroïde qui fonçait vers la Terre et que plus rien ne pouvait arrêter.

En France, l'effet immédiat de l'impact serait une violente secousse probablement comparable à un tremblement de terre de magnitude 7 sur l'échelle de Richter et par conséquent un grand nombre de maisons et d'immeubles seraient endommagés, beaucoup s'effondreraient et par conséquent les autorités avaient demandé aux citoyens de se tenir pendant toute la journée du 3 janvier à partir de sept heures du matin à l'écart des bâtiments considérés comme étant à risque en fonction de critères définis par le Ministère de l'Intérieur et le Secrétaire d'État au Logement.

Les services municipaux devaient passer ensuite dans les heures qui suivraient l'impact pour donner l'autorisation de réintégrer les logements ou au contraire en interdire définitivement l'accès en fonction de l'état de chaque bâtiment. Des hébergements d'urgence seraient mis en place pour abriter les personnes pour lesquelles l'accès à leurs logements serait formellement interdit.

L'alimentation électrique serait très probablement interrompue pour une durée prolongée. Tout dépendrait des dommages que subiraient les centrales nucléaires, les barrages hydroélectriques et le réseau de distribution.

On savait aussi qu'au bout de quelques jours, les nuages de poussière et de cendre atteindraient l'Europe et obscurciraient le ciel pour très longtemps et que ce serait ce qui causerait des difficultés probablement insurmontables : baisse rapide des températures d'autant que ce cataclysme se produisait en plein hiver, forte mortalité dans les élevages, récoltes compromises et par conséquent à moyen terme retour des famines et une terrible augmentation de la mortalité. Tous les pays seraient touchés, les plus riches comme les plus pauvres.

Jamais encore on n'avait connu un mois de décembre aussi triste. L'ambiance n'était pas aux cadeaux, d'ailleurs presque personne n'acheta de sapin de Noël. Les gens se battaient dans les supermarchés pour mettre la main sur les dernières provisions encore disponibles dans les rayons. Le marché noir était réapparu, les prix avaient grimpé en flèche comme dans les années 2030. C'était la panique.

Le 12 décembre Xin Yang Li alerta les dirigeants des autres branches de la *Neohuman Society*. Il voyait un problème majeur se profiler à très court terme : le principe d'unicité causerait un bug informatique qui pourrait tout compromettre. En effet lorsque les Neohumains verraient l'état de la Terre par les hublots des deux stations spatiales et les observations que feraient les télescopes, cette information sur l'état réel de la Terre serait en conflit avec les images virtuelles qui allaient servir de cadre à leurs déplacements virtuels et donc aux interactions personnelles, ce qui bloquerait tout. C'était un problème auquel ils n'avaient pas pensé. Devaient-ils fermer les hublots en permanence ? Mais dans ce cas, comment surveiller l'état de la planète pour savoir quand un retour serait envisageable ? Si les Neohumains avaient l'information selon laquelle la Terre était inhabitable, ceci rendrait automatiquement impossible l'exploitation des informations chargées dans chaque Néohumain telles que leur lieu de résidence, les déplacements virtuels, les voyages virtuels, en bref, l'expérience sensuelle de la vie. Comment résoudre ce problème ?

Ils discutèrent longtemps en pesant le pour et le contre de chaque option.

Finalement, ils décidèrent que le mieux était de coller à la réalité le plus possible et donc que les Néohumains aient conscience qu'ils n'étaient plus sur Terre mais qu'ils étaient à bord d'une station spatiale avec une autre station qui servait de sauvegarde. Rien de tout cela n'avait été prévu puisque l'idée de départ était de créer pour eux une grande illusion, la poursuite virtuelle de la vie sur Terre.

Il fallait donc en moins d'une semaine modifier le programme et introduire toutes les données qui avaient été volontairement laissées de côté pour que l'illusion soit parfaite.

Toutes les équipes travaillèrent d'arrache-pied pour numériser toutes les données supplémentaires et apporter les modifications nécessaires. Il fallait par ailleurs modifier le principe d'unicité pour que les Néohumains puissent continuer de se situer et de se déplacer sur la Terre telle qu'elle était en 2056 tout en ayant conscience de son état par la suite, ce qui posait un sérieux problème informatique.

Heureusement les ingénieurs de la *Neohuman Society* purent trouver une solution et le 18 décembre, ce complément de programme indispensable était prêt. Il fut chargé sur les deux derniers serveurs qui allaient pouvoir rejoindre la deuxième station spatiale le surlendemain. L'opération ne prit qu'une heure à peine pour charger les modifications du système informatique puis les serveurs furent placés dans la capsule de la toute dernière fusée qui serait lancée par *Space X*.

Malheureusement les conditions météorologiques n'étaient pas bonnes, le vent était bien trop fort et la présence d'énormes cumulonimbus au-dessus de l'aire de lancement présentait un risque trop important pour cet ultime lancement. Il était préférable de surseoir de quelques jours. Le lancement de la toute dernière fusée fut donc programmé pour le 31 décembre, c'était plus prudent.

Les bras télescopiques furent retirés comme prévu à 18 heures ce 31 décembre 2056, puis le compte à rebours s'enclencha et la fusée s'éleva majestueusement dans le ciel de la Floride dans un panache de fumée. Les employés au sol avaient un pincement au cœur, ils savaient bien que ce serait leur dernier lancement avant longtemps… Certains d'entre eux n'avaient pas voulu faire réaliser leurs clones numériques, sans doute le regrettaient-ils maintenant mais c'était trop tard. Il ne leur restait plus que l'espoir de survivre et de s'en remettre à Dieu…

Ce soir-là, à vingt heures, le Président de la République française fit une allocution d'une dizaine de minutes sur un ton grave. Il s'est bien gardé de souhaiter à ses concitoyens une bonne année mais il souhaita à chaque citoyen de faire preuve de courage et de patriotisme dans l'adversité. Le monde allait connaître une période douloureuse et il souhaitait à chacun de survivre dans les meilleures conditions possibles. Il affirma que son gouvernement ferait tout son possible pour subvenir aux besoins de chaque citoyen. Le croyait-il vraiment ?

Olivier Legrand était encore dans son bureau au dernier étage de la tour Horizona en compagnie d'Aurélien Bonteau et Naïm Fitouri.

— Il n'a pas l'air sincère, le Président, dit Naïm quand les premières notes de la Marseillaise conclurent l'allocution d'Abderrhamane Bakri.

— Comme d'habitude, du blabla.

— Mon grand regret, dit Olivier qui était resté absorbé dans ses pensées et n'avait peut-être même pas écouté l'allocution présidentielle, c'est qu'on n'ait pas pu sauver l'humanité entière comme on voulait le faire. Nous n'avons fait qu'à peine un millième du travail, c'est rien du tout !

— Non, Olivier, nous l'aurions fait si les choses s'étaient passées autrement. Nous ne pouvions pas savoir que la Terre allait se prendre un gros astéroïde, ça n'était pas arrivé depuis plus de soixante-cinq millions d'années.

— Tout ça, c'est la faute de la NASA qui a modifié les calculs des astrophysiciens, dit Naïm, de la pure débilité.

— C'est vrai que 8 156 930 rescapés, c'est peu mais ils feront des petits, leur dit Aurélien. Et au fond, c'est pas plus mal qu'ils soient si peu nombreux, ils vont pouvoir mettre en place un fonctionnement vraiment démocratique. À dix milliards, cela n'aurait pas été possible, on se serait retrouvé avec des pays différents, des nations, des États et des professionnels de la politique.

— Oui, c'est ce que je me dis aussi, admit Olivier, ils vont avoir la chance de prendre un nouveau départ et de ne pas refaire les bêtises que l'humanité commet depuis dix mille ans.

— « Ils » ? Tu veux dire « nous » ?

— Oui, tu as raison, nous. Bon, en attendant, rentrons chez nous. On se revoit demain matin pour tout finaliser, bonne nuit.

Le lendemain matin, sans avoir pu fermer l'œil de la nuit, ni les uns ni les autres, tous les employés qui restaient encore se retrouvèrent pour la dernière fois dans la tour Horizona. À vrai dire il n'y avait plus grand-chose à faire. Rien à voir avec l'intense activité semblable à celle d'une ruche qui avait régné dans les bureaux de la compagnie au cours des quinze derniers mois.

Les mines étaient graves.

Ils suivirent sur l'écran de contrôle la procédure d'arrimage de la dernière fusée qui acheminait les deux derniers serveurs ainsi que les données des quelque trois millions de Néohumains parmi lesquels se trouvaient leurs propres doubles numériques.

Ils virent ainsi la dernière fusée s'arrimer à la station spatiale avec une remarquable précision comme pour les fois précédentes. Puis les robots transférèrent avec succès les serveurs à l'intérieur de la station, ils firent tous les branchements et dans l'instant qui suivit les serveurs étaient sous tension et la connexion avec les six autres serveurs était établie puis le système procéda en à peine une heure à la mise à jour automatique des données de chaque Néohumain. Ils étaient pour l'instant encore tous en mode sommeil. L'opération de transfert des données et ensuite la mise à jour des données individuelles sur chacun des huit serveurs ne prit que cent quarante-cinq minutes.

À trois heures de l'après-midi, toutes les données des huit serveurs qui étaient à bord des deux stations spatiales contenaient très exactement les mêmes données. Le système était donc désormais opérationnel.

Il ne leur restait plus qu'à basculer en mode éveil tous les Néohumains.

À partir de ce moment, ils seraient tous les jours en éveil pendant seize heures et en sommeil pendant huit heures. Ils seraient tous éveillés en même temps, ce qui changerait beaucoup leurs habitudes mais c'était une nécessité technique pour économiser l'énergie produite par les panneaux solaires et les deux centrales atomiques.

Par ailleurs, ce qui serait un changement de cadre de vie encore plus radical, ils sauraient qu'ils avaient quitté une planète condamnée et qu'ils étaient pour très longtemps enfermés dans une station spatiale. Certes, ils pourraient de temps à autre en sortir virtuellement pour batifoler quelques petites heures dans l'espace comme le font les vrais spationautes. En revanche, ils allaient pouvoir continuer de vivre et de se déplacer virtuellement sur Terre mais ce serait la Terre telle qu'elle était jusqu'en 2056 et il leur faudrait attendre très longtemps pour revivre, ne serait-ce que virtuellement, de beaux voyages sur la Terre telle qu'elle deviendrait... ou ailleurs.

Puis pour ne pas perturber le fonctionnement des serveurs, ils coupèrent ensuite à regret la connexion.

Les Néohumains étaient désormais autonomes et livrés à eux-mêmes.

— Qu'allons-nous faire maintenant, demanda Olivier Legrand à ses onze codirecteurs qui étaient restés connectés entre eux après avoir coupé définitivement la connexion avec les serveurs des deux stations spatiales.

— Je pense que le mieux est que nous mettions fin à nos jours, lui dit Jeff Woolridge car il ne faudrait pas, si nous survivons à la catastrophe, que nos doubles numériques ne puissent pas fonctionner correctement car il est bien possible qu'ils parviennent tôt ou tard à voir exactement ce qui va se passer ici-bas. Et puis, vu le sort qui nous attend...

— Je suis bien d'accord avec vous, je suis même certain qu'ils vont parvenir à développer des outils d'observation très précis assez rapidement. Et puis... – je ne sais pas ce que vous en pensez – mais moi, je suis sûr et certain que le Xin Wang Li qui vient de se réveiller là-haut, c'est moi à cent pour cent. Nous ne sommes plus rien ici. Nous allons faire procéder à notre mort biologique, nos corps ne servent plus à rien. Nous sommes tous là-haut maintenant. Je suis très fier de ce que nous avons réussi.

C'était évidemment la voix de la sagesse, tous en convinrent. Olivier aurait bien aimé voir ce que tous les efforts donneraient mais il fallait être rationnel, Xin Wang Li avait raison, il était déjà là-haut, lui aussi, et donc il pourrait à loisir apprécier le succès prodigieux de leur travail et continuer de l'améliorer avec tous ses collègues qu'il retrouverait et sans doute bien d'autres Néohumains qui allaient continuer de faire progresser la société en développant toujours plus de compétences scientifiques.

Ils mirent fin à la visioconférence après s'être tous dit au revoir et bonne chance, certains de se retrouver bientôt sous forme numérique, là-haut dans l'espace. Au fond, cela ne changerait guère, vu qu'ils ne s'étaient, pour la plupart, jamais vus autrement qu'en visioconférence !

Olivier salua les quelques employés qui s'étaient attardés dans les bureaux. Tous s'embrassèrent chaleureusement. À quoi bon les gestes barrières maintenant !

Ensuite il quitta la tour avec un pincement au cœur, c'était la dernière fois qu'il la voyait en vrai…

Il n'avait plus qu'à se rendre à la succursale de l'entreprise suisse Dignitas qui avait été ouverte à Paris au cours de l'hiver précédent, au 143, boulevard Malesherbes et se faire injecter le cocktail létal pour mettre fin à ses jours terrestres comme l'avaient déjà fait ses compagnons de la première heure. Inutile de vivre en direct cette fin du monde, il la verrait tout aussi bien de là-haut et sans avoir à en souffrir dans ses chairs…

En chemin, il pensait au triste sort qui attendait ces millions de gens qui avaient fait réaliser leurs copies numériques mais qui tenaient quand même à continuer de vivre comme ils l'avaient toujours fait. Ces gens-là savaient pourtant qu'une autre version d'eux-mêmes allait continuer d'exister bien confortablement dans la station spatiale, sans avoir à subir les horribles conditions d'existence qu'ils allaient devoir endurer ici-bas… D'où venait cette irrationalité si caractéristique de l'espèce humaine ? Très certainement de ce corps biologique si imparfait, de cette matière grise aux capacités tellement limitées par rapport à l'intelligence artificielle. Quelle vanité de tenter ainsi de se dédoubler !

Olivier se dirigeait vers la succursale parisienne de Dignitas sans aucune appréhension, il savait qu'il survivrait à sa propre mort et qu'il pourrait ainsi avoir la satisfaction d'avoir enfin débarrassé l'Homme de sa part d'irrationalité. Et tant pis pour ces fous qui allaient périr dans d'atroces privations, dans le froid, dans des ruines.

Les passants qu'il croisait dans le métro puis sur le boulevard Malesherbes avaient des mines tristes, mais au fond guère plus que d'habitude. Se rendaient-ils vraiment compte de ce qui les attendait ? Se rendaient-ils compte que cette catastrophe imminente allait bouleverser leur vie à jamais, les plonger au bout de quelques jours dans un épais brouillard de cendres et de poussières, que la nourriture serait assez rapidement en rupture d'approvisionnement, qu'ils ne verraient plus le soleil pendant des années ? Visiblement, ils ne se doutaient de rien, comme des agneaux que l'on mène à l'abattoir. Quelle tristesse ! Tant pis pour eux ! Au fond, ce n'était pas plus mal s'il n'avait pas eu le temps de les sauver. De toute façon, ils n'auraient sans doute jamais voulu devenir des Néohumains, même si c'était devenu gratuit. Il se disait qu'en quelque sorte, il avait sélectionné les individus les plus valables et que cela aurait été une erreur de trimbaler des milliards d'imbéciles. C'était mieux comme cela, ainsi l'humanité repartirait sur de bonnes bases. Les crétins n'avaient qu'à crever !

Voilà dans quel état d'esprit il était lorsqu'il poussa la porte de l'officine parisienne de Dignitas.

Olivier avait pris contact avec Dignitas le mois précédent, il avait obtenu un rendez-vous pour le 2 janvier à 17 heures. Il avait juste cinq minutes d'avance, l'hôtesse d'accueil lui proposa un café qu'il accepta volontiers. L'employé qui devait le recevoir était ponctuel, il vérifia son identité, lui fit encore remplir deux documents qu'il classa ensuite dans le dossier de son client. Il lui demanda s'ils devaient attendre quelqu'un. Non, il n'attendait personne. Tout était en règle, le paiement avait été effectué. Ils allaient pouvoir commencer la procédure. Olivier lui demanda quand même s'il envisageait son propre avenir sereinement. L'employé affichait un optimisme incroyable. Il lui expliqua qu'il avait bien conscience qu'ils allaient vivre des temps très difficiles et que d'ailleurs ce serait bon pour les affaires de Dignitas !

Jusqu'à sa disparition l'humanité ne changerait donc pas ! La stupidité de cet employé ne lui faisait pas regretter sa décision, sa place était désormais là-haut dans cette nouvelle espèce humaine que ses camarades et lui avaient créée.

L'employé lui fit choisir son cercueil puis il le conduisit dans une autre pièce au centre de laquelle se trouvait un lit et il s'y allongea. Une musique douce berçait la pièce. L'intensité de la lumière commença petit à petit à diminuer jusqu'à prendre une teinte légèrement bleutée. Une infirmière qu'il trouva plutôt coquette et mignonne arriva avec une seringue, elle lui demanda s'il était prêt et, tout en lui souriant tendrement, elle lui injecta le produit anesthésiant…

*

Tous les observatoires du monde entier avaient maintenant leurs télescopes braqués sur AS2057 qui allait bel et bien atteindre son but en ce début de l'année 2057. On avait maintenant une vision parfaitement nette des moindres détails de cet astéroïde qui semblait animé de la folle détermination d'anéantir les terriens. Les astrophysiciens étaient formels, l'impact se produirait en Bolivie à environ soixante-dix kilomètres au nord-est de Santa Cruz et tout serait détruit dans un rayon de cinq cents kilomètres. Un cratère géant d'une centaine de kilomètres se formerait immédiatement, il ne resterait plus la moindre trace de grandes villes comme Santa Cruz et San Ignacio ainsi que de tous les villages qui disparaîtraient à jamais dans ce cratère géant. Ce choc titanesque créerait des tremblements de terre en série au cours des heures et des jours suivants.

Les télévisions et les radios diffusaient depuis ces derniers jours vingt-quatre heures sur vingt-quatre des conseils pratiques de survie.

Et pourtant il y avait encore des gens qui doutaient de la réalité de la menace, qui pensaient que les gouvernements et les médias entretenaient délibérément une psychose collective, que tout cela était totalement exagéré et que peut-être même il ne se produirait rien du tout, que ce n'était qu'un gros météorite qui brûlerait en entrant dans l'atmosphère et qu'au pire les Boliviens ramasseraient du fer fondu sur la tête. Tout cela n'était qu'un complot fomenté par ces escrocs de la *Neohuman society*…

*

Le 3 janvier au matin, jour de l'impact, l'observatoire du Pic du Midi était, comme la plupart des observatoires dans le monde, focalisé sur l'astéroïde. Si les dinosaures et tant d'autres espèces animales ne l'avaient pas vu venir et avaient été pris par surprise, les humains au contraire bénéficiaient d'une information en temps réel.

Le ciel était resté dégagé en grande partie pendant toute la nuit et les télévisions avaient pu retransmettre les images de ce bolide fonçant directement vers la Terre de plus en plus rapidement maintenant qu'il était entièrement pris dans le champ gravitationnel de la planète. Jérôme Bouvier et ses trois collègues Quentin Legrenadier, Pierre-Jean Coulon et Jean-Baptiste Dumoulin fournissaient aux journalistes des explications scientifiques. Leur passion pour l'étude des phénomènes cosmiques leur faisait presque oublier la gravité du moment et le sort peu enviable qui les attendait. Ils n'avaient d'ailleurs même pas cherché à contacter la *Neohuman Society*, leur sens du devoir leur commandait d'être là pour observer un phénomène cosmique extrêmement rare… Il ne fallait pas rater cela !

Entre une et trois heures du matin, ils avaient pu suivre AS2057 et observer cet étonnant objet céleste, une masse métallique compacte, brillante, fascinante. Les images retransmises par les chaînes de télévision surpassaient la qualité des images de synthèse et des maquettes réalisées par l'industrie cinématographique.

C'était Armageddon en direct ! En vrai !

La chute de l'astéroïde AS2057 devait avoir lieu à 14 h 28, heure de Paris, donc au petit matin en Bolivie. Les images étaient maintenant retransmises par l'observatoire chilien avec encore plus de netteté.

À 14 h 01, heure française, AS2057 entra dans l'atmosphère, devenant en quelques secondes une gigantesque boule de feu, embrasant le ciel chilien.

Deux minutes plus tard, c'était l'impact, un choc titanesque, comme si toutes les bombes atomiques produites par les Hommes depuis plus d'un siècle avaient toutes explosé au même moment au même endroit.

CHAPITRE 7

Michel Landier ouvrit un œil et vit tout de suite Angélique qui se réveillait en même temps que lui. Mais curieusement, ils n'étaient pas dans leur chambre de Marolles-en-Brie. Étaient-ils dans une chambre d'hôtel ? Possible car il portait un pyjama tandis qu'à la maison, il préférait dormir tout nu. La pièce était petite, très dépouillée, des murs blancs, une moquette noire, deux petites tables de nuit au chevet du lit, une couette blanche, une télévision fixée au mur et une petite fenêtre.

Angélique avait dû le tenir par la main toute la nuit. Elle était radieuse, elle lui souriait et ils s'embrassèrent tendrement sur la bouche comme ils en avaient l'habitude… autrefois…

Étaient-ils en vacances ?

Michel sortit du lit en premier, se dirigea tout de suite vers la fenêtre et releva le rideau.

— Viens voir, c'est incroyable !

Angélique accourut. Ils virent l'astéroïde brillant comme un diamant. Ils le virent soudain s'enflammer. Une lueur de plus en plus intense, insupportable, aveuglante. Mais en bas, ils voyaient la Terre, grosse comme un ballon captif, comme celui de Disneyland. Ils voyaient bien les deux Amériques et cet astéroïde qui s'en rapprochait de plus en plus. Puis ils virent le gigantesque embrasement…

Michel serra son épouse dans ses bras, elle appuya sa tête contre la sienne. Des larmes coulaient sur ses joues.

Ils virent nettement les gerbes de feu projetées en l'air puis, au bout de quelques minutes, la planète disparut derrière un écran de nuages brunâtres… C'était fini. La Terre venait d'être percutée.

Ils comprirent vite qu'ils étaient à bord d'une station spatiale et qu'ils étaient sauvés.

Puis l'écran de télévision s'alluma, l'heure s'afficha à l'écran : 07:06 et en dessous un message : Première réunion du Parlement à 8 h 00.

Michel se demanda s'ils devaient prendre un petit déjeuner mais il n'avait pas faim.

Il demanda à Angélique si elle avait faim. Elle parut étonnée et lui dit que non, elle n'avait pas faim.

Elle était vêtue d'une chemise de nuit en soie qu'elle portait souvent, c'était celle qu'il lui avait offerte pour son vingt-cinquième anniversaire. Curieusement, il ne sentait nul besoin de se laver comme il le faisait habituellement en se levant, il se choisit des habits qui, bizarrement, n'étaient pas dans une armoire mais flottaient devant ses yeux et en à peine une seconde il se retrouva habillé de la tête aux pieds, chemise blanche, cravate, costume sombre et souliers vernis. Angélique portait une belle robe rouge et blanche et de jolis escarpins qu'il lui avait offerts pour Noël il y a quatre ans. Il ne l'avait pas vu s'habiller non plus ! Étaient-ils devenus des magiciens ?

Ils n'eurent pas le temps de se demander où était ce parlement où ils devaient se rendre. Ils se retrouvèrent d'un seul coup assis côte à côte dans une énorme salle, grande au moins comme une vingtaine de terrains de football ! Mais la salle était ronde, les sièges étaient alignés en rangées concentriques autour d'une vaste tribune centrale. Ils n'avaient jamais vu une salle aussi immense. Le stade de Saint-Denis eut paru minuscule à côté d'une telle salle qui devait bien faire un kilomètre de diamètre. Il n'y avait que des adultes, il n'y avait pas d'enfants ni d'adolescents dans cette grande salle. Et curieusement, ils pouvaient voir distinctement les visages, même des personnes qui étaient tout au bout de la salle ! Ils reconnurent des visages familiers. Les Bagon étaient assis une centaine de rangées plus loin, ils se firent signe de la main. Ils cherchèrent du regard leurs voisins Camila Del Grande et Philippe Müller qui étaient de l'autre côté, à peu près à cent cinquante mètres d'eux. Et Michel vit aussi encore un peu plus loin son frère Grégoire et sa copine Nadine et puis aussi quelques collègues de son lycée. Visiblement, les gens étaient assis par couple mais dans un ordre curieux.

Malgré l'énorme foule bigarrée qui était assise dans cette salle gigantesque, il n'y avait pas trop de bruit, juste un léger brouhaha de conversations paisibles dans toutes sortes de langues.

Un écran se déroula au-dessus de la tribune et sur cet écran un message annonçait le tirage au sort du Président de cette assemblée pour la journée. Dans ce message, il était précisé qu'un nouveau président de séance serait tiré au sort chaque jour. Le couple qui était assis à côté de Michel était américain, ils voyaient le même message sur l'écran… mais en anglais ! Chacun dans la salle voyait le message dans sa propre langue.

Le tirage au sort désigna pour cette première séance un Néerlandais, Monsieur Stephan Van Grötten qui vint très rapidement s'installer sur la tribune et tint ce discours traduit instantanément pour chacun des membres de l'assemblée :

« Mesdames, messieurs, bonjour. Comme vous vous en êtes rendu compte ce matin en vous réveillant, nous avons échappé à la catastrophe qui ravage la Terre en ce moment. Nous sommes à bord d'une des deux stations spatiales en orbite autour de cette pauvre Terre et je vais donner la parole à tous ceux et celles qui souhaiteront prendre la parole. Comme nous allons vivre très longtemps dans cette station spatiale, nous allons nous organiser, prendre toutes les décisions qui seront nécessaires, démocratiquement, dans le respect de l'intégrité de chacun d'entre nous. Comme vous pouvez le voir à l'écran, nous nous retrouverons tous les jours pendant quatre heures pour débattre de toutes les questions liées à l'organisation de notre vie ici. Qui veut prendre la parole ? »

Au cours de cette première assemblée du Parlement plusieurs centaines de personnes prirent la parole dans un esprit constructif. Cela n'avait plus rien à voir avec les débats parlementaires terrestres !

À l'exception des 250 000 personnes occupées par le contrôle du fonctionnement informatique du système et l'encadrement des enfants et des adolescents qui travaillaient pendant ce temps sur les logiciels éducatifs mis à leur disposition en fonction de leur niveau scolaire, cette assemblée regroupait tous les Néohumains de plus de dix-sept ans et comptait près d'un million de Chinois, cent vingt mille Indiens, cinquante-cinq mille personnes provenant des États-Unis, à peu près autant d'Allemands et de Britanniques, environ quarante-huit mille Italiens, environ quarante-cinq mille Français, à peu près autant de Brésiliens, de Russes, d'Australiens, de Canadiens et d'Espagnols. Mais pour la plupart des autres pays, il n'y avait eu qu'entre quelques dizaines et trente mille personnes qui avaient pu trouver l'argent nécessaire pour devenir des Néohumains ainsi que les 13 000 qui avaient pu bénéficier gratuitement du programme de sélection de dernière minute pour rejoindre la Néohumanité en orbite autour de la Terre. Les disparités ethniques et culturelles étaient par conséquent énormes. Pour certaines origines et les minorités ethniques, il n'y avait dans ce parlement qui regroupait plus de six millions d'adultes qu'un ou deux membres de leur pays d'origine. Tous les pays du monde étaient donc représentés mais pas de manière égale.

Toutefois, cela n'avait que peu d'importance car, tout le monde en convenait, il n'y aurait désormais plus de différences, tous les Néohumains seraient traités de la même façon. Il n'y aurait plus de nations distinctes, il n'y avait plus désormais qu'un seul État regroupant tous les Néohumains.

Un vaste consensus se dégagea au cours de cette première assemblée parlementaire : on se passerait d'argent étant donné que tous les besoins individuels pourraient être satisfaits sans limites mais à condition que personne n'eût à pâtir des faits et gestes de tel ou tel citoyen. Néanmoins, tout le monde exercerait une activité professionnelle, trois heures par jour, quatre jours par semaine. On élirait dès le lendemain dans ce Parlement un gouvernement exécutif qui soumettrait ensuite toutes les décisions au vote de l'assemblée de tous les citoyens réunis tous les matins quatre jours par semaine. Aucune décision ne porterait atteinte aux intérêts de quiconque. Toutes les décisions émaneraient du Parlement, le gouvernement ne se chargeant que de l'exécution des décisions votées par le Parlement sans prendre aucune initiative qui ne fût au préalable approuvée par le Parlement.

Au cours de cette première réunion du Parlement, il fut décidé à la quasi-unanimité que le gouvernement serait formé de vingt-deux personnes tirées au sort parmi tous ceux qui se porteraient volontaires pour exercer une fonction ministérielle. Quatre cent quarante-deux personnes se portèrent volontaires et parmi elles vingt-deux furent retenues par le tirage au sort. La durée du mandat des membres de ce gouvernement fut fixé par vote majoritaire à six mois mais le Parlement décida que ce gouvernement était révocable à tout instant à la majorité simple, soit en totalité soit partiellement, à la demande de tout citoyen.

Xavier Robinier prit part à ce premier gouvernement avec vingt et une personnes qu'il ne connaissait pas encore, un autre Français, André Petijonc, trois Chinois, deux Japonais, un Sud-Africain, deux Allemands, une Espagnole, un Luxembourgeois, deux Indiens, une Américaine, un Canadien, un Salvadorien, une Brésilienne, un Malais et un Singapourien.

Ils décidèrent de se réunir dans l'après-midi pour se répartir les postes ministériels et former leurs cabinets.

Ce serait une démocratie directe sans partis politiques, sans représentants parlementaires. Toutes les lois seraient soumises au vote de tous les citoyens au sein du Parlement composé de l'ensemble des Néohumains de plus de dix-sept ans. Par contre les personnes qui ne pourraient pas siéger pour une raison impérieuse, par exemple les quelques personnes chargées d'encadrer les activités des enfants et des adolescents pendant la réunion du Parlement et les techniciens chargés de la surveillance et de l'entretien des équipements des deux stations spatiales devaient impérativement donner une procuration à un Parlementaire de leur choix. Plus tard, lorsque la population deviendrait beaucoup plus nombreuse des solutions techniques seraient trouvées afin que le principe d'une démocratie directe reste inchangé, que la société néohumaine garde sa cohésion et qu'elle reste ainsi une société authentiquement démocratique pour ne pas reproduire les erreurs de l'humanité.

La richesse des débats et la grande qualité intellectuelle des très nombreuses interventions étaient frappantes. Le fait que chacun comprenne parfaitement ce que les divers intervenants disaient dans leurs propres langues était aussi impressionnant. Il n'y avait plus le léger décalage qu'il y avait sur Terre avec les logiciels pourtant très performants de traduction automatique.

Lorsque la séance fut levée, Michel Landier retrouva son frère et sa copine Nadine ainsi que ses anciennes collègues Francine Bagon et Jeanne Rollandeau accompagnées aussi de leurs conjoints. Les quatre couples décidèrent tous de partager un repas virtuel dans un restaurant virtuel lui aussi, Place de la République à Paris. À peine décidé, ils se retrouvaient déjà dans le restaurant devant une table pour huit et ils n'avaient plus qu'à prendre place sur la banquette en similicuir rouge et sur les chaises dorées recouvertes de velours rouge.

— Comme c'est agréable de ne plus avoir à faire des trajets interminables dans des métros bondés ! Quel gain de temps ! dit Romuald.

— Oui, c'est bien pratique. Et quelle chance nous avons d'avoir échappé à la catastrophe qui ravage notre bonne vieille planète en ce moment, dit Angélique. Vous avez vu l'astéroïde ce matin ?

— Oui, c'est effrayant. Comme c'est triste pour ces milliards de gens qui n'ont pas eu le temps de faire comme nous, lui répondit Francine. C'est horrible, cela a dû tout brûler.

— C'est tombé sur la Bolivie, précisa Romuald, et il doit y avoir en ce moment de gigantesques incendies déclenchés par l'énorme quantité d'énergie cinétique autour du cratère. La secousse a dû être perceptible partout sur la planète. Ce sera intéressant d'observer ce phénomène qui ne s'est pas produit depuis la dernière extinction de masse. Nous allons pouvoir vérifier si les hypothèses des paléontologues étaient exactes.

— En attendant, ce sont des milliards de personnes qui vont souffrir dans d'atroces conditions, dit Nadine qui était visiblement très émue.

— Oui, cela va être bien pénible pour eux, ajouta Grégoire. D'abord pour les grands brûlés, d'autant que c'est dans une partie du monde qui est sous-équipée en structures hospitalières.

— Et puis aussi les victimes qui doivent être piégées sous les décombres des immeubles qui n'auront pas résisté à la violente secousse causée par le choc, ajouta son frère.

Changeant complètement de sujet, Pierre Rollandeau demanda :

— Qu'est-ce que vous avez pensé de notre assemblée ce matin ? C'est impressionnant, non ?

— Oui, c'est tout à fait remarquable, nous allons enfin avoir une vraie démocratie, je trouve cela fascinant. Et vous avez vu comme nous pouvions voir aussi nettement que s'ils avaient été assis à côté de nous des gens qui étaient pourtant à l'autre bout de la salle, dit Grégoire.

— Moi, ce qui me gêne dans tout cela, dit Jeanne Rollandeau, c'est que j'ai l'impression que nous perdons notre libre arbitre.

— Comment cela ? demanda Nadine.

— Oui, nous ne pouvons pas faire ce que nous voulons. Il faudra siéger dans ce grand Parlement tous les matins quatre jours par semaine.

— J'admets que cela peut paraître contraignant, lui répondit son mari, mais moi, j'ai trouvé les débats passionnants, je n'ai pas vu le temps passer.

— Mais, toi, Jeanne, qui parles à tes élèves des mérites de la démocratie athénienne, cela devrait te réjouir de voir que nous pouvons enfin réaliser ce dont toutes les sociétés ont toujours rêvé, lui dit son collègue Michel.

— Bien sûr mais je me demande si nos choix politiques ne vont pas être limités. Pourquoi ne pas avoir des partis politiques différents comme autrefois ?

— Mais parce que cela ne marchait pas, lui dit Michel. Prends par exemple les dernières élections présidentielles en France. Il en est ressorti quelqu'un qui n'avait eu qu'une minorité de voix au premier tour. Et puis je trouve bien mieux que nous ayons enfin la possibilité de décider tous par nous-mêmes sans passer par l'intermédiaire d'élus, députés, sénateurs ou autres représentants qui finissent toujours par trahir ceux qui les ont élus.

— Et si nos ministres ne sont pas à la hauteur, nous pourrons les remplacer du jour au lendemain sans avoir à attendre une échéance électorale lointaine, ajouta Angélique. Et l'égalité entre nous tous, c'est aussi une idée que je trouve très saine.

— Oui, bien sûr, poursuivit Jeanne, mais il n'empêche que j'ai l'impression que nous sommes enfermés dans une société de bisounours. Tenez, à un moment donné, j'ai essayé de dessiner une caricature du président de séance. Eh bien, je n'ai pas pu. Mais par contre, quand j'ai entrepris de faire un dessin réaliste de son visage sans chercher à déformer ses traits, j'ai pu faire mon dessin. Vous voyez bien que nous ne pouvons pas faire tout ce que nous voulons.

— Mais pourquoi voulais-tu caricaturer ce pauvre monsieur Van Grötten qui a très bien présidé la séance, sans favoritisme, sans parti pris et en donnant la parole à tous ceux qui demandaient à prendre la parole ? lui demanda Pierre. Il ne faisait rien de mal. Il me semble qu'une caricature vise à ridiculiser quelqu'un en le rendant difforme, ce n'est pas gentil !

— Eh bien, justement ! Pourquoi n'aurait-on pas le droit de ne pas être gentil ?

— Parce que dans le cas que tu nous exposes, ce n'était pas nécessaire, lui dit Michel. Et je pense que si un ministre favorise tel ou tel groupe aux dépens de tous, nous aurons le droit de ne pas être gentils avec lui et nous voterons pour sa destitution.

— Nous verrons bien, répondit Jeanne sans grande conviction.

Au cours de cette discussion, ils avaient choisi dans le menu des plats raffinés qu'ils dégustèrent ensuite avec délectation. L'illusion était parfaite !

Pas d'addition à régler à la fin, ce n'était pas déplaisant non plus.

L'après-midi, chacun vaqua à ses occupations.

Pierre Rollandeau rejoignit avec Grégoire Landier d'autres médecins. Leur métier allait connaître un changement radical, axé principalement sur le psychisme et une aide précieuse qu'ils seraient amenés à apporter aux informaticiens qui allaient continuer d'améliorer le bien-être des Néohumains. Grégoire était euphorique, il n'aurait plus à se voir confronté aux souffrances physiques causées par des maladies incurables. Ses confrères partageaient également ce sentiment, ils connaîtraient désormais ce dont ils avaient toujours rêvé, eux qui avaient toujours fait tout leur possible pour guérir leurs patients. Contrairement à certains de leurs confrères qui avaient d'ailleurs préféré rester sur Terre, ils n'avaient jamais considéré les maladies comme une bonne source de revenus. Tous les anciens médecins qui se retrouvaient maintenant au sein de cette nouvelle société dématérialisée n'avaient jamais rêvé que d'une chose : vaincre définitivement les maladies. Leur rêve devenait enfin une réalité.

Romuald Bagon rejoignit des collègues météorologues et ils purent ensemble observer les premiers dégâts sur la Terre avec des journalistes de toutes origines qui préparèrent ensuite les bulletins d'information qui seraient diffusés le soir.

Son épouse Jeanne se retrouva avec Francine et Michel dans une réunion de tous les enseignants provenant de tous les pays pour organiser le travail des élèves de la maternelle à l'enseignement supérieur.

Angélique retrouva des cadres d'entreprises d'engineering qui allaient s'occuper de la conception et de la fabrication de nouvelles machines dont la société néohumaine aurait besoin à l'avenir. Elle eut la joie de retrouver tous ses anciens collègues qui avaient bien fait de suivre ses conseils. Elle ne les avait pas vus depuis deux ans.

*

Olivier Legrand avait assisté avec un plaisir immense à la première assemblée des Néohumains. La réalité dépassait ses espérances, c'était un succès total. Quel bonheur de voir toutes ces années de travail acharné récompensées ! Il n'avait pas souhaité prendre la parole par modestie. Il se porta cependant candidat pour former ce premier gouvernement comme quatre cent quarante et une autres personnes mais sa candidature ne fut pas retenue par le tirage au sort dont il avait conçu le logiciel. Il n'en fut pas chagriné, cela prouvait que le logiciel fonctionnait bien.

L'après-midi, il rejoignit toutes les équipes qui avaient travaillé sur le projet dans les seize branches de la compagnie, au total deux mille cinq cent huit personnes.

Ils commencèrent par fêter leur succès. La seule ombre au tableau était pour beaucoup l'absence d'êtres chers, des parents, des amis qui n'avaient pas pu être sauvés à temps.

Olivier retrouva ses compagnons de la première heure avec beaucoup d'émotion. Ils participèrent ensuite à une réunion de tous les cadres dirigeants des seize branches de la société. Leur travail consisterait dans un premier temps à recenser les dysfonctionnements éventuels et à y remédier puis à augmenter les capacités informatiques du système pour accompagner l'évolution démographique en prenant bien soin de ne pas dénaturer l'organisation démocratique de cette nouvelle humanité et de garantir la totale intégrité des intérêts de chaque individu.

Xavier Robinier n'était pas avec eux puisqu'il participait au premier Conseil des Ministres au cours duquel furent répartis les postes ministériels. Ils jugèrent nécessaire de désigner entre eux un Premier

Ministre chargé de coordonner l'action des différents ministres et d'endosser la responsabilité de l'exécutif devant le Parlement, fonction importante d'autant qu'il n'y aurait pas de président ou de roi à la tête de cet unique État composé pour l'instant de 8 156 930 individus mais dont la population allait croître naturellement. Ils décidèrent de limiter le nombre de leurs collaborateurs à une vingtaine de personnes en veillant bien à la diversité des origines pour que ne se reconstituent pas des clans comme naguère dans les sociétés humaines.

Xavier se chargea de diriger le Ministère de la Recherche scientifique et contacta au cours de la soirée une vingtaine de personnes provenant d'une quinzaine de pays différents et qui lui semblaient, au vu de leur curriculum vitæ, les plus aptes à promouvoir le développement des connaissances scientifiques en informatique, en cosmologie, en physique et en génie mécanique. Il contacta bien sûr Olivier Legrand, Jean-Paul Müller, Camila Del Grande, Naïm Fitouri et Aurélien Bonteau mais tous préférèrent continuer d'œuvrer pour le perfectionnement du fonctionnement informatique de cette nouvelle société humaine. Par contre Antonio Bonaventura accepta de se joindre à son équipe ministérielle pour s'occuper principalement de la recherche en informatique en liaison avec le Ministre de l'Éducation, David Zhong She, un Singapourien diplômé de l'Université d'Oxford.

Lorsque Xavier eut fini de composer son cabinet ministériel avec en tout dix-neuf personnes et de tracer avec eux les grandes lignes de leur programme d'action qu'il présenterait le lendemain au Parlement, il rejoignit sa concubine Laura avec laquelle il vivait déjà depuis près de dix ans.

Laura regardait les nouvelles à la télévision qui montrait des scènes apocalyptiques de la Terre filmée depuis les deux stations spatiales. Quasiment toute l'Amérique latine était détruite avec un énorme brasier qui s'étendait au nord jusqu'à Bogota, au sud jusqu'à Santiago du Chili et à l'est jusqu'à São Paulo. De violents séismes avaient détruit les immeubles un peu partout sur le continent américain. Déjà un épais nuage de fines particules de terre et de cendres recouvrait les trois quarts de l'Amérique latine où très peu de zones avaient encore de l'électricité. Des bâtiments semblaient aussi être détruits dans l'ouest des États-Unis, en Europe, et en Asie et les rares nouvelles diffusées sur les ondes radio étaient des plus alarmistes. En effet la plupart des radios étaient muettes, ce qui n'était pas bon signe.

*

Pratiquement tous les Néohumains regardaient ces nouvelles consternantes, tous inquiets pour tous ceux qu'ils avaient laissés sans pouvoir maintenant leur porter secours.

Et puis, à onze heures du soir tous tombèrent de sommeil… C'était prévu comme cela afin d'économiser l'électricité. Comme beaucoup regardaient encore les nouvelles à 23 heures, ils s'endormirent là où ils étaient assis mais les enfants étaient pratiquement tous déjà au lit, fatigués par une journée excitante et bien remplie.

Quelques rares adultes eurent aussi la chance de s'endormir dans leurs lits. Ce fut le cas d'Angélique et de Michel qui avaient délaissé les nouvelles de la Terre pour s'adonner à une étreinte amoureuse voluptueuse, d'une intense sensualité… Ils étaient en train de faire l'amour à 23 heures… et donc ils s'endormirent… l'un dans l'autre…

Lorsqu'ils se réveillèrent le lendemain matin, ils étaient encore accouplés et reprirent aussitôt un coït interrompu pendant huit heures. Quel bonheur de s'endormir et de se réveiller ainsi ! Ils étaient si amoureux l'un de l'autre et ils souhaitaient tant avoir des enfants !

Deux messages arrivèrent simultanément devant leurs yeux.

« Souhaitez-vous avoir un enfant ? »

— Chérie, tu vois le message que je viens de recevoir ?

Angélique avait le même message sous ses propres yeux Sans hésiter, ils pensèrent immédiatement à cliquer sur OUI mais il n'y avait pas de touche pour cela. Sans qu'ils aient quoi que ce soit à faire, ils virent apparaître un écran de confirmation. Ils voulurent aussitôt valider mais là encore, sans avoir à cliquer sur un bouton ils eurent le message suivant :

« Votre enfant arrivera le 4 septembre 2057. Vous saurez dans 4 mois s'il s'agit d'une fille ou d'un garçon. »

Ils sautèrent de joie. Jamais encore ils n'avaient été aussi heureux.

Il leur prit même l'envie de prendre un petit déjeuner à l'allemande comme lorsqu'ils allaient skier dans les Alpes bavaroises, muesli aux noix et aux fruits secs, tranches de charcuterie, tranches de fromages bavarois, petits pains ronds aux graines de sésame et de pavot, assortiment de confitures, le tout accompagné de jus de fruits et d'un délicieux café.

Presque une nouvelle lune de miel. Oubliés, les soucis de ces dernières années et la catastrophe qui ravageait la Terre sous leurs pieds !

Ils profitèrent pleinement de ce moment dans cette belle salle aux murs garnis de beaux panneaux de chêne et de belles têtes de cerfs empaillés aux bois impressionnants qui devait être dans un hôtel-restaurant de Gärmisch-Partenkirchen, une de leurs stations de sports d'hiver favorites alors qu'un instant plus tôt ils étaient encore dans leur lit à Marolles-en-Brie… Et dans à peine une heure, ils seraient confortablement assis à leurs places au Parlement. Nul besoin de perdre du temps dans d'interminables transports, la téléportation était de règle sauf si l'on choisissait de vivre un trajet pour le plaisir du voyage à la vitesse de son choix.

Ils se rendaient compte aussi qu'il suffisait de se penser dans un lieu pour y être vraiment. Penser, c'était agir. Comme c'était pratique !

*

La nouvelle séance parlementaire commença par le tirage au sort d'un nouveau président de séance, ce fut un Chinois qui fut ainsi désigné et il donna tout de suite la parole à Kurt Walder, élu Premier Ministre par le Conseil des Ministres la veille.

Kurt Walder fit le bilan de la première journée passée en orbite par toute la communauté néohumaine. Il fit état de quelques petits dysfonctionnements qui seraient corrigés par les techniciens au cours de la journée. L'encadrement de la jeunesse avait été très largement suffisant, on pourrait raisonnablement réduire le nombre d'enseignants en astreinte pendant les séances parlementaires à trois cent personnes pour encadrer le million et demi de jeunes travaillant pendant la matinée sur les logiciels éducatifs mis à leur disposition. Leur comportement n'avait plus rien à voir avec celui des élèves terrestres. Tous avaient été sages, disciplinés et concentrés sur leur travail au cours de cette première matinée d'étude. Un enseignant pour cinq mille élèves était donc largement suffisant pour surveiller les quatre heures d'étude matinale. Ensuite, pour les cours assurés dans l'après-midi chaque enseignant serait en présence d'une vingtaine d'élèves pour assurer des cours d'une demi-heure entre 14 heures et 17 heures.

Toutes les personnes en astreinte la veille assistaient à cette seconde journée de travail parlementaire, ceux qui étaient maintenant en astreinte leur avaient donné leur pouvoir pour prendre part au vote des propositions et des lois.

Kurt Walder parla des dégâts environnementaux sur la Terre puis il soumit une question au Parlement : le ministre de la Culture proposait de réunir une commission qui serait composée de linguistes pour créer une langue unique pour les Néohumains sur la base d'une grammaire simple et logique, un alphabet de quelques dizaines de signes et des mots entièrement nouveaux, le but étant de prendre les mots les plus simples dans toutes les langues du monde pour souder encore plus les Néohumains qui formaient désormais une communauté bien réduite par rapport aux dix milliards d'Humains, soit guère plus que la population d'un petit État sur la Terre. On éviterait ainsi que se reconstituent les rivalités ethniques et culturelles qui avaient tant posé de problèmes dans les sociétés humaines depuis la nuit des temps.

Cette proposition du ministre de la Culture d'origine sud-africaine fit voler en éclat la belle unanimité de la veille. Beaucoup n'en voyaient pas l'utilité puisque tout le monde parvenait désormais sans la moindre difficulté à comprendre ce qui se disait dans une autre langue que la sienne. D'autres, à peu près dans les mêmes proportions, trouvaient l'idée très judicieuse, un des meilleurs défenseurs de cette réforme linguistique était Xin Yang Li qui tenait à bien montrer que les Néohumains d'origine chinoise comme lui n'avaient aucune intention hégémonique alors qu'ils constituaient de très loin le groupe le plus important. Au bout de près de deux heures de débats passionnés, le président mit cette proposition au vote et elle fut rejetée à une courte majorité de 51,7 %. Néanmoins à une écrasante majorité de 96,5 % il fut décidé de créer quand même une commission chargée d'élaborer une langue universelle pour que l'on puisse voir ce que cela donnerait.

Michel Landier se proposa pour participer à cette commission avec une centaine d'autres personnes qui pour la plupart étaient des professeurs de langues vivantes mais il y avait aussi quelques professeurs de latin. La commission se réunirait deux après-midi par semaine, les lundis et mercredis.

Parmi les autres sujets de discorde il y eut la question de la prostitution. Un Néohumain d'origine suédoise exprima le souhait que la prostitution soit autorisée. Cela déclencha un vif débat d'une dizaine de minutes mais la proposition fut rejetée à une écrasante majorité. De toute façon, aucun mari n'aurait été capable de vouloir s'offrir les faveurs d'une prostituée puisque tromper quiconque était totalement impossible pour des raisons informatiques liées au fonctionnement de base du cerveau néohumain. De plus ce métier qui est le plus vieux métier du monde est lié à l'argent, donc il n'y aurait sans doute guère eu de femmes néohumaines pour accepter de se prostituer ! Quant aux célibataires, ils avaient toute liberté de flirter et de séduire qui ils voudraient. Aucun risque de viol non plus, là aussi du fait des lois fondamentales régissant la société néohumaine.

Le fonctionnement démocratique de la société occupait désormais une part essentielle de leurs journées avec une part encore plus grande dévolue aux loisirs.

Il est évident que de très nombreux métiers étaient devenus obsolètes du jour au lendemain : l'agriculture, des pans entiers de l'industrie, le commerce, la finance, les assurances, les transports, la médecine, tous ces métiers n'avaient plus lieu d'être, ce qui offrait de nouvelles possibilités d'emplois passionnants dans le journalisme, la recherche scientifique, la robotique, les domaines artistiques, le bien-être mental et les loisirs. L'observation de l'espace intersidéral allait aussi occuper bien plus de monde que sur Terre où l'on avait négligé le risque d'une collision fatale avec un objet céleste malgré les progrès technologiques et les puissants télescopes qui avaient été construits depuis près d'un siècle. Et pourtant la menace n'avait pas pu être détectée à temps. Il était hors de question que pareille erreur se reproduise. On allait aussi étudier bien plus sérieusement les trous noirs qui constituaient une menace encore bien plus grande.

Au cours de cette seconde journée, le Parlement vota une loi fixant la durée légale de la semaine de travail à seize heures et instaurait des congés annuels de trois mois. En revanche il ne serait pas prévu de retraite, en tout cas pas avant l'âge de cent ans. On verrait même ultérieurement s'il conviendrait de repousser encore l'âge de la retraite. Étant donné qu'il ne devrait pas y avoir d'usure mentale et en tout cas aucune usure physique pour des raisons évidentes, il était même possible que cette question des retraites ne se poserait jamais.

Le président du jour leva la séance à midi.

*

Xavier Robinier invita dans son bureau au Ministère de la Recherche scientifique ses anciens collègues Olivier Legrand, Ludovic Hamadi, Aurélien Bonteau, Naïm Fitouri et Antonio Bonaventura ainsi que Camila Del Grande et Philippe Müller qui annoncèrent à tous qu'ils allaient se marier le vendredi suivant et que tous étaient bien sûr invités au mariage.

Ils célébrèrent la réussite de la société qu'ils avaient fondée cinq ans auparavant, réussite qui dépassait leurs espérances. La seule ombre au tableau était le fait que si peu de gens aient pu être sauvés.

En effet, en dépit de leur satisfaction ils n'oubliaient pas le drame qui se déroulait soixante-douze mille kilomètres sous leurs pieds. Ils savaient par les observations réalisées en continu depuis les deux stations en orbite que la planète était déjà en grande partie recouverte par un épais nuage de poussière très dense qui obscurcissait presque toute la surface du globe. Cet épais nuage très opaque privait la planète de l'ensoleillement qui lui était indispensable et, de ce fait, un froid glacial allait bientôt tuer des milliards d'êtres humains. La plupart des ondes radio s'étaient déjà tues, ce qui ne présageait rien de bon.

Les quelque deux mille employés de la *Neohuman Society* qui avaient pris la précaution de faire réaliser leurs clones numériques allaient tous continuer de travailler pour la maintenance et le perfectionnement du système. Environ cinq cents informaticiens venant d'autres compagnies avaient pu aussi se faire cloner à temps ainsi que leurs familles et il y avait donc maintenant une équipe importante pour assurer le fonctionnement informatique sur lequel tout reposait, ce qui représentait une responsabilité considérable.

Plusieurs centaines de techniciens et d'ingénieurs assuraient le bon fonctionnement des moteurs, des rétrofusées servant à corriger régulièrement la vitesse et la trajectoire des deux stations spatiales et maintenir leur stabilité. Ils se chargeraient également de maintenir en parfait état de fonctionnement les fusées qui serviraient un jour à revenir sur Terre ou au contraire migrer dans l'espace vers une autre planète plus hospitalière.

Quelques milliers de techniciens travaillaient déjà à la maintenance des robots qui étaient à bord des deux stations.

Le Ministère de la Recherche allait par ailleurs encourager la création d'entreprises qui développeraient de nouveaux robots encore plus performants.

Malheureusement, il n'était pas du tout envisageable de pouvoir porter secours aux pauvres Terriens piégés sur une planète qui allait très probablement subir sa sixième extinction de masse avec entre autres espèces condamnées… l'Homme.

*

Le soir, en quittant le Ministère de la Recherche scientifique, Olivier Legrand ne rentra pas chez lui. Il rejoignit Lili, une belle jeune femme originaire de Qingdao dans le nord-est de la Chine. Elle était assise à trois rangées de lui dans la grande salle du Parlement et dès la veille il avait remarqué sa beauté et son gracieux sourire. Il lui avait fait un signe de la main auquel elle avait répondu. Olivier eut tout de suite le coup de foudre. Il n'avait encore jamais connu un sentiment si puissant. À la sortie, il s'était rapproché d'elle et ils avaient échangé quelques mots. Elle lui dit qu'elle s'appelait Li Chang Se mais qu'elle préférait qu'on l'appelle Lili, qu'elle avait vingt-huit ans, qu'elle travaillait dans la mode et dans la conception de nouvelles collections de robes et de tailleurs et qu'elle était la seule de sa famille à être venue ici.

Elle avait un visage d'une beauté étincelante avec ses jolis petits yeux en amande, un joli petit nez et une bouche sublime. Elle était tout à fait craquante…

Olivier n'avait pensé qu'à elle tout le reste de la journée et ce matin il avait tout fait pour s'asseoir à côté d'elle. La dame qui était assise à côté de Mademoiselle Li Chang Se avait accepté d'échanger sa place avec lui. À son grand étonnement, cela ne posa pas de problème technique. Il était aux anges ! Olivier découvrait le grand amour pour la première fois de sa vie. Jamais il n'avait encore vu une jeune femme aussi séduisante. À un moment, au cours des débats sur la question de la création d'une langue universelle, il lui prit la main et ils se tinrent par la main comme des enfants pendant tout le reste de la matinée.

Il lui proposa de la retrouver le soir. Elle accepta et il lui proposa de la rejoindre où elle voulait. Elle lui demanda s'il pouvait venir la retrouver à six heures à l'angle de Nanjing Road et de Central Henan Road dans le quartier du Bund à Shanghai. Aucun problème, il trouverait. C'était ce qu'il y avait de bien pratique maintenant que tous les déplacements dans l'espace étaient virtuels : on pouvait se rendre immédiatement n'importe où dans le monde sans perte de temps dans le transport d'un lieu à un autre.

Il était si impatient de retrouver Lili qu'il arriva au lieu de rendez-vous une bonne heure en avance. Il n'avait mis les pieds à Shanghai qu'une seule fois, c'était en 2055 lors d'une réunion des cadres de l'entreprise qui avaient été conviés pour l'Assemblée Générale des actionnaires afin de présenter le bilan annuel et d'annoncer aux actionnaires les perspectives de développement. Mais la réunion avait eu lieu à Pudong sur l'autre rive du Huangpu. Il ne connaissait donc pas ce quartier, il aurait volontiers été vers le quai et marché un peu le long de Zhongshan Road mais comme il ne voulait pas faire attendre Lili, il se contenta de faire les cent pas dans Nanjing Road pour ne pas trop s'éloigner de leur lieu de rendez-vous.

Il la vit arriver dans Central Henan Road au milieu d'une foule d'hommes et de femmes d'affaires qui quittaient leurs bureaux pour s'engouffrer dans le métro et regagner leurs domiciles. Il savait bien que tout ce monde faisait partie du cadre et que Lili était probablement la seule Néohumaine dans cette foule virtuelle. Lili le vit de loin. Elle avait une démarche gracieuse, une belle robe de couleur fuchsia, des chaussures vernies à talon aiguille et un petit sac à main avec une bandoulière dorée. Spontanément, ils s'embrassèrent sur la bouche. Olivier crut un instant qu'il allait s'évanouir. Jamais dans toute sa vie il n'avait été aussi heureux alors qu'il connaissait à peine cette jeune femme. Et pourtant, il sentit tout de suite qu'elle serait la femme de sa vie.

Les joues de Lili s'empourprèrent, sans doute était-elle quelque peu gênée par cette embrassade si spontanée au milieu de la foule... Ils se tenaient dans les bras l'un de l'autre, joue contre joue comme des amants qui se retrouveraient après une longue absence. Puis ils éclatèrent de rire en continuant de se tenir par les deux mains sans se quitter des yeux. Et ils s'embrassèrent de nouveau. Ils nageaient tous les deux dans le bonheur.

— Je connais un restaurant où ils servent un canard laqué exquis, tu vas voir, c'est à deux pas d'ici. Tu aimes la cuisine chinoise ?

— J'adore. À Paris j'allais souvent dans le quartier chinois. Tu connais Paris ?

— J'y suis allée une fois il y a six ans avec deux amies mais c'était rapide. Nous visitions l'Europe en dix jours. À Paris nous n'avons vu que la Tour Eiffel, la colline avec l'église dessus...

— Montmartre ?

— Oui, c'est cela, et puis nous avons passé une journée à Disneyland et c'est tout. Après nous sommes allées à Londres passer aussi deux jours, nous avons été à Amsterdam et puis nous sommes revenues à Rome pour visiter un peu avant de reprendre l'avion pour rentrer à Pékin.

— C'est rapide, en effet, mais si tu veux, je te montrerai beaucoup de choses à Paris. Tu sais, nous pouvons aller partout où nous voulons sans avoir à passer des heures dans des avions, c'est bien mieux maintenant.

— Oui, j'ai remarqué cela, c'est merveilleux, lui dit-elle.

— Tu ne vas pas me croire mais c'est un peu moi qui ai fait tout cela.

Elle le regarda d'un air interrogateur mais il ne voulut pas en dire plus, de peur de rompre le charme. Ils étaient arrivés devant les deux statues de lions qui bordaient la porte d'entrée du restaurant d'où sortait une bonne odeur de volaille rôtie. Une serveuse les guida vers une table pour deux. Le cadre était ravissant avec des panneaux de bois recouverts d'une peinture rouge et or et de belles aquarelles représentant des scènes champêtres, un palais avec une belle toiture aux arêtes relevées à chaque extrémité et un plafond à caissons. Ils consultèrent le menu et Lili lui suggéra le menu spécial canard laqué à la pékinoise avec les crêpes et le foie gras de canard aux petits légumes et ils prirent aussi une bouteille de Grande Muraille pour accompagner leur dîner.

— Alors tu travailles dans la mode ?

— Oui, je dessine de nouvelles robes, des robes de soirée pour les femmes qui doivent aller dans des galas et aussi des robes et des tailleurs plus classiques pour le travail.

— Tu vas continuer ?

— Bien sûr, les femmes auront toujours besoin d'avoir des habits chics. Surtout maintenant qu'il n'y a plus besoin d'argent pour se les acheter. On peut maintenant se choisir les habits que l'on veut, c'est bien plus pratique et on peut changer tous les jours, c'est le rêve. Pourquoi ce n'était pas comme cela avant ?

— C'est le progrès qui permet cela.

Elle attendit un peu puis elle lui demanda :

— Et c'est toi qui as rendu tout cela possible ?

— Disons que j'y ai contribué. C'est vrai que j'ai lancé l'idée mais c'est le travail de toute une équipe et les informaticiens de ton pays nous ont beaucoup aidés. Nous formions – et nous formons toujours – une grande équipe internationale.

— Oh, merci ! Merci, Olivier, pour tout ce que vous avez fait. Je suis si contente d'avoir décidé de venir. J'aurais aimé faire venir aussi mes parents mais ils m'ont dit qu'ils étaient trop vieux, ils ne voulaient pas quitter leur maison de Qingdao.

— Quel âge ont-ils ?

— Mon père a soixante ans et ma mère cinquante-huit.

— Ce n'est pas vieux !

— Je sais mais ils ne voulaient pas venir… Mon père s'était fâché contre moi quand je lui ai expliqué que les Néohumains ne feraient plus rien de mal. Il m'a dit que le bien ne pouvait pas être dissocié du mal parce que le Yin et le Yang étaient les deux premiers principes de la philosophie chinoise, qu'ils s'imbriquaient dans un cercle parfait et qu'il était insensé de tenter de les séparer et que c'était aussi stupide que de vouloir séparer les hommes des femmes. Je ne l'avais encore jamais vu dans une telle colère.

— Oui, je comprends une telle réaction, c'est normal. Ce que nous avons réussi à faire est tellement novateur que les personnes d'un certain âge ne pouvaient pas comprendre, c'était trop différent de ce que les Humains ont pensé depuis toujours. En Occident aussi il y a eu beaucoup de défiance et d'hostilité envers ce projet. Nous avons même été l'objet de menaces de mort !

— Et puis aussi je pense que mes parents avaient peur de ne pas mourir.

— Oui, je comprends, beaucoup de gens nous ont dit cela aussi en France. Et pourtant c'est tellement mieux de ne jamais mourir.

— Je suis bien d'accord avec toi... mais quand je serai vieille... j'aurai peur de me regarder dans une glace.

— Ma chère Lili, je peux te rassurer, tu resteras toujours aussi belle. Ton visage ne commencera à se rider que dans trois ou quatre cents ans et je t'assure que dans mille ans tu auras encore l'air plus jeune que les femmes de cinquante ans autrefois sur la Terre.

— Mais c'est impossible !

— Maintenant si, tu verras. C'est aussi cela, le progrès.

— C'est vrai ? s'écria-t-elle en lui sautant littéralement au cou et en le couvrant de baisers, oubliant la retenue qui se doit dans un restaurant aussi chic.

D'ailleurs elle se demandait où elle était vraiment, dans un vaisseau spatial ou dans ce restaurant de Shanghai où elle était déjà venue deux fois avec des amies ? Et où étaient ses amies ? Avaient-elles eu le temps de faire comme elle ? Et ce Français si charmant et si gentil, était-il réel ou n'était-il qu'une illusion comme ce restaurant où ils s'apprêtaient à déguster un repas savoureux ?

Quand la serveuse arriva avec les crêpes fumantes et le foie gras dans un plat d'argent elle ne doutait plus de la réalité de la situation. Un serveur apporta le canard avec sa peau croustillante et bien dorée sous ses multiples couches de laque au miel. La serveuse le suivait avec le plat de riz parfumé qui dégageait une douce odeur de sésame et le plat de légumes aux champignons noirs. Le serveur versa dans leurs verres le nectar rouge de la bouteille de Grande Muraille qu'il avait débouchée à leur arrivée.

Nos deux tourtereaux savouraient ce repas autrefois réservé aux empereurs de Chine en discutant gaiement de tout et de rien, retrouvant l'insouciance de leur adolescence. Ils avaient grandi à près de dix mille kilomètres l'un de l'autre et pourtant rien ne les séparait, ils avaient la même conception de la vie et de la politique.

— Je trouve formidable, lui dit-elle, que nous pouvons maintenant décider de nos lois par nous-mêmes et contrôler nous-mêmes le gouvernement. Avant, il fallait appartenir au Parti.

— C'est vrai, la démocratie est enfin possible, ce n'était pas le cas avant. Dans les pays occidentaux, il fallait élire des députés qui étaient censés nous représenter mais évidemment une fois élus, ils avaient tendance à trahir – même inconsciemment – leurs électeurs. Et cela, quel que soit le parti politique auquel ils appartenaient ! La démocratie directe est enfin possible, cela va tout changer.

— Je me souviens de mon grand-père qui avait été un garde rouge dans sa jeunesse et qui nous parlait toujours avec nostalgie de la Révolution et de Mao Tsé Tung. Ma grand-mère travaillait dans la cantine d'une ferme collective. Ils étaient nostalgiques de cette période de la révolution culturelle où tout le monde participait aux décisions et où les privilèges avaient été abolis. À la fin de leurs vies, ils trouvaient que les citoyens étaient de plus en plus écartés des lieux de pouvoir et ne pensaient plus qu'à consommer.

— C'était pareil en France et dans tous les autres pays occidentaux même si nos politiciens répétaient à l'envi que nous étions en démocratie. Pour eux, la démocratie, cela consistait à inviter tous les quatre ou cinq ans les citoyens à venir voter pour quelques candidats qui leur faisaient des promesses qu'ils ne respectaient jamais une fois élus. Les gens votaient un coup à droite, un coup à gauche et en fin de compte c'était toujours la même politique et nos populations s'appauvrissaient de plus en plus.

Lili éclata de rire.

— Tu sais ce que nous disions ici ? Pendant que les Occidentaux font un pas à gauche et un pas à droite, nous faisons deux pas en avant !

— C'était bien vu et c'est pour cela que vous êtes devenus la première puissance mondiale.

— Oui mais ce n'était pas ce que nous cherchions, nous voulions juste vivre heureux et en paix. C'était difficile à cause de cet esprit de compétition entre les nations et regarde où cela a conduit l'humanité ! Quand j'ai entendu parler du programme pour devenir une Néohumaine et que tous les Néohumains seraient débarrassés des défauts de l'humanité et qu'il n'y aurait plus cet horrible esprit de concurrence, j'ai tout de suite contacté cette entreprise qui venait d'ouvrir ses bureaux ici.

Olivier sourit. Ici… C'est vrai que l'illusion était impressionnante. Et pourtant à eux deux, ils n'occupaient qu'une place microscopique quelque part dans un circuit intégré d'un serveur avec plusieurs sauvegardes dans quatre autres serveurs dans cette station spatiale et autant de sauvegardes d'eux-mêmes dans l'autre station spatiale diamétralement opposée sur la même orbite autour de la Terre.

Changeant un peu de sujet, Olivier lui demanda au moment où ils entamaient leur dessert, un assortiment de fruits confits et de nougats au sésame et à la pistache :

— Avant de venir ici, tu gagnais beaucoup d'argent. Cela ne va pas te manquer ?

— Non, je trouve cela très bien que nous ayons décidé qu'il n'y aura plus d'argent et je ne pense pas qu'il faudra recréer de la monnaie un jour. L'argent a fait tant de mal depuis des millénaires, des inégalités, des conflits, des guerres… C'est bien mieux comme cela. Moi, ce qui m'intéresse dans mon métier, c'est de créer de nouveaux modèles pour rendre les femmes toujours plus belles. Et tout le monde pourra maintenant porter ces habits que tant de femmes rêvaient de porter mais ne pouvaient jamais s'offrir. Je choisis un vêtement qui me plaît et ça y est, le vêtement est disponible. N'importe quelle femme peut choisir le modèle qui lui plaît et aussitôt elle peut le porter. C'est formidable, tu ne trouves pas ?

— Si, bien sûr, c'est ce que nous voulions.

— Si mes grands-parents voyaient cela, qu'est-ce qu'ils seraient heureux !

— Je pense que mes grands-parents aussi auraient aimé notre société telle qu'elle est maintenant, sans argent, et donc sans différences de classes. Je me souviens qu'ils désapprouvaient ce qu'ils appelaient « la société de consommation ». Cette société de consommation générait beaucoup de frustrations chez les pauvres.

Ils continuèrent de bavarder ensemble pendant une bonne heure, lui en français, elle en mandarin et en se comprenant parfaitement. Olivier plongeait avec délectation son regard dans les jolis yeux de Lili et il était littéralement subjugué par la splendeur de son visage, sa bouche exquise, sa longue et soyeuse chevelure noire, la douceur de sa voix, son regard si sublime… Il était complètement sous le charme de cette créature de rêve. Olivier avait eu des relations plus ou moins longues avec plusieurs jeunes femmes mais il n'avait encore jamais ressenti un tel émoi.

Et en même temps il ne pouvait s'empêcher de penser que la virtualité n'enlevait rien à la puissance des émotions et que Xavier Robinier et Antonio Bonaventura qui s'étaient beaucoup occupés de ce domaine dans la conception des logiciels avaient fait un travail remarquable.

Quant à Mademoiselle Li Chang Se, elle se rendait bien compte que ce Français plutôt séduisant et remarquablement intelligent était totalement sous son charme. Elle faisait toujours beaucoup d'effet sur la gent masculine, elle le savait, et elle s'en était toujours amusée. Mais celui-ci était différent de tous ceux qui étaient tombés sous son charme jusqu'à présent.

Lorsqu'ils quittèrent le restaurant, la nuit était tombée sur Juijiang Road et ils marchèrent bras dessus bras dessous jusqu'à la Place du Peuple comme de jeunes amoureux qu'ils étaient devenus en si peu de temps…

Olivier lui proposa de venir chez lui prendre un dernier verre. Lili s'en amusa, c'était classique, les hommes lui proposaient cela dès le premier soir, offre qu'elle déclinait toujours, préférant attendre au moins le troisième soir… par convenance. Mais pour une fois elle accepta, celui-ci était différent des autres.

Et c'est donc sans transition aucune qu'ils passèrent de la Place du Peuple au cœur de Shanghai à un petit mais coquet appartement au troisième étage d'un immeuble haussmannien du boulevard Saint-Marcel à Paris. Ce prodige faisait partie des extraordinaires possibilités nouvelles qu'offrait la dématérialisation.

Ils s'assirent l'un à côté de l'autre sur le canapé de velours brun qu'Olivier s'était acheté lorsqu'il avait emménagé dans cet appartement quand il était sorti de l'internat de l'École Normale Supérieure.

Irrésistiblement attirés l'un vers l'autre, ils s'embrassèrent longuement, très longuement. L'un et l'autre ressentaient la même émotion intense, le plaisir voluptueux d'un baiser prolongé, le plaisir procuré par le contact suave des lèvres, les sensations exquises que leur procuraient leurs langues qui se cherchaient, qui se caressaient lascivement, et le goût exquis de la salive de l'autre.

Leur étreinte dura bien un bon quart d'heure, ils se regardèrent tendrement, leurs visages étaient comme deux aimants irrésistiblement attirés l'un vers l'autre et ils s'embrassèrent encore et encore. Lili sentait contre sa cuisse le pénis d'Olivier en érection, elle était toute mouillée mais faire l'amour tout de suite n'aurait pas été convenable…

Ils ne voyaient pas le temps passer, il était déjà onze heures du soir et c'est dans cette pause qui aurait été inconfortable pour des corps réels qu'ils s'endormirent profondément sur le canapé du petit appartement d'Olivier, enlacés dans les bras l'un de l'autre, joue contre joue…

*

Ce soir-là Michel et Angélique Landier étaient bien décidés de renouveler leur exploit de la nuit précédente : passer plus de huit heures solidement accouplés l'un à l'autre. Il était onze heures moins deux, ils étaient en plein rapport sexuel quand tout d'un coup Michel sentit sa verge se ramollir alors qu'ils étaient tous les deux au comble de l'excitation. Quelle déception pour eux deux, il n'y avait rien à faire, c'était fini ! Pourtant Michel n'avait jamais eu ce que les hommes appellent une panne sexuelle. Il retomba sur le côté et tous deux s'endormirent instantanément d'un sommeil profond.

Lorsqu'ils se réveillèrent le lendemain matin, ils eurent tout de suite envie de recommencer, Angélique porta la main vers le sexe de Michel qui gonflait et se durcissait déjà, il se plaça sur elle et la pénétra doucement, elle était déjà humide…

Ils parvinrent tous les deux à l'orgasme au même moment, ce qui leur arrivait très souvent.

— Qu'est-ce qui t'est arrivé hier soir, mon chéri ?

— Tu sais, je pense que ce que nous voulions faire hier soir, c'était un peu essayer de tricher. Nous voulions en quelque sorte faire l'amour pendant toute la nuit.

— Oui, un peu, admit-elle en souriant, cela m'aurait tellement plu, cette idée de sentir ton membre au plus profond de moi pendant une nuit entière…

— Eh oui, mais tu vois, on ne peut pas tricher avec le système et c'est sûrement mieux comme cela. Tu te souviens comme nous étions exaspérés par tous ces gens qui trichaient, les sportifs qui se dopaient, les gens qui resquillaient, ceux qui planquaient leurs sous dans les paradis fiscaux et qui ne payaient pas leurs impôts. Vraiment, je préfère le monde de maintenant.

— Oui, tu as raison, de toute façon la vie est bien meilleure ici.

— Tu as remarqué qu'on ne nous a pas demandé si on voulait avoir un enfant ce coup-ci ?

— C'est peut-être parce qu'hier ça a marché, lui dit-elle en rougissant. Nous aurons notre bébé dans neuf mois. Tu penses qu'il va grandir dans mon ventre ?

— Je ne sais pas, sans doute.

*

Quelques instants plus tard, ils étaient dans la grande salle du Parlement comme presque tout le monde à l'exception des personnes en astreinte.

Le Président désigné par le tirage au sort quotidien était une Californienne, c'était par conséquent une Présidente. L'ordre du jour était chargé comme d'habitude et il y avait entre autres points la Constitution, un texte simple, dépourvu des ambiguïtés des constitutions terrestres. Ce texte fut adopté à une écrasante majorité de 99,95 % sans le moindre amendement.

Ensuite, parmi les questions soulevées par nos citoyens parlementaires, il y eut la question du nombre d'enfants que les couples seraient autorisés d'avoir. Comme il n'y avait aucun obstacle technique à moyen terme, il ne fut pas envisagé d'imposer un nombre maximum d'enfants dans un premier temps. Plus tard, s'il s'avérait que certains aient trop d'enfants, il serait toujours temps de modifier la législation.

Il fut ensuite beaucoup question de la liberté de la presse qui était pleinement encouragée par le Gouvernement. Une totale liberté de la presse était un élément essentiel pour la transparence de la vie politique. De très nombreux Néohumains dont le métier antérieur était devenu complètement inutile allaient pouvoir recevoir une formation professionnelle pour travailler dans le journalisme s'ils le souhaitaient.

Le ministre des sports Gunter Von Tischer parla également du vaste programme de développement de la pratique sportive individuelle et collective grâce aux équipements virtuels dont tous les citoyens pouvaient désormais disposer sans limites, ce dont les Humains auraient tant rêvé autrefois. Ainsi, des sports jusqu'alors réservés à quelques privilégiés comme le golf ou le polo devenaient accessibles à tous. De même, l'aviation de tourisme qui était sur Terre un loisir très onéreux était maintenant accessible à tous et avec des sensations infiniment plus réalistes que ce que pouvaient fournir les simulateurs de vol terrestres les plus performants.

Le tourisme serait aussi un domaine d'activité très important pour répondre à une forte demande puisque les Néohumains disposaient de trois mois de vacances par an sans avoir quoi que ce soit à payer. Leur seul devoir étant de siéger au Parlement, ce qui était tout à fait conciliable avec des voyages à l'autre bout du monde.

*

L'après-midi, Michel retrouva une classe d'élèves de quinze ans qui avaient regardé le film *Fragments d'Allemagne* du réalisateur Hans Weingartner sur la réunification de l'Allemagne à la fin du XXe siècle et il anima la discussion. Il n'y avait plus d'objectif linguistique et pour cause : la classe se composait d'élèves parlant tous des langues différentes. Le but n'était pas de leur apprendre l'allemand puisque de toute façon ils comprenaient dans leur langue habituelle n'importe quel document en allemand et ils se faisaient parfaitement comprendre par n'importe qui. L'objectif des cours qu'il assurait deux après-midi par semaine était à la fois civilisationnel et conceptuel en développant les facultés d'analyse et de formulation de la pensée des élèves qui lui étaient confiés.

Angélique travaillait toujours dans la même entreprise et avec le même patron qui avait tout de suite compris l'intérêt de la dématérialisation lorsqu'Angélique lui en avait parlé et il avait été, comme elle, parmi les premiers à franchir le pas, puis il avait vivement conseillé à tous ses employés de faire de même. À part quelques négligents qui s'y étaient pris trop tard, ils se retrouvèrent donc presque tous. Angélique n'avait plus à s'occuper des questions commerciales et elle fut ravie de pouvoir ainsi rejoindre cette équipe d'ingénieurs chargés de concevoir une machine pour usiner au millionième de millimètre des pièces métalliques pour les robots. Ils avaient été rejoints par des ingénieurs qui provenaient tous de pays différents. Son patron était très content d'avoir un personnel motivé et efficace. Les tire-au-flanc qui se mettaient en congé de maladie pour un oui ou pour un nom étaient restés sur Terre, c'était mieux ainsi !

Le cosmopolitisme était désormais de règle dans tous les domaines de la vie, au Parlement le matin, dans les entreprises, dans les services l'après-midi et dans les loisirs auxquels les Néohumains consacraient la moitié de leur temps d'éveil.

Tout le monde appréciait que les langues ne soient plus un obstacle à la communication immédiate. Autrefois, sur Terre, il fallait passer par des logiciels de traduction qui étaient devenus de plus en plus performants mais cela cassait le rythme de la communication. Michel espérait quand même que la langue universelle à laquelle il allait travailler pendant les années à venir constituerait un progrès, notamment en se débarrassant de toutes les irrégularités et des bizarreries qui traînent dans toutes les langues. Il ferait des propositions en ce sens lors des réunions hebdomadaires de la commission chargée par le Parlement de concevoir une langue universelle.

*

Olivier Legrand retrouva ses collègues pour faire un premier bilan du fonctionnement du système. Il n'y avait eu qu'une quinzaine d'incidents mineurs qui avaient d'ailleurs pu être résolus assez rapidement. Il ne restait qu'un seul Néohumain de quarante-sept ans qui restait endormi depuis deux jours, un homme d'origine néo-zélandaise qui avait été cloné à Sydney. Son épouse et leur fils fonctionnaient correctement. Les trois employés qui avaient travaillé sur les données de ce monsieur à Sydney reprirent l'historique de tout le protocole et finirent par identifier le problème, un chiffre avait été oublié. Ils le réinitialisèrent ensuite et le brave homme reprit connaissance au grand soulagement de ses proches.

Et c'est avec hâte qu'Olivier rejoignit Lili à la sortie de son travail dans une tour de cent dix étages dans le quartier de Pudong. Elle lui fit visiter ce quartier toujours aussi futuriste depuis plus d'un demi-siècle et elle l'invita à venir dans son appartement sur l'autre rive du Huangpu.

C'était un joli petit appartement très moderne au soixante-quinzième étage bénéficiant d'une vue splendide sur la rivière et sur Pudong avec ses écrans impressionnants sur les façades brillantes de mille feux. Lili avait un Bichon Bolonais de dix-huit mois, une jolie petite boule de poils blancs comme neige qui lui fit la fête quand elle ouvrit la porte. Olivier se souvenait qu'ils avaient décidé de créer les animaux de compagnie mais il y avait un problème : il voyait bien d'après les gestes de Lili qu'elle devait caresser un petit chien qui lui témoignait son affection mais il ne voyait pas l'animal ! Il en parlerait le lendemain au bureau, il devait y avoir une petite amélioration à apporter au système.

Lili prépara un repas en à peine une demi-heure sous les yeux impressionnés d'Olivier. Un savoureux repas avec des beignets de crevettes, du poulet à la sauce aigre-douce et au caramel avec une bonne dizaine de légumes différents qu'elle fit sauter dans un wok, le tout accompagné de riz parfumé de Thaïlande et des litchis au sirop de canne à sucre pour finir.

Et dès qu'ils se levèrent de table, c'est avec empressement que les deux tourtereaux reprirent leur étreinte de la veille, un baiser aussi intense. Olivier s'enhardit à prendre sa compagne dans ses bras et à la porter vers son lit tandis qu'elle lui déboutonnait sa chemise et alors qu'il continuait de l'embrasser sur la bouche, elle posa sa main sur la braguette d'Olivier et en fit glisser la fermeture éclair. Olivier caressa la peau soyeuse de la cuisse de Lili et fit glisser son slip…

Ils firent l'amour plusieurs fois ce soir-là.

Olivier n'était pas le premier homme avec qui Lili avait couché, elle avait eu trois liaisons dont une avec un Américain. Olivier, de son côté n'avait eu que de brèves expériences amoureuses avec deux étudiantes lorsqu'il était à l'École Normale Supérieure puis avec la fille d'un voisin de palier de son appartement du boulevard Saint-Marcel.

Mais cette fois-ci, tous les deux sentaient qu'ils étaient faits l'un pour l'autre.

Le lendemain, ils décidaient de se marier. Le mariage eut lieu six mois plus tard. Ils furent parmi les cent cinquante premiers mariés de l'espace, unis pour l'éternité.

CHAPITRE 8

Olivier et Lili Legrand s'étaient mariés au mois de juin 2057, ils avaient invité plus de mille cinq cents convives à leur mariage qu'ils célébrèrent sur le front de mer à Qingdao dans les jardins d'un grand hôtel et ils étaient partis en voyage de noces aux Seychelles où ils avaient passé quinze journées de rêve tout en continuant de siéger régulièrement au Parlement.

Ils attendaient maintenant un bébé, une fille, qui allait naître au début du mois de mars de l'année suivante. Ils habitaient habituellement tantôt dans l'appartement parisien d'Olivier, tantôt dans l'appartement de Lili à Shanghai mais ils envisageaient de prendre un pavillon avec un jardin soit à Brighton soit dans la banlieue de Porto. De toute façon se trouver un lieu de vie était la chose la plus simple qui soit, il suffisait de décider où l'on voulait résider et le tour était joué. Quel changement par rapport à la vie autrefois quand il fallait se soucier du coût d'un logement et des temps de transport ! Et si l'endroit qu'ils choisiraient ne leur plaisait pas, il n'y aurait aucun problème, ils pourraient même en changer autant de fois qu'ils le voudraient !

*

Le 1er janvier 2058 la communauté néohumaine comptait déjà 241 644 âmes supplémentaires, des bébés nés au cours du dernier trimestre de l'année qui venait de s'achever. Michel et Angélique Landier faisaient partie de ces heureux nouveaux parents, ils avaient enfin l'enfant qu'ils avaient tant espéré mettre au monde lorsqu'ils étaient encore des êtres biologiques. Au mois de mai de l'année précédente, ils avaient appris que ce serait un garçon et ils décidèrent de l'appeler Eric comme le père de Michel et l'oncle d'Angélique. Ils apprirent aussi qu'ils ne pourraient pas choisir les traits de son visage. Comme autrefois les traits du nouveau-né devaient être une combinaison aléatoire des traits des deux parents. À sa grande surprise, Angélique n'avait pas changé d'apparence au cours de cette grossesse virtuelle. Ils avaient simplement pris livraison du bébé à la date prévue. Les femmes n'avaient donc plus les désagréments morphologiques que leur imposait jadis la nature et c'était bien appréciable.

Le petit Eric les combla tout de suite de joie, eux qui pendant toutes ces années sur Terre avaient tant regretté de ne pas pouvoir avoir d'enfants. Il était à la crèche tous les jours du lundi au jeudi entre huit heures du matin et cinq heures de l'après-midi et les heureux parents adoraient jouer avec ce petit bonhomme qui s'émerveillait de tout ce qui l'entourait, exactement comme l'aurait fait un bébé avec un corps réel autrefois mais sans les désagréments, pas de cris, pas de pleurs, pas de couches à changer. Rien que du pur bonheur pour la petite famille toutes les soirées et pendant les week-ends de trois jours qu'ils aimaient passer soit au bord de la mer soit dans un joli petit gîte rural dans le Cantal où le petit Eric adorait jouer avec les lapins et les agneaux, bien sûr sans courir le moindre risque puisqu'il s'agissait d'animaux purement virtuels.

Ses parents envisageaient même de lui donner bientôt un petit frère ou une petite sœur.

*

Au Parlement, le rituel de la main levée pour solliciter la prise de parole était resté et tout le monde y tenait bien que ce geste antique ne fût pas nécessaire techniquement. Il en était de même pour les votes, dans un esprit de totale transparence de la vie politique.

Dans la séance du 20 janvier 2058, il fut question de naissances. À la demande d'un citoyen d'origine australienne une proposition était débattue : pourquoi ne pas permettre aux parents de choisir un visage pour leur enfant parmi plusieurs options qui pourraient leur être présentées puisque c'était techniquement possible ? Cette proposition recueillit beaucoup d'avis favorables mais elle fut quand même rejetée par 67,88 % des voix par tous ceux qui estimaient que cette revendication était infondée. En effet, il n'y avait plus aucun risque de malformation et de laideur puisque toutes les caractéristiques négatives étaient automatiquement écartées. Les enfants à naître ne pouvaient donc qu'être beaux et il était bon de garder une part de hasard comme autrefois, ce qui faisait partie du charme de l'enfantement.

Il fut aussi question de la prochaine élection du Gouvernement. Le Premier Ministre Kurt Walder qui avait été reconduit avec 99,1 % des voix lors de l'élection du 8 juillet dernier souhaitait laisser sa place à quelqu'un d'autre ainsi que six de ses Ministres. Le Ministre de la Justice Mike Spencer qui n'avait pas eu grand-chose à faire depuis sa désignation un an auparavant se portait candidat pour le poste de Premier Ministre.

Un parlementaire, Monsieur Stevenson, proposa que dans le prochain gouvernement soit rétabli un ministère de la guerre, non pas bien entendu pour que les Néohumains renouent avec cette fâcheuse tendance que les humains avaient de guerroyer entre eux mais pour préparer un arsenal qui puisse parer à toute attaque venant de l'espace. Il reconnut que la menace était fort peu plausible mais que cet arsenal pourrait aussi s'avérer utile si d'autres astéroïdes venaient à croiser leur chemin. Cette proposition fut jugée prématurée par la majorité des parlementaires citoyens étant donné que la vitesse des deux stations spatiales pouvait être modifiée à tout instant pour éviter toute collision avec n'importe quel objet spatial. Le cas s'était d'ailleurs produit trois fois pour éviter deux météorites d'une dizaine de centimètres et un satellite de surveillance de la Terre lancé par la NASA en 1991 qui avait quitté son orbite.

Quant au risque d'une attaque extraterrestre, beaucoup trouvèrent que l'idée d'une telle menace n'était qu'un fantasme développé par les humains à partir du milieu du XXe siècle quand ils commencèrent à envoyer des fusées dans l'espace et qu'ils ne faisaient que transposer ainsi leurs propres coutumes guerrières. Par contre, si un jour il était envisagé de revenir sur la Terre, on recréerait un ministère de la guerre et un arsenal militaire préventif pour ne pas revivre une nouvelle catastrophe. De toute façon, tant que la Néohumanité resterait en orbite autour de la planète, il n'était pas possible de disposer des matières premières qui seraient indispensables pour construire toute forme d'armement intersidéral.

*

Au cours de cette première année d'existence de la Néohumanité on n'avait eu à déplorer aucun crime, pas le moindre délit, aucun vol, pas même la moindre tentative de harcèlement sexuel. Personne n'avait ressenti la moindre injustice, personne ne s'était senti lésé dans ses intérêts, aucune infraction n'avait été commise. Le Ministre de la Justice n'avait pratiquement rien eu à faire et dès le mois de juillet le Parlement avait décidé de réduire le nombre d'assistants du Ministre de la Justice à quatre personnes, ce qui était largement suffisant.

Le Ministre de l'Intérieur n'avait pas eu grand-chose à faire non plus ainsi que ses deux mille policiers chargés de maintenir l'ordre dans cette communauté de plus de huit millions d'individus. Autant dire que les policiers ne servaient à rien, ils faisaient juste partie du paysage.

Dans les dix-huit autres ministères, le bilan était tout aussi positif. La société néohumaine était remarquablement harmonieuse. Les Néohumains étaient tous des gens heureux, il n'y avait aucune animosité dans cette société cosmopolite qui était radicalement différente des sociétés humaines d'antan.

Les jeunes qui étudiaient entre autres matières l'histoire de l'Humanité trouvaient bien étonnantes toutes les guerres que les Humains se faisaient entre eux, toutes ces rivalités religieuses et politiques futiles qui les avaient tant divisés. Ils se disaient que c'était vraiment une autre espèce. Mis à part une ressemblance physique, ils n'avaient rien en commun avec eux. Ce devaient être des gens fondamentalement méchants.

Le niveau scolaire atteint en moins d'un an était impressionnant dans toutes les matières. Michel Landier en parlait souvent avec ses anciens collègues Francine, Paul, Jeanne, Rachid et Jean-Jacques qui s'invitaient régulièrement entre eux pour dîner ou déjeuner. Ils avaient d'emblée été frappés par l'extraordinaire pouvoir de concentration de leurs élèves, le fait qu'ils mémorisaient tout du premier coup et qu'ils étaient dotés d'une intelligence qui était rare autrefois dans leurs classes du lycée Langevin Wallon de Créteil. Ainsi des élèves qui auraient été autrefois en classe de seconde avaient fini l'année avec un niveau qui leur aurait permis à tous de suivre aisément en première année de classe préparatoire aux grandes écoles. Il y avait en outre un brassage culturel impressionnant : leurs élèves provenaient tous d'une vingtaine d'origines différentes et rentraient le soir dans autant de villes différentes dans le monde sur les quatre continents !

Les enseignants d'un même établissement provenaient aussi d'origines très différentes. Michel Landier travaillait toujours avec Jean-Jacques Lecouvreur et un autre Français qui travaillait autrefois à Nice mais ils avaient des collègues d'origine américaine, anglaise, espagnole, russe, chinoise, danoise, israélienne, italienne, autrichienne, sud-africaine, suisse et indienne. Bien sûr ils continuaient de rencontrer leurs anciens collègues de Créteil Paul Grandval, Rachid Alzouhi, Francine Bagon et son mari Romuald ainsi que Jeanne Rollandeau et son mari, l'ancien médecin de l'hôpital

Lariboisière. Comme d'anciens combattants, ils reparlaient souvent de toutes ces années qu'ils avaient passées ensemble à batailler avec des élèves parfois retors.

C'était justement ce qu'ils faisaient un soir de février autour d'une raclette virtuelle dans un restaurant d'Annecy. Michel était assis entre Jeanne et Paul.

— Paul, tu te souviens, cet énergumène que nous avions dans la Terminale S 4, l'année où le toit du lycée s'était envolé ?

— Je m'en souviens très bien, il était incapable de calculer une racine carrée. Un cancre fini… et pourtant il a eu son bac !

— Moi, je l'avais eu deux ans de suite, dit Jean-Jacques, impossible de lui apprendre quoi que ce soit, il essayait toujours de tricher avec des antisèches et il se faisait toujours prendre mais il recommençait la fois d'après !

— Heureusement que nous n'en avons plus, des comme cela, dit Jeanne. Je suis tellement contente d'avoir les élèves que nous avons maintenant ! Même les plus jeunes. Je fais aussi des cours de philosophie dans une classe d'enfants de quatre ans. Ils posent des questions remarquablement intelligentes. C'est l'âge du pourquoi et c'est une très bonne chose que la philosophie soit enseignée à tous les niveaux maintenant et je vous assure qu'avec les adolescents je peux aborder des questions qui seraient passées bien au-dessus de la tête même des meilleurs dans nos Terminales.

— Et c'est pareil en histoire et en géographie, ajouta Francine. Je me régale avec les élèves que j'ai maintenant. Ils ont une compréhension des civilisations humaines et du sens de l'histoire qui est tout à fait remarquable. J'aurais du mal si je devais reprendre mes élèves d'autrefois !

— Je me dis cela aussi, dit Michel. Nous avons vraiment de la chance.

— C'est aussi parce que la vie est bien plus facile maintenant, ajouta Jean-Jacques, ils ne connaissent plus les fins de mois difficiles qu'avaient leurs parents.

— Du coup, il n'y a plus besoin de syndicats pour réclamer des augmentations de salaires, dit Paul en riant, cela doit te manquer, non ?

— Alors là, pas du tout. Nous avons enfin le régime dont j'avais toujours rêvé.

— Moi aussi, dit Jeanne, quel bonheur de ne plus avoir cet argent qui a empoisonné la vie humaine pendant des millénaires. Pourquoi les Hommes n'y ont pas pensé plus tôt ? Et c'est formidable de travailler avec des collègues qui viennent de tous les pays du monde.

— Ah, tu vois ! Tu avais des doutes au début avec cette question du libre arbitre, lui fit remarquer Michel.

— C'est vrai mais je me suis rendu compte que nous avons toujours notre liberté de choix entre deux bonnes actions et que ce serait insensé de vouloir choisir d'accomplir une mauvaise action. C'est bien ce qui nous différencie des humains qui n'étaient au fond que de viles créatures pour beaucoup d'entre eux.

— Trinquons à notre bonheur à tous ! dit Paul en levant son verre.

Ils continuèrent de deviser gaiement toute la soirée en s'amusant de tous ces tracas qu'ils avaient dans leur vie antérieure au lycée de Créteil.

*

Au mois de mars, Olivier et Lili Legrand eurent comme prévu leur petit bébé. Ils lui donnèrent le nom de Liushù, c'est-à-dire « saule » en mandarin. Liushù avait la grâce de sa mère avec toutefois un nez qui ressemblait à celui d'Olivier mais en mieux. Son deuxième prénom était Amandine. Elle faisait la joie de ses parents et aussi du petit chien qu'Olivier pouvait voir aussi depuis que le petit problème informatique du début avait été résolu.

Les travaux de la commission ministérielle à laquelle Michel Landier participait pour réfléchir à la création d'une nouvelle langue vivante avançaient bien. Ils avaient décidé d'adopter une grammaire très simple inspirée des langues asiatiques : pas de conjugaisons, pas de pluriel, pas d'articles ni de genres pour les objets, les concepts et les animaux. Pour cette nouvelle langue, il y aurait un alphabet avec des lettres latines, dix-sept consonnes mais par contre vingt voyelles au total puisque la langue internationale serait tonale. Les cinq voyelles pourraient avoir chacune un accent grave, aigu, circonflexe, un tréma ou un tilde. En effet la sensibilité auditive des Néohumains étant bien supérieure à celle des humains, la perception des tons ne poserait donc aucun problème et cela permettait d'utiliser des mots beaucoup plus courts. Bien entendu, plus de doubles consonnes et autres irrégularités. La rationalité de la nouvelle langue était l'objectif central. Elle devait en outre s'inspirer de toutes les langues qu'elle serait amenée à remplacer. La commission était en train de peaufiner le projet.

Dans la séance du Parlement du 10 mai 2059, il fut proposé de déclarer le 3 janvier de chaque année journée de Fête Nationale puisque c'était le 3 janvier au matin, deux ans auparavant que la société néohumaine avait fonctionné pour la première fois. Désormais le 3 janvier serait férié tous les ans.

En juin le Parlement eut à se pencher sur un problème signalé par un chef d'entreprise. Monsieur Liang Shu :

— Mesdames, Messieurs, j'ai remarqué depuis quelque temps que certains de mes employés montrent moins d'ardeur au travail, une certaine nonchalance qui m'inquiète un peu. Je me demande si nous ne devrions pas penser à une forme de rémunération.

— Je vous remercie pour votre intervention, lui répondit la Présidente de séance. Quelqu'un veut-il prendre la parole ?

Plusieurs mains se levèrent.

— Monsieur Wong Liu, vous avez la parole.

— Bonjour, je dirige une entreprise qui gère le fonctionnement des bras articulés pour les robots qui travaillent à l'extérieur de nos stations spatiales. J'ai constaté aussi cette tendance chez deux de mes huit cent dix employés. Il s'agit en effet d'une certaine nonchalance, ils ont tendance à remettre au lendemain ce qu'ils pourraient très bien faire le jour même, ce qui n'est pas très gênant en soi mais cela pourrait à la longue démobiliser le reste du personnel. Je pense comme Monsieur Liang Shu que nous devrions peut-être réintroduire l'argent pour que tout le monde se sente plus motivé.

Aussitôt des millions de mains se levèrent.

La Présidente du jour Mme Julianni donna d'abord la parole à trois personnes qui avaient levé la main en même temps que Monsieur Wong Liu, un chef d'entreprise d'origine américaine, un homme d'affaires libanais et un professeur français. Tous les trois confirmaient cette tendance à la paresse mais en précisant que ces cas étaient heureusement rarissimes.

Puis la Présidente du Parlement donna la parole à une trentaine de personnes parmi les millions que les propos de Monsieur Wong Liu avaient fait spontanément réagir.

Tous disaient sensiblement la même chose : il était hors de question de refaire circuler de l'argent. C'était avec l'apparition de monnaies d'échange que tout avait commencé à aller mal sur Terre, inégalités, jalousies, cupidité, menant inévitablement à des rivalités et des conflits dévastateurs puis une surexploitation des ressources naturelles et au bout du compte la fin de l'humanité.

La Présidente voyait bien que toutes ces interventions représentaient l'avis général des Parlementaires. Elle demanda si parmi toutes les demandes de prise de parole quelqu'un désirait apporter un éclairage différent sur cette question.

Olivier Legrand leva la main.

— Monsieur Legrand, vous avez la parole.

— Merci Madame la Présidente. Comme vous le savez, je travaille dans l'équipe de maintenance et de perfectionnement du système informatique qui gère notre communauté. Je suggère que nous nous penchions sur ces quelques cas si vous voulez bien nous les signaler. Il est possible qu'il y ait eu une petite erreur qui se soit glissée au moment de la numérisation, voire des insuffisances au moment de la collecte des données. Nous allons tenter d'y remédier. Je demande à toutes les personnes qui ont pu constater ce genre problème de nous les signaler.

— Je vous remercie, Monsieur Legrand. Quelqu'un souhaite-t-il réagir sur cette proposition ? demanda la Présidente.

Personne ne trouvait à redire à cette proposition.

— Nous allons maintenant procéder aux votes, reprit la Présidente après avoir bien examiné tout l'auditoire.

Comme on pouvait s'y attendre les propositions des deux chefs d'entreprises chinois furent rejetées à 99,99 % et la proposition d'Olivier fut adoptée à l'unanimité. Les coordonnées du service s'affichèrent sur le grand écran derrière le bureau du Président du Parlement.

Olivier en parla dès l'après-midi à ses collègues.

Dès 14 h 15 ils recevaient les données de cinq personnes puis au cours de l'après-midi ils en reçurent encore soixante-sept autres. Au cours des semaines suivantes ils reprirent toutes les données de tous ces individus. Leur numérisation avait été réalisée dans des endroits différents, ce n'était donc pas dû à un manquement dans un service particulier. Il n'y avait pas eu d'erreur manifeste dans le traitement des données. Ils essayèrent d'entrer en contact avec les bureaux de Londres, de Paris, de Chicago, de Turin, de Tel Aviv, de Shanghai, de New York et de Sydney qui avaient traité dix-neuf des soixante-douze cas sur lesquels ils étaient en train de se pencher. Le contact était malheureusement totalement rompu, il n'y avait visiblement plus d'électricité dans ces centres. Ils tentèrent d'établir le contact avec huit autres centres, sans résultat.

Derrière l'épais nuage brunâtre qui enveloppait toute la planète, ce devait être l'horreur. Y avait-il encore des survivants, sans électricité, sans eau courante, sans chauffage ? S'il y en avait, pouvaient-ils encore trouver de quoi se nourrir ?

Il était donc impossible d'accéder aux questionnaires que ces humains avaient remplis. Il était probable qu'ils n'aient pas été totalement francs concernant leurs habitudes. Mais dans ce cas, normalement le traitement de leur ADN aurait quand même révélé une tendance à la paresse qui devait être éliminée dans le transfert.

La seule chose à faire était par conséquent de repasser un à un les millions de caractères sur les lignes de programmation de chacun de ces individus. Cela prendrait des semaines mais il fallait le faire pour leur propre bien et pour le bien de tous ceux avec lesquels ils étaient en interaction.

*

Le jour où la question de la réintroduction d'une forme de monnaie avait été débattue au Parlement, ce soir-là, Francine et Romuald Bagon étaient invités chez Michel et Angélique Landier qui avaient aussi invité leurs voisins de Marolles-en-Brie Philippe Müller et Camila Del Grande qui n'avaient pas encore vu le joli petit bébé du couple Landier. Ils étaient dans le salon, Michel débouchait une bouteille de champagne.

— Comme il est mignon, s'extasiait Francine en le berçant dans ses bras.

— Et il te ressemble bien, lui dit Romuald, mais encore en mieux car il tient de sa mère.

Angélique sourit du compliment qui lui était adressé.

— Eh oui, nous avons bien fait les choses, dit Michel en faisant un clin d'œil à son épouse qui rougit un peu en repensant à cette folle nuit d'amour avec laquelle ils avaient commencé leur nouvelle vie de Néohumains.

— Regardez comme il sourit, ce petit ange, s'exclama Camila.

— Cela ne vous tente pas d'en avoir un ? lui demanda Angélique.

— Eh bien, vous savez, Philippe et moi, nous avons l'intention de nous marier. Nous sommes moins pris par notre travail maintenant. Avant, nous travaillions comme des fous. Nous pouvons enfin vivre normalement.

— Vous avez vu au Parlement ce matin, dit Romuald, heureusement que tout le monde a réagi quand ces deux patrons voulaient faire rétablir des salaires. Cela aurait inévitablement été le retour de la compétition malsaine, la course à la production et au profit, les gens auraient cherché à faire des heures supplémentaires pour gagner plus, nous serions revenus au point de départ.

— Oui, dit Michel, il faut rester vigilants. Nous pouvons enfin vivre heureux et en paix. Dans les journaux et aussi sur les plateaux de télévision, il y a des gens qui développent des idées qui pourraient finir par ramener les vieux démons qui ont mené l'humanité à sa perte. Heureusement ce sont des gens qui sont ultra-minoritaires mais il ne faudrait pas que leurs idées finissent par s'imposer, ce serait catastrophique.

— Le pire, poursuivit Romuald, c'est qu'ils pensent honnêtement que cela améliorerait notre sort, un peu comme certains utopistes autrefois sur Terre qui n'étaient en réalité que des fous dangereux.

— Ah, vous savez, il y a eu de bonnes et de mauvaises utopies, dit Philippe. Par exemple, les premiers communistes du XIXe siècles qui voulaient abolir l'argent et que tout soit gratuit pour tous. C'était totalement irréalisable à l'époque mais, voyez, nous n'avons plus besoin d'argent et tout marche très bien. Et cela n'a été rendu possible que grâce à l'électronique et les progrès considérables qui ont été réalisés depuis le début du XXIe siècle.

— Eh oui, dit Michel, ils étaient en avance sur leur temps.

— En tout cas, dit Francine qui venait de reconfier le petit Eric à sa mère, je ne voudrais pas revenir en arrière, c'est tellement mieux maintenant.

— Pour nous, c'est le rêve, dit Romuald, mais en bas, sous nos pieds, sur cette planète d'où nous venons, c'est la désolation. Nous ne savons même pas si tous ceux que nous avons laissés derrière nous ont survécu.

— C'est vrai que nous ne nous en soucions pas trop, dit Philippe. Bien sûr les journalistes en parlent mais j'ai l'impression que les gens ont tourné la page. Au début tout le monde pensait à tous ceux qui n'ont pas pu partir à temps. Mais maintenant nous sommes passés à autre chose et nous ne pensons plus guère à ces pauvres malheureux qui n'ont pas pu en partir.

— Pas pu ou pas voulu, précisa sa compagne.

— Il faut dire que le fait que nous continuons de vivre dans tous ces lieux qui nous sont familiers sur la Terre finit par occulter ce qui doit être en train de se passer là-bas.

— Oui, Francine, c'est vrai. Regardez comme nous sommes bien dans cette petite maison confortable de la banlieue parisienne alors qu'elle est peut-être en ruine et abandonnée comme la nôtre à côté, ajouta Philippe.

— Pour l'instant, nous ne pouvons rien voir mais si la vie continue là-bas, c'est sûrement dans des conditions très difficiles, dit Romuald. Je ne m'occupe pratiquement plus de la météorologie terrestre pour l'instant mais j'imagine qu'il doit faire un froid glacial en ce moment à Marolles-en-Brie.

— Oui, dit Michel, et pourtant nous y sommes en ce moment, avec de l'électricité, du chauffage, tout le confort que nous avons toujours connu, c'est étrange, n'est-ce pas ?

— Oui et c'est mieux comme cela. Si nous passions à table ?

— Volontiers. Angélique a dû nous mitonner un repas succulent comme d'habitude, dit Romuald en levant son verre à la santé de la maîtresse de maison comme cela se faisait jadis quand la santé pouvait être bonne ou mauvaise. Maintenant plus personne ne risquait de tomber malade ni de prendre de l'embonpoint à force de prendre des repas pantagruéliques !

Au cours du dîner, ils discutèrent gaiement de choses et d'autres, Camila et Philippe leur parlèrent de leur mariage qui aurait lieu au printemps.

Le lendemain soir Michel et Angélique se rendirent avec le bébé chez Grégoire et Nadine qui n'avaient pas revu leur neveu depuis son arrivée. Ils le trouvèrent bien grandi. Nadine travaillait toujours dans le même bureau mais Grégoire suivait un stage de reconversion pour devenir psychiatre.

— Alors, cela te plaît, la psychiatrie ? lui demanda Michel.

— Oui, mais je ne pense pas que je vais être débordé ! Apparemment, sur les presque neuf millions d'habitants que nous sommes, il n'y aurait que treize personnes qui présentent de légers troubles psychiques ! Le Professeur en psychiatrie qui nous forme nous dit même que sur Terre, ils seraient passés pour des gens tout à fait normaux !

— Peut-être qu'avec le temps, il y en aura un peu plus.

— Peut-être. Avant, très peu de gens dépassaient cent ans. Là, quand les gens atteindront quatre ou cinq cents ans, peut-être qu'ils commenceront à s'ennuyer, je ne sais pas.

— Tu te rends compte, tout ce qu'on va pouvoir faire ! Moi, je trouve cela formidable. Ah si nos parents avaient pu vivre ce que nous vivons maintenant ! Qu'est-ce qu'ils auraient été heureux !

— Oui, les pauvres, balayés si jeunes… Je pense souvent à eux… En tout cas, ton fils Eric, tu ne trouves pas que c'est le portrait conforme de notre père ?

— Oui, en effet, c'est frappant.

Bien que son métier de médecin spécialiste des maladies infectieuses l'ait toujours passionné, Grégoire ne regrettait pas de ne plus avoir à être confronté à ces maladies redoutables contre lesquelles il s'était souvent senti impuissant. Les six derniers mois qu'il avait passés à l'hôpital Georges Pompidou avaient été un calvaire, il avait vu mourir des dizaines et des dizaines de patients fauchés par les divers variants du syndrome martien. Il avait frisé le découragement. Rétrospectivement, il se disait qu'il avait bien de la chance de ne pas avoir attrapé cette effroyable maladie et il était reconnaissant envers son frère d'avoir tant insisté pour qu'ils entreprennent les démarches pour devenir aussi, Nadine et lui, des Néohumains.

*

Lili Legrand avait quitté son travail un peu plus tôt car la veille elle avait travaillé deux heures de plus pour boucler la nouvelle collection qui serait présentée le surlendemain à la presse. Elle récupéra la petite Liushù à la crèche virtuelle et elle s'amusait avec la petite qui gazouillait joyeusement à côté d'elle sur le canapé. En attendant le retour d'Olivier, elle avait regardé un reportage passionnant sur l'Ardèche et la grotte Chauvet. Il y avait ensuite un parcours interactif qu'elle était en train de s'amuser à faire quand Olivier rentra de son bureau où il s'était attardé avec ses collègues car ils commençaient à trouver l'origine du problème d'indolence qu'on leur avait signalé chez quelques individus.

— Regarde cette grotte. Tu l'as visitée ? lui demanda-t-elle.

— Attends voir… C'est la grotte Chauvet ?

— Oui, c'est cela. C'est remarquable comme les formes des animaux que ces hommes préhistoriques peignaient il y a plus de trente-trois mille ans sont précises et donnent bien une impression de mouvement.

— C'est vrai, c'est remarquable mais c'est mieux que ce que j'ai vu quand je l'ai visitée. On ne pouvait pas voir les vraies grottes, on ne visitait qu'une réplique qu'ils appelaient Grotte Chauvet 2 et c'était décevant, il y avait trop de monde.

— Pourquoi tu n'as pas fait la visite virtuelle ?

— C'est vrai que cela existait déjà, j'aurais dû. Mais comme j'étais en vacances là-bas avec mes parents, nous avons fait la visite que les touristes faisaient habituellement. Je me souviens, nous étions dans un camping dans les environs.

— Cela devait être amusant de camper. Vous campiez sous une tente ?

— Non, mes parents avaient une caravane.

— Nous pourrions aller là pour les vacances, qu'en penses-tu ?

— Oui, c'est une bonne idée, l'Ardèche était une très belle région.

Et c'est ainsi qu'ils décidèrent de passer toutes les après-midi et les nuits du mois de juillet dans plusieurs terrains de camping en Ardèche et dans la Drôme. Bien entendu, ils seraient comme d'habitude quatre matinées par semaine au Parlement.

Lili n'avait jamais campé de sa vie, elle trouva cela très amusant comme d'ailleurs la petite Liushù. Ils dormaient tantôt sous une tente, tantôt dans un bungalow, tantôt dans une caravane. Ils sillonnaient les routes étroites qui serpentaient le long des vallées et dans les montagnes boisées parfois dans une voiture, parfois sur des bicyclettes en visitant les villages pittoresques du Massif Central et du Vercors. Lorsqu'ils étaient à vélo, la petite fille était assise dans une jolie petite remorque recouverte d'une toile rouge et de fenêtres en plastique transparent, tirée par la bicyclette de son père et elle tournait la tête dans tous les sens en gazouillant gaiement.

Les voyages virtuels n'avaient rien à envier aux voyages réels de jadis. Jamais d'embouteillages, on pouvait s'arrêter où l'on voulait tout en humant les bonnes odeurs de la forêt, déguster autant de repas gastronomiques que l'on voulait et arpenter des sentiers escarpés sans ressentir la moindre fatigue évidemment. Et tout cela n'empêchait pas de participer pleinement à la vie démocratique de toute la société.

Toutes les entreprises fermaient à peu près en même temps pour un mois et demi entre juillet et août et un mois en janvier, ce qui permettait de s'adonner aux sports d'hiver. C'est ce que la plupart des gens faisaient par habitude bien qu'il fût tout à fait possible de skier dans les Alpes ou les Pyrénées en plein été, c'était le grand avantage du virtuel. Les restaurateurs, les hôteliers, les moniteurs de ski, les commerçants étaient tous virtuels donc disponibles à tout moment. Il y avait aussi des Néohumains qui travaillaient dans le tourisme mais il était impossible de voir la différence entre eux et les personnages virtuels.

La virtualité était la clef de la réussite de la Néohumanité. Les emplois qui subsistaient étaient des emplois hautement qualifiés pour le plus grand bonheur de tous. Les maîtres-mots de cette nouvelle société étaient loisirs et démocratie. Heureusement, ce devoir citoyen qui s'imposait à tous quatre matinées par semaine n'était pas perçu comme une contrainte mais comme une liberté : la liberté de décider collectivement comment la société devait être administrée au lieu de rester comme autrefois sur Terre sous la domination d'une classe politique intouchable qui dictait ses propres choix.

Peu à peu, les Néohumains perdaient l'intérêt qu'ils manifestèrent au début pour cette pauvre planète qui restait enveloppée dans un nuage de poussière impénétrable. Ils pensèrent de moins en moins souvent à tous ceux qu'ils avaient connus et qui n'avaient pas pu en partir. Ils les retrouvaient simplement dans des souvenirs figés comme les souvenirs que nous avons de nos morts.

*

Olivier et ses collaborateurs finirent par trouver l'origine du comportement un peu nonchalant de la centaine de personnes qui leur avaient été signalées. Il s'agissait d'une toute petite faille dans l'un des algorithmes qui n'avait pas été détectée par le logiciel de vérification automatique. Ils purent facilement corriger cette erreur et aussitôt cette relative nonchalance disparut pour le plus grand bonheur de tout le monde, à commencer par les personnes en question qui – loin de profiter de cette propension à la paresse au détriment des autres – souffraient en fait de ce petit handicap. Ils vérifièrent encore une nouvelle fois si aucune autre faille ne subsistait dans le système informatique central pour empêcher tout risque d'intrusion d'un virus informatique. Bien qu'aucune malveillance d'origine néohumaine ne soit possible, il fallait néanmoins se prémunir de toute attaque informatique venue de l'espace… ou même de quelques êtres malveillants qui auraient survécu sur la Terre.

Quelques semaines plus tard, lors d'une de leurs réunions de travail, Naïm Fitouri évoqua avec ses collègues une question à laquelle ils n'avaient pas encore pensé :

— Ce qui risque de finir par poser un problème, c'est le fait que tous les lieux dans lesquels les gens se trouvent vont rester dans l'état où ils étaient il y a deux ans. Pour l'instant ça va mais dans quelques dizaines d'années, ça va paraître bizarre que rien ne change, comme si le progrès s'était arrêté.

— Oui, je vois bien ce que tu veux dire, lui répondit Jean-Paul Marchand, et tu imagines, dans mille ou deux mille ans !

— Évidemment, dit Camila Müller, ça fera comme si nous nous promenions dans la Rome antique ou à Athènes au temps de Socrate.

— Cela a du charme pourtant, lui dit son mari Philippe.

— Oui mais cela pourrait devenir lassant à la fin.

— Nous pourrions évidemment modifier petit à petit cet environnement virtuel, dit Olivier Legrand, mais est-ce bien souhaitable ? Qu'en pensez-vous ?

— Je ne pense pas que ce soit souhaitable dit Philippe. Nos concitoyens seraient alors dans une fiction alors que l'idée est plutôt qu'ils vivent dans la réalité telle qu'elle existait jusqu'à la catastrophe. En fait, tout le monde sait bien que la Terre doit être un champ de ruines. Ils savent bien qu'il y a en fait deux Terres, celle qui est à peu près totalement détruite et celle dans laquelle ils se plaisent à vivre comme elle était avant. Nous avons fait en sorte que cette dichotomie ne pose pas de problème.

— Oui, et de toute façon, leur dit Olivier, nous retournerons sur la Terre dès que ce sera possible et tout sera à reconstruire.

— Tu as raison, lui répondit Jean-Paul, mais dans combien de temps ? Dans cent ans ? Dans mille ans ?

— Peut-être bien plus. À mon avis, il vaut mieux ne pas chercher à faire évoluer l'aspect des villes et des paysages. Cela risquerait de créer des distorsions qui pourraient être problématiques.

— Oui et non, dit Aurélien Bonteau. Pour les paysages naturels, bien sûr qu'il ne faut rien changer même si la tectonique des plaques va progressivement apporter quelques modifications ainsi que l'érosion. Mais si nos concitoyens décident de faire de nouvelles constructions dans les villes, pourquoi pas ?

— Il faudrait alors que le Parlement le décide à l'unanimité.

— Bien entendu, si une seule personne s'y oppose, parce que ça lui gâcherait virtuellement la vue ou quelque autre raison, le bâtiment proposé ne serait pas édifié.

— Tout à fait d'accord.

Tous se rangèrent à l'avis d'Olivier. Par contre, ils décidèrent de rajouter d'année en année les Néohumains supplémentaires qui se trouveraient dans les différents lieux à partir du moment où ces Néohumains décidaient de se rendre à tel ou tel endroit et ainsi tous les autres se trouvant dans ces lieux pourraient les voir aussi.

*

Romuald Bagon et son adjoint Raymond Riquet continuaient de s'occuper de l'évolution du climat sur la Terre de temps à autre. Comme il était encore impossible de voir quoi que ce soit sous l'épaisse couche de poussières qui gravitaient autour de la Terre, ils ne pouvaient que faire des hypothèses en extrapolant à partir des données scientifiques et des carottages qui avaient été réalisés autrefois pour comprendre ce qui s'était passé d'un point de vue climatique sur la planète. Ils pensaient à juste titre que la Terre devait connaître une nouvelle glaciation.

Vers le milieu de l'année 2059, il y eut plusieurs petites trouées dans l'épais nuage de poussières qui entourait la planète, laissant entrevoir une désolation encore pire que ce que les Néohumains avaient imaginé : plus aucun signe de vie, des gratte-ciel à moitié détruits, des maisons visiblement abandonnées et sans toitures, des routes désertes que l'on pouvait à peine distinguer sous une épaisse couche de neige sale. Le plus inquiétant, c'était le fait que sous le choc, l'inclinaison de l'axe de rotation de la planète avait augmenté de huit degrés. Peut-être quelques humains parvenaient-ils encore à survivre quelque part ? Impossible de le savoir. Plus aucun signal radio ne parvenait aux stations spatiales et les satellites de télécommunications qui gravitaient sur des orbites intermédiaires n'émettaient plus aucun signal non plus.

Beaucoup en concluaient que la vie humaine avait déjà dû s'éteindre. Un parlementaire suggéra même que l'on abandonne le terme de Néohumains et de le remplacer simplement par Humains puisqu'ils étaient les héritiers d'une humanité disparue. Mais cette proposition fut massivement rejetée d'une part car rien ne prouvait que des Humains ne vivaient pas encore dans des grottes ou d'anciennes mines pour se protéger du froid glacial avec quelques réserves de nourriture qu'ils auraient pu encore trouver, et d'autre part car les Néohumains avaient un comportement radicalement différent des Humains. En effet les Néohumains avaient conscience des très nombreuses imperfections du genre humain et ils ne voulaient pas qu'on les confonde avec une espèce qu'ils jugeaient plus proche des singes que d'eux-mêmes. En dehors de l'apparence physique, presque tout les séparait. L'hypocrisie du genre humain leur paraissait de plus en plus flagrante, en particulier chez les plus jeunes qui étudiaient tous l'histoire de l'Humanité depuis ses origines jusqu'à ces dernières années.

Il leur fallait cependant rester vigilants pour ne pas laisser certains renouer – même avec les meilleures intentions – avec les erreurs que l'Homme avait commises tout au long de l'histoire.

Ainsi, lors d'une des dernières séances parlementaires de l'année, un citoyen sollicitait l'autorisation de fonder une association, l'amicale des anciens du New Jersey, une association à but festif. Le résultat du vote des Parlementaires fut NON à 85,3 % avec 12,5 % d'abstentions et seulement 2,2 % de OUI. Les partisans du OUI ne voyaient pas dans la création de cette association en quoi cela pouvait nuire aux autres. Heureusement, dans leur très grande majorité, les Parlementaires comprenaient bien que si l'on permettait à une petite amicale insignifiante comme cela de se former, d'autres associations seraient créées à leur tour et qu'à plus ou moins long terme se reconstitueraient des formes de séparatisme qui ne manqueraient pas de déboucher tôt ou tard sur la reconstitution des tribus et des nations d'antan.

La Néohumanité ne devait pas retomber dans les travers de l'humanité, l'esprit de caste et l'esprit de meute qui rattachaient l'humanité à l'animalité. Contrairement aux humains qui avaient toujours été incapables dans leur grande majorité de tirer les leçons des mésaventures de leurs ancêtres, les Néohumains comprenaient très bien comment tirer les leçons de l'Histoire et ainsi éviter de commettre les erreurs que les Humains avaient commises autrefois.

Le soir du 31 décembre, il y eut une grande fête avec le plus beau feu d'artifice qui n'ait encore jamais eu lieu et exceptionnellement les Néohumains purent veiller jusqu'à une heure du matin.

ÉPILOGUE

Nous sommes maintenant en l'an 12052. Les Néohumains ont quitté la Terre depuis presque dix mille ans, 9995 ans exactement et ils sont toujours de petites entités virtuelles hébergées sur huit gros serveurs tournant en orbite autour de la Terre. Ils ont déjà réussi ce qu'aucune civilisation n'avait encore réussi : survivre dix mille ans !

La population de Néohumains a atteint dix milliards d'individus, c'est-à-dire la taille de l'Humanité lors de sa disparition. Les plus âgés d'entre eux ont plus de dix mille ans et pourtant ils sont toujours en pleine forme et pas du tout fatigués de vivre. On ne leur donnerait pas plus de soixante-dix ans, c'est à peine s'ils ont quelques rides sur leurs visages virtuels !

Les personnes dont nous avons suivi les dernières années de leur vie sur Terre puis les deux premières années en tant qu'entités virtuelles sont toujours en activité. En effet les Néohumains n'ont jamais souhaité prendre leur retraite dans leur très grande majorité. Plusieurs fois des projets de lois instituant un âge légal de départ en retraite ont été massivement rejetés au Parlement qui regroupe toujours tous les citoyens. Tous ces anciens ont un très grand nombre de descendants, certains organisent chaque année une réunion de famille qui peut facilement regrouper jusqu'à dix mille personnes !

C'est le cas d'Angélique et Michel Landier qui tiennent à rassembler tous leurs descendants chaque année. Ils se souviennent toujours de l'époque où, sur Terre, il leur était impossible d'avoir des enfants. Ils se sont bien rattrapés en donnant naissance à vingt-quatre enfants entre 2057 et 4643, l'année de naissance de leur petit dernier qui va bientôt fêter son 5 409e anniversaire. Ils n'eurent jamais plus de deux enfants sous leur toit virtuel ; ils décidaient d'avoir un nouveau bébé quand leurs aînés avaient quitté le foyer familial pour fonder leurs propres familles.

Ils auraient fort bien pu en avoir d'autres mais déjà à cette époque on commençait à se dire qu'il fallait limiter le nombre de naissances pour éviter la saturation des serveurs.

Angélique travaille toujours dans la même entreprise qui a pris de l'ampleur au cours des siècles et qui étudie maintenant la faisabilité de la fabrication d'un des robots explorateurs qui pourront à l'avenir être envoyés sur la planète pour détecter des gisements de cérium, de scandium, de coltan, de gadolinium, d'yttrium et de lanthanides. D'autres compagnies s'occupent de la conception d'autres robots qui réaliseront les forages. Ce sont encore d'autres entreprises qui conçoivent les robots constructeurs qui monteront les unités de traitement des terres rares et des minerais métalliques qui seront indispensables pour fabriquer les composants électroniques qui seront ensuite acheminés vers les deux stations spatiales pour y être assemblés, ce qui permettra de construire de nouveaux serveurs. Si tout cela est possible techniquement, cela permettra de construire un ou deux serveurs supplémentaires. Pour l'instant, un retour sur Terre de la communauté des Néohumains n'est toujours pas envisagé à court terme.

La nouvelle langue mise au point par la commission ministérielle à laquelle Michel Landier participa pendant plus de quatre-vingts ans séduisit rapidement tout le monde lorsqu'elle fut présentée à la presse puis au Parlement en 2138. En effet cette nouvelle langue est rationnelle, elle n'a plus les irrégularités et autres bizarreries des langues traditionnelles. Elle reprend les mots les plus simples des quelque deux cents langues qu'elle a rapidement remplacées. Bien que l'apprentissage des langues ne posât plus aucun problème aux jeunes écoliers néohumains il y eut d'emblée un large consensus pour adopter cette langue universelle qui a contribué à gommer encore davantage les différences entre les origines culturelles et ethniques.

Les Néohumains comprirent très vite que parler une langue unique allait les renforcer encore plus. En dépit de leur grand nombre, ils se sentent depuis le début tous solidaires les uns des autres et ne pensent même plus à leurs origines terrestres. Au cours des dix mille ans qui viennent de s'écouler, il y a eu un métissage constant de la population. Plus personne n'attache d'importance à ses lointaines origines ethniques ou culturelles. On peut maintenant dire que la Néohumanité constitue une seule civilisation héritière de dizaines de civilisations humaines différentes dont elle n'a gardé que les meilleurs aspects.

Sur une population de dix milliards d'individus on eut à déplorer que deux décès qui sont d'ailleurs restés inexplicables, l'un en 4782 et l'autre en 7821.

Malgré le grand nombre de citoyens, la démocratie directe au sein d'un Parlement unique regroupant pas moins de 9891250 adultes fonctionne toujours parfaitement. Il a simplement fallu rallonger le temps de session parlementaire hebdomadaire : pour cela depuis l'année 5500 en plus des quatre heures passées au Parlement tous les matins du lundi au jeudi, le Parlement siège toute la journée du vendredi, ce qui réduit le temps que les Néohumains peuvent consacrer à leurs loisirs mais ce fut la solution pour maintenir le principe de démocratie directe au sein d'un Parlement unique pour toute la Néohumanité. En effet les alternatives auraient été de couper le Parlement en deux ou d'instaurer une représentation parlementaire, ce que les Néohumains refusent toujours catégoriquement car ils tiennent à ce que leur monde reste authentiquement démocratique et ne ressemble pas à ces simulacres de démocratie qu'avaient connus leurs ancêtres les Humains.

La salle où les parlementaires siègent cinq fois par semaine s'est agrandie au cours du temps. Elle a maintenant 3,5 km de large mais on distingue toujours les visages de tout le monde malgré le gigantisme virtuel de la salle.

En dix mille ans, sur près de vingt mille Gouvernements, il n'y en eut que deux qui durent être destitués entièrement avant le terme de leur mandat qui est toujours de six mois renouvelables. De temps à autre il a fallu voter la destitution de tel ou tel ministre dont l'efficacité n'était pas jugée suffisante mais jamais on n'eut à déplorer des cas d'abus de pouvoir ou de corruption – et pour cause, dix mille ans plus tard, la création d'une monnaie n'est toujours pas souhaitée par les citoyens ! Le mandat du Gouvernement est remis en jeu tous les six mois et le Président du Parlement est toujours tiré au sort tous les matins. La Constitution n'a subi qu'une seule modification en 2568 : la Néohumanité est devenue la République Démocratique Néohumaine et le Président du Parlement, toujours renouvelé quotidiennement par tirage au sort, a depuis cette date le titre de Président de la République Démocratique Néohumaine, titre qu'il garde pendant une seule journée.

Les serveurs informatiques fonctionnent toujours très bien ; il n'y a eu que des pannes mineures rapidement réparées. Olivier Legrand qui va fêter cette année son dix mille quarantième anniversaire et travaille toujours dans l'équipe de maintenance informatique se félicite du choix qu'il avait fait quand il avait confié la construction des serveurs aux entreprises chinoises de Chongqing et de Wuhan.

La Néohumanité gravite donc toujours autour de la Terre sous la forme dématérialisée qu'elle connaît depuis bientôt dix mille ans.

Comme on pouvait s'y attendre les effets de la collision entre la planète et le gros astéroïde baptisé à l'époque AS2057 furent terribles : ce fut la sixième extinction de masse, un nombre considérable d'espèces animales ont disparu complètement, y-compris l'Homme. Après la dissipation de l'énorme couche de poussières et de cendres qui enveloppa la Terre pendant de très nombreuses années, les Néohumains purent observer au cours des siècles ce qui se passait sur leur ancienne planète. Peu à peu la végétation se redéveloppa. D'abord des mousses et du lichen, puis une maigre végétation, de la toundra dans les zones qui étaient jadis tempérées et dans les zones inter-tropicales une végétation bien plus abondante, engloutissant les ruines des constructions humaines.

Aujourd'hui, on ne distingue plus que de rares traces des diverses civilisations toutes disparues à jamais.

Avec leurs télescopes les Néohumains peuvent voir les quelques animaux qui ont survécu au cataclysme : il s'agit de petits mammifères, sans doute des rats ou des animaux du même gabarit ainsi que quelques oiseaux. Il y a sans doute aussi des insectes mais il est encore impossible de les distinguer.

Le climat semble s'être apaisé, il n'y a presque plus de cyclones mais les caméras thermiques décèlent des températures variant entre – 90° et +12°C. La Terre n'est donc toujours pas sortie de la longue période de glaciation qu'elle subit depuis dix mille ans.

La question qui se pose maintenant est la suivante : peut-on envisager sans risque un retour sur Terre ? La question est débattue au Parlement depuis une semaine.

Pourquoi vouloir revenir sur cette planète ?

La Néohumanité pourrait très bien continuer de tourner en orbite comme elle le fait depuis le début mais la capacité maximale de chaque serveur est désormais atteinte et cela empêche pour l'instant les parents qui le souhaitent d'avoir un nouvel enfant. Par ailleurs, il serait plus prudent de construire deux autres stations identiques aux deux qui existent actuellement, ce qui était prévu au départ mais n'avait pas pu être réalisé, faute de temps. Pour cela, il est impératif de reprendre l'exploitation des ressources minérales terrestres nécessaires pour la fabrication des composants électroniques. Or ces nouveaux équipements ne peuvent pas être fabriqués ailleurs que sur la planète.

La question du couvre-feu imposé à tous depuis le début entre vingt-trois heures et sept heures du matin a été plusieurs fois abordée au cours des milliers d'années de débats parlementaires. C'est effectivement une contrainte gênante mais il est impossible de supprimer ce couvre-feu tant que la Néohumanité n'aura pas accès aux aux ressources minérales indispensables pour produire l'électricité nécessaire à un fonctionnement des serveurs en continu.

Plusieurs questions importantes se posent désormais.

Faut-il supprimer une des huit sauvegardes pour héberger sur le serveur ainsi libéré les Néohumains supplémentaires ? Option qui pourrait à très long terme s'avérer catastrophique, notamment si nous ne pouvons jamais revenir sur Terre et si nous devons migrer dans le cosmos pendant des milliards d'années, auquel cas les serveurs risquent de lâcher les uns après les autres. Ils ont toujours fonctionné à la perfection depuis dix mille ans mais pourront ils continuer de fonctionner pendant les centaines de millions d'années que durerait une migration interstellaire ?

Faut-il au contraire permettre à tous ceux qui le souhaiteraient de cesser d'exister pour permettre de nouvelles naissances ?

Faut-il équiper une des fusées de robots explorateurs pour étudier la faisabilité d'un retour de la Néohumanité sur Terre de manière à exploiter par la suite les ressources minérales pour construire de nouveaux serveurs ? Dans ce cas il faudrait dans un premier temps piloter à distance les opérations d'extraction des matières premières et la construction d'unités de fabrication de composants électroniques. Ensuite, il faudra que ces composants soient acheminés à bord des stations spatiales pour que les robots y assemblent de nouveaux serveurs.

Après un bon mois de débats parlementaires la solution retenue avec plus de quatre-vingt pour cent des voix est la suivante : effacer les données informatiques de tous les Néohumains sur un des huit serveurs, consacrer celui-ci aux nouvelles naissances et lancer le programme de construction des robots explorateurs pour les faire descendre sur la planète.

L'idée semble bonne, un retour sur une planète glaciale ne doit pas poser de problèmes insurmontables pour les équipements informatiques et mécaniques. Il faudra simplement assurer une très bonne isolation thermique des bâtiments où seront placés les serveurs qui piloteront les opérations. L'énergie pourra de nouveau être produite par des centrales nucléaires. Si ce projet s'avère réalisable, le retour de la société néohumaine sur la planète pourra être envisagé d'ici quelques siècles, voire un millénaire. D'ici-là, les températures se seront sans doute un peu relevées.

La civilisation néohumaine œuvre pour un retour prudent sur Terre, sans précipitation. Dans un premier temps des robots explorateurs seront envoyés, puis des engins pour extraire des matières premières, d'autres pour construire les unités de raffinage puis de nouvelles fusées pour faire la navette entre la planète et les deux stations spatiales où les Néohumains vont encore rester pendant au moins plusieurs millénaires. Ils ne s'installeront sur la Terre que lorsque toutes les installations au sol seront parfaitement opérationnelles. Ce sont des personnes réfléchies, déterminées à assurer la pérennité de leur espèce, respectueuses de la totale intégrité de leurs congénères et qui agissent sans précipitation.

La planète restera habitable pour la Néohumanité pendant encore au moins quatre milliards d'année. Ce n'est que dans quatre milliards d'années que le soleil arrivera en fin de vie et grossira jusqu'à engloutir les planètes telluriques, Mercure, puis Vénus, puis la Terre. La Néohumanité aura donc largement le temps de prospérer sur Terre en exploitant les ressources minérales dont elle aura besoin tout en préservant les équilibres naturels et en coexistant avec les espèces animales qui vont petit à petit se redévelopper. Les Néohumains en contrôleront la prolifération si nécessaire.

Sachant son bail limité dans le temps – mais un bail de quatre milliards d'années, ce n'est déjà pas mal ! – la Néohumanité aura tout le temps nécessaire pour parer à tout nouveau danger venu de l'espace et pour chercher dans l'univers une planète suffisamment hospitalière pour poursuivre l'aventure néohumaine en toute sérénité au-delà des quatre milliards d'années qu'ils pourront passer tranquillement sur Terre. Ils auront donc très largement le temps et les ressources minérales suffisantes pour construire les gros vaisseaux spatiaux qui seront nécessaires pour migrer vers une nouvelle planète habitable, le mieux étant une planète dépourvue d'oxygène pour éviter les phénomènes de corrosion.

La société néohumaine est une société plutôt conservatrice et très prudente. Elle sait qu'elle a tout l'avenir devant elle, elle reste fortement attachée à la démocratie et au respect des intérêts de tout un chacun. Avant de prendre la moindre décision, les Néohumains s'assurent toujours – à la fois individuellement et collectivement – que pas une seule personne ne soit lésée de part cette décision, ni maintenant, ni ultérieurement. La société néohumaine n'oubliera jamais les errements des civilisation humaines, son objectif essentiel est sa propre survie, ce dont l'Homme ne s'est pas montré capable.

Contrairement aux mortels, ils ont toute l'éternité devant eux.

Imprimé en France
ISBN 979-10-284-1658-4
Dépôt légal : 4e trimestre 2021